신화 전설이 된 영웅의 이세계담 ⑥

타테마츠리 / 일러스트 미유키 루리아

오구로 히로
"다음에 만날 때는 웃는 얼굴로 재회하자."
"배려해 줘서 고맙다."
스카아하

아우라
"……맡겨 줘."
"……응."
리즈

"관대한 요정왕께
감사하세요."
루시아
"변함없이
너희 남매는
재미있구먼."
루카

신화 전설이 된 영웅의 이세계담

6

타테마츠리 지음
미유키 루리아 일러스트
송재희 옮김

INDEX

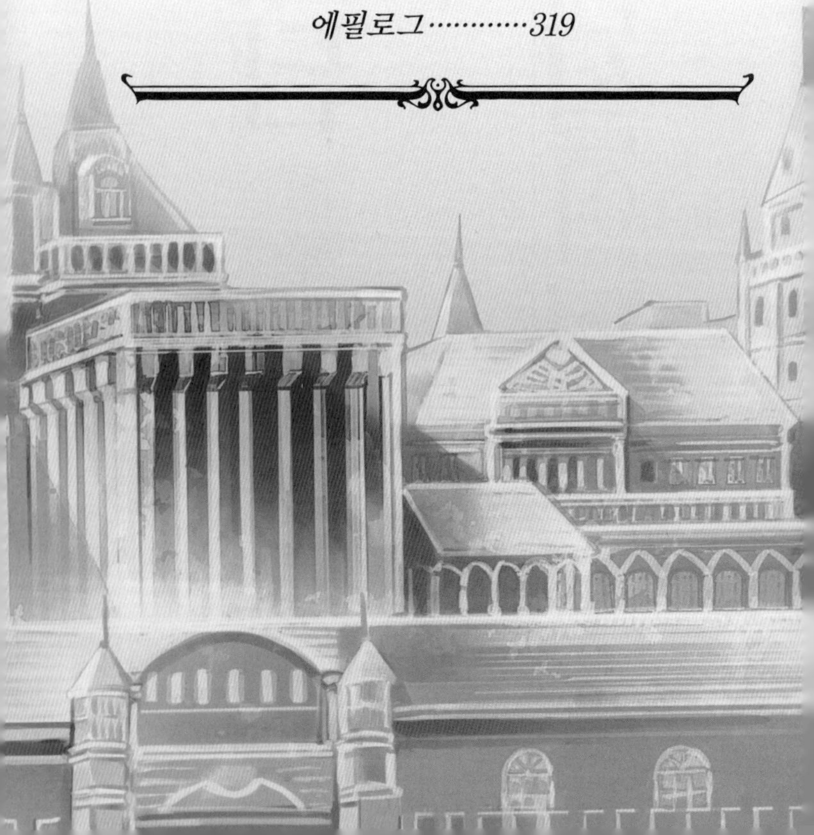

프롤로그

큰불이 넓게 번져 나갔다. 곳곳에서 수많은 불줄기가 솟구쳤다.

붉고 탁한, 꺼림칙한 전화(戰火)의 폭풍이 세계를 뒤덮었다.

거기에 자신을 숨기듯 섞인 것은 후각을 마비시킬 정도의 이취(異臭)였다.

하늘은 검은 연기에 뒤덮였고, 대지는 피바다에 붉게 지배당했다.

눈에 보이는 모든 곳에— 그것은 끝없이, 어디까지나 이어져 있었다.

지상에 싹튼 화초가 가차 없이 죽어 갔다. 그 옆에서는 원형이 남지 않은 시체가 불타 연기를 피우고 있었다.

무수한 도검이 박힌 그 시체는 돌연 나타난 말굽에 짓밟혔다.

"누구 살아남은 녀석 없나?!"

말을 탄 병사는 옆구리에서 대량의 선혈을 흘리며 달리고 있었다. 어제까지 함께 웃었던 친구들의 송장을 밟으며 도망치고 있었다. 필사적인 형상으로 주위를 둘러봐도 눈에 들어오는 것은 사화(死華)가 일대를 뒤덮은 평원이었다.

"젠장! 젠장! 어째서, 어째서!"

이 이상은 위험하다고 판단한 병사는 몸을 숙이고 전력으로 달렸다.

하지만 인생이란 무정했다. 궁지에 몰린 인간에게 기적 따위 일어나지 않는다.

“패잔병이여, 어딜 도망가는가?”

그의 앞에 나타난 것은 한 손에 쥘부채를 들고, 전장에는 어울리지 않는 용모를 가졌으며, 덧붙여 이 장소와 대단히 어울리지 않는 복장을 한 소녀였다.

“내게 가르쳐 주지 않겠나? 어째서 그리도 꼴사나운 모습으로 도망칠 수 있는가?”

“힉?!”

“그리 무서워할 필요 없느니. 나는 다정하니 말이야. 편히 죽여 주겠네.”

활짝 웃으며 잔혹한 말을 내뱉은 소녀는 딱 한 발자국 앞으로 내디뎠다.

그것만으로도 병사의 마음은 무너졌다.

거듭된 사선을 넘고, 몇 번이고 수라장을 극복한 병사의 심지가 순식간에 꺾였다. 삶의 희망을 잃고 얼굴이 창백해져서 정신이 붕괴되고 말았다.

순간—.

“흐아아, 아, 아아아아아악!”

폭발했다.

비유가 아니었다. 말 그대로, 아무런 전조도 없이 병사의 몸이 안쪽에서 파열했다.

귀에 거슬리는 소리가 공기를 진동시키고, 선혈이 살점과 함께 지면에 대량으로 쏟아졌다.

그러나 쥘부채를 펼친 소녀는 피 한 방울 뒤집어쓰지 않고 요염하게 미소를 지었다.

"그대들은 아무런 잘못이 없네."

무너져 갔다. 외적을 일절 접근시키지 않았던 거대한 제국이 붕괴되려 하고 있었다.

"잘못은 없지— 이 땅에 태어난 불운을 제외한다면 말이야."

이 흐름은 누구도 막을 수 없다.

"그란츠에서 태어났다. 그것만으로도 백번 죽어 마땅해."

휘몰아치는 폭풍우를 인간이 막을 수는 없다. 그저 지나가기를 기다릴 수밖에 없다. 약자에게 남은 길은 문 뒤에 숨어서 숨을 죽이는 것뿐이다.

"유린하라. 섬멸하라. 정복하라."

소녀의 기도하는 듯한 중얼거림에 맞춰 주위에서는 비통한 외침이 메아리쳤다.

한두 개가 아니었다. 수십 개의 목소리가 중첩되어 공기를 가르듯이 울려 퍼지고 있었다. 살아남은 자는 한 사람도 없었다. 숨이라도 한 번 내쉬면 수많은 창끝이 날아들었다. 집요하게 사냥감을 노리는 짐승들에게서 도망칠 방도 따위 없었다.

그래도 개중에는 과감하게 맞서는 자들도 있었다.

"일어나라! 설 수 있는 자는 나를 따르라!"

검을 한 번 휘둘러 시체를 양산하는 모습은 말 그대로 일기당천(一騎當千)이었으며, 대지에 선혈을 흩뿌리는 모습은 그야말로 악귀나찰(惡鬼羅刹)로, 평범한 외모와는 딴판인 그 무위는 압도적이었다.

"그란츠의 땅을 짓밟는 족속들을 용서하지 마라!"

5대 장군이라 불리는 한 영걸이 패잔병들을 이끌고서 돌격을 개시했다.

"서방 수호 바키슈 5대 장군이군요. 괜찮으시다면 그 목을 제가 받고 싶습니다만."

온몸에 피를 뒤집어쓴 여자가 영걸을 앞에 두고 무시무시한 웃음을 지었다.

그 손에는 그녀의 키를 족히 넘는 대형 해머가 쥐어져 있었다.

"장난치지 말았으면 좋겠군……. 기분 나쁜 그 얼굴이 뭉개지길 원하진 않을 텐데?"

"……그럼 저는 당신의 몸통을 뭉개드리죠."

여자가 지면을 밟은 순간, 세계의 바람이 그곳에 모이는가 싶더니 폭발했다.

"무슨— 크헉!"

"과연, 세계에 이름을 떨치는 5대 장군……. 목만 남길 생각이었는데 튼튼하시네요?"

"마, 말도 안 돼……."

바키슈는 지면에 양쪽 무릎을 꿇고 배에 뚫린 커다란 구멍을 보며 토혈했다.

"쓸데없이 생명력이 높은 모양이에요. 그럼 조금은 절 즐겁게 해주시려나?"

여자가 손을 들자 병사들이 비열하게 웃으며 단도를 꺼냈다.

"쿨럭, 뭘, 뭘 하려는 거지……?"

"어디까지 고통을 견딜 수 있을지— 당연히 고문을 하려는 거죠."

잔혹한 말과는 반대로 여자는 산뜻하게 웃었다.

"먼저 손톱을 뽑고, 귀를 베고, 코를 자를 거예요."

"……훗, 하하하하— 썩을 것들이!"

바키슈는 힘을 쥐어짜 검을 들고 지면을 박찼다.

그러나 반격 따윈 무모했고, 어린아이의 장난이나 마찬가지인 행위였다.

날카로운 칼날은 얇은 가죽을 갈랐을 뿐, 저항해 봤자 소용없다는 사실만을 알게 했다.

엄청난 수의 적병에게 둘러싸인 바키슈는 증오의 폭풍에 삼켜졌다.

아무리 큰 명성을 얻은 인물이라도 전장에 예외는 없었다.

그곳에 자비는 없었다. 모두가 흉인(凶刃)에 의해 목숨을 잃었다.

이윽고 사지가 잘린 지휘관의 목이 내걸리자 각지에서 우렁찬 함성이 터져 나왔다.

"바키슈 5대 장군을 죽였다! 각지에 알려라! 거리에 목을 내걸어라! 우리 여섯 나라야말로 강자임을, 쳐들어온 것이 누구인지를 가르쳐 줘서 공포를 선사하는 거다!"

그래도 그들은 멈추지 않았다. 지휘관을 죽였어도 전쟁을 끝내지 않았다.

“뿌리 뽑아라! 한 명도 살리지 마라! 귀천 불문하고 평등한 죽음을 선사해라!”

그 목소리에 호응하여 오랜 원한을 풀듯이 끝없는 사망자가 생겨났다.

그런 처참한 상황에 둘러싸여도 소녀는 미소를 거두지 않았다.

“지금이야말로 선조의 복수를 이룰 때로다.”

제1장 폭풍 전의 고요

제국력 1024년 1월 4일.

이날은 살이 에일 듯한 예리한 아픔을 동반한 한풍이 불었다.

밖에 나가면 엄청난 추위에 떨림이 멈추지 않을 정도였다. 자칫 잘못하면 얼어 죽을지도 모를 정도의 한파가 대제도를 덮쳤다. 하지만 그런 가혹한 환경임에도, 이상하게 그란츠 대제국의 수도 클라디우스는 묘한 열기에 휩싸여 있었다.

중심가에는 사람이 넘쳐 나서 발 디딜 틈도 없었다.

기묘하게도 그들의 표정에는 하나같이 초조함이 드러나 있었고, 다들 커다란 짐을 들고서 정문으로 향하고 있었다. 마치 무언가에 겁먹은 것처럼, 마치 무언가로부터 도망치는 것처럼, 일심불란이라고 해도 지장이 없을 만큼 허둥거렸다.

"빨리빨리! 여기 있으면 죽어! 여섯 나라가 쳐들어올 거라고!"

그런 장사진에 끼어들려고 하는 상인이 있었다. 보통은 핀잔 받을 만한 상황이지만, 지금만큼은 아무도 그를 비난하지 않았다. 왜냐하면 주위에서도 많은 사람들이 새치기하며 앞다투어 정문을 빠져나가려 하고 있었기 때문이다.

그리고 그런 그들을 원망스럽게 노려보는 사람들이 있었다.

소리 내어 말하지는 않으나 마음속으로 내뱉는 것은 원망이리라.

매정한 자들이라고 욕하고 있을 것이 틀림없다.

도망치는 사람들을 멀찍이서 바라보고 있는 것은 원래부터 대제도에 거주하는 사람들이었다.

대제도에 위기가 닥쳐오고 있더라도 오랫동안 살아온 토지를 버릴 수는 없고, 무엇보다 타국으로 이주할 만한 재산이 있을 리 없었다.

설령 금전적으로 여유가 있고 운 좋게 전화를 피하더라도, 나라를 잃어버리면 삶이 바뀔 수밖에 없다.

즉, 남든 도망치든 똑같았다.

그렇기에 한곳에 머무르지 않는 상인들과 달리 그들은 이곳에서 움직일 수 없었다.

"매정한 녀석들이야. 여섯 나라가 무슨 대수라고. 이쪽은 그란츠 대제국이야."

"하지만 괜찮을까? 황궁에 침입한 도적과의 싸움으로 황제 폐하가 중상을 입었다던데."

"심지어 여섯 나라의 병력은 15만이래. 우리는 국토가 넓어서 각지에 전력이 분산되어 있어. 그 탓에 녀석들과 달리 당장 전력을 모으지 못해."

그란츠 대제국은 광대한 영토를 다섯 영역으로 구분해서 적대하는 나라들과 국경을 마주하고 있었다. 작은 충돌은 일상다반사라 병력 대다수가 국경선에 투입되어 분산되어 있었다. 만약 한곳에 모으려고 한다면 금세 어딘가 허점이 생길 것이다.

그렇기에 각 영토의 운영을 맡은 5대 귀족이라는 존재가 유사시에 두드러지지만, 그것도 건재했을 때 이야기였다.

“크로네 가문이 일으킨 반란 때문에 일시적으로 물자의 유통이 끊어져 버렸어. 그 탓에 다들 혹여 위험해질까봐 대제도로 다가오지 않아. 심지어 혼란이 수습되지도 않았는데 여섯 나라의 야만인들이 서방을 침공했어.”

“저지할 수 있을까?”

“글쎄…… 크로네 가문의 후임으로 마르크 가문이 된 것 같지만, 그 중앙 귀족들 사이에서 반란군이 나왔잖아. 그래서야 믿을 수가 있나. 그럼 서방 귀족들을 기대할 수밖에 없지만, 어디까지 버틸 수 있을지…….”

“이건 소문인데, 슈타이센 공화국뿐만 아니라 다른 나라들도 전쟁 준비를 시작했대. 본격적으로 주변 나라들과 싸우게 되면 그란츠 대제국은 정말로 끝이야.”

“모처럼 새해를 맞이했는데…… 어떻게 되려나…….”

민중은 불안한 시선을 황궁으로 보냈다.

구름 한 점 없는 푸른 하늘에 뜬 태양의 빛을 받아, 지상에 사는 사람들의 기분도 모른 채 오늘도 황궁은 눈부시게 반짝이고 있었다.

현재 그 안에서는 그란츠 대제국의 주요 인물들이 한자리에 모여 있었다.

알현실은 슈트벨 제1황자의 소행으로 사용할 수 없게 되었기에, 임시 사령부가 설치된 곳은 대기실이었다. 그곳에 히로를 포함한 황족, 그리고 대귀족이라 불리는 유력자들이 향후

방침을 정하기 위해 모여 있었다.

"앞으로 어떻게 해야 할지……. 폐하를 잃고 많은 고관을 잃었어."

이번에 벌어졌던 반란은 로잉 전 대장군이 일으켰다고 백성들에게 설명한 상태였다.

슈트벨 제1황자가 황궁에 침입하여 황제와 측근들을 살해한 것은 민중을 혼란에 빠뜨릴 테니 숨겼다. 그저 도적이 침입하여 황제가 다쳤고, 고관들 중에서도 사상자가 나왔다고 전했을 뿐이었다.

"전대미문의 사건이야. 아니지, 300년 전에 딱 한 번 비슷한 사건이 있었나."

"그래도 300년 전과는 비교가 안 돼. 이번처럼 15만이나 되는 대군이 쳐들어오지는 않았으니까."

그 시대는 혼란기라 어느 나라나 비슷한 일이 있었다. 무엇보다 그때는 황제만 한 명 희생되었을 뿐, 고관들에게서도 피해가 나왔다는 기록은 문헌에 없었다.

"황제 폐하의 죽음은 어떻게든 국민들에게 숨겼지만, 계속 숨길 수는 없을 테지."

언젠가 공표해야만 한다. 그러나 그것은 차기 황제가 정해졌을 때나 가능했다.

현재로서는 여섯 나라의 위협에 대항하기 위해, 황위 계승자들이 옥좌를 둘러싸고 싸우는 것을 막을 필요가 있었다. 그래서 일시적으로 보류 상태로 둘 수밖에 없는 상황이었다.

설령 잠정적으로 황제가 정해지더라도, 그에 불만을 품은 귀족 제후가 자신들이 추대하는 황위 계승자를 옹립하여 공동 통치가 될지도 모른다.

그렇게 되면 그란츠 대제국의 분열을 초래하고 만다.

'우선은 여섯 나라와 싸워서 승리해야만 해. 차기 황제는 그 후에 선출되겠지. 그것도 주변 나라들이 쳐들어오지 않을 때 얘기지만…….'

그란츠 대제국은 지극히 위태로운 균형 위에 성립되어 있었다.

서쪽의 여섯 나라, 남쪽의 슈타이센 공화국. 그 밖에도 주위에는 여러 중소 국가가 존재했다.

그들이 손을 잡기라도 한다면 눈 깜짝할 사이에 영토를 빼앗기고, 잃어버린 땅을 회복하지 못한 채 그란츠 대제국은 지도 상에서 모습을 감출 것이다.

'그걸 피하려면…… 사리사욕을 채우는 귀족들을 제거해야 해.'

배신은 배신을 부른다. 권력에 눈이 먼 귀족들 중에는 지금 가진 지위를 잃고 싶지 않은 자가 많으리라. 애국심 따위 없는 것이나 마찬가지였다.

그렇기에 감언에 현혹되는 자는 반드시 나온다.

영토의 안녕을 약속한다면 변심은 쉽다.

'하지만 단순한 방법으로는 또 다른 문제를 일으키게 돼. 일은 신중하게, 하지만 여섯 나라가 쳐들어온 상황에서 여유를 부릴 시간 따위 없어. 그렇다면 강제적인 수단을 쓸 수밖에 없는데…….'

히로는 탄식하고서 대기실에 모인 이들을 조용히 바라보았다.

모두들 나라를 걱정하며 하나같이 씁쓸한 표정을 짓고 있었다.

하지만 그중에서도 딱 한 사람, 태연한 얼굴로 회합을 지켜보고 있는 자가 있었다.

베어볼프 샤름 셀레네 폰 그란츠 제2황자.

북방 백성들의 열렬한 지지를 받고 있고, 『북방의 왕자』 혹은 『쌍랑』이라고 불리며 사랑받고 있었다. 중성적인 얼굴에 눈길을 끄는 외모지만, 그보다도 눈에 띄는 것은 두 눈동자의 색이 다른 것이었다. 『이채안(異彩眼)[바르딕]』이라고 불리며, 전설상의 인물들이 지녔던 영웅의 자질이라고도 일컬어지는 신체적 특징이었다.

셀레네 제2황자는 왼쪽 눈이 파란색, 오른쪽 눈이 금색으로, 그 탓인지 신기한 인상을 주었다. 하늘을 연상시키는 파란 머리카락은 비단처럼 부드러웠고, 몸의 선은 가늘었으며, 갈색 모피를 걸친 그 아래로는 백은색 갑옷이 얼핏 보였다.

현재로선 적대할 의사가 없는 것 같지만 실제로는 무슨 생각을 하고 있을지 알 수 없었다.

옥좌에 흥미는 없는 듯하나, 자신이 수호하는 북방만큼은 고집하고 있었다.

북방을 지키기 위해서라면 어떤 수단이든 쓸 각오를 가지고 있었다.

나중에 적대할 것을 생각하면 제일 먼저 제거하고 싶은 존재였다.

'하지만 이용 가치가 있는 상황에서 처리하는 것도 아까워. 아직 셀레네 제2황자는 좀 더 힘내 줘야 해. 적어도 리즈의 지위가 확립될 때까지는…….'

히로는 리즈에게 시선을 보냈지만, 그녀의 단려한 얼굴에는 깊은 그림자가 드리워져 있었다.

슈트벨 제1황자에게 패배한 영향이 남아 있음이 틀림없었다.

그 싸움으로 스카아하가 중상을 입어 여전히 의식이 돌아오지 않은 것도 한 요인이리라.

'슈트벨에게 지긴 했지만 수확은 있었어……. 『염제(레바테인)』의 각성을 촉구할 수 있었지. 하지만 걱정거리도 있어. 황제의 길을 걷기에는 아직 정신적으로 너무 미숙해.'

이래서야 귀족 제후의 지지는 얻어 낼 수 없다.

태양은 만민을 비추는 하늘의 지배자다. 특정한 자만을 비추는 것은 허락되지 않는다.

누군가를 생각하여 슬퍼할 것이라면, 모든 이들을 슬피 여겨야만 했다.

백성을 사랑하고, 병사를 존중하며, 나라를 생각한다.

'많은 위정자들이 잊고, 내버린 감정…….'

그녀(리즈)는 이름 모를 자를 위해 마음 아파할 수 있을 것이다.

히로 또한 리즈가 다정한 아가씨라는 것은 잘 알고 있었다.

'하지만…… 지금은 필요 없어. 감정에 휘둘려선 안 돼.'

황제가 건재하고, 한 달 전이었다면 그 안이함이 있어도 옥좌를 손에 넣을 수 있었을 것이다. 그러나 지금은 어떨까…… 황제를 잃고 타국이 쳐들어온 현재 상황을 고려한다면 매우 어렵다고 할 수밖에 없었다.

'차기 황제에게 요구되는 건 냉정한 판단이야. 감정에 휩쓸리지 않고 현황을 판별할 줄 아는 자여야 해. 리즈의 성장은 당목할 만하지만, 감정을 눌러 죽일 방도는…… 아직 갖추고 있지 않아.'

누구에게도 구속되지 않는다. 누구에게도 지배받지 않는다. 누구에게도 지시받지 않는다.

그것이 황제이고, 그란츠 대제국의 정점을 노리는 자가 지녀야 할 모습이었다.

지금 리즈는 힘은 충분하지만, 사자(獅子)— 왕의 풍격을 갖추지 못했다고도 할 수 있었다.

'그 밖에도 문제는 있지만…….'

히로는 목깃을 느슨하게 풀고 깊이 숨을 토한 후 로자를 힐끗 보았다.

요염한 미모에 험악한 표정이 떠올라 있었다. 황제가 죽었기 때문만은 아닐 것이다. 리즈를 옥좌에 앉힐 계획을 수정할 필요도 생겼기 때문이다.

'내 존재가 걸리적거리게 됐어. 일찍 리즈를 지지했어야 했는데.'

이번 사건으로 황위 계승 순위가 크게 변동되었다.

슈트벨 제1황자는 반란을 일으켜 황위 계승권을 박탈당했다.

그 다음은 브루탈 제3황자가 되지만, 서방 귀족들의 힘이 많이 약해진 상태다.

셀레네 제2황자는 옥좌에 관심이 별로 없기 때문인지, 중앙에 오는 일도 적고 병약하다는 이유로 황위 계승 순위는 낮게 취급되었다. 그렇다면 이 방에 있는 자들 중에서 가장 계승 순위가 높은 것은 누구인가— 만약 누군가가 묻는다면 모든 사람이 리즈를 가리킬 것이다.

그러나 여기서 방금 걱정한 문제가 부상한다.

그녀를 지지하는 파벌이 없었다. 즉, 그녀를 밀어주는 자가 없었다.

그래서야 계승 순위가 높아도 의미가 없다. 단순한 직함, 돼지 목에 진주 목걸이가 되어 버린다. 그렇게 되면 다음으로 계승 순위가 높은 히로의 존재가 리즈를 방해하게 된다.

남방 귀족의 지지를 얻었고, 『군신(마르스)』의 후손이라는 이유로 국민들 사이에서 인기도 높다.

무엇보다 알티우스의 유언으로 히로가 그란츠 황가에 양자로 들어온 후 쌓아 올린 공적도 나무랄 데 없었다.

'여기서 내가 황제가 되겠다고 선언해도 막을 수 있는 자는 없어.'

그래도—.

'분열할 거야. 그들이 그렇게 간단히 옥좌에 앉혀 주지는 않겠지.'

히로는 마르크 가문을 포함한 유력 귀족에게 시선을 보냈다.

힘을 잃은 크로네 가문을 대신해 마르크 가문을 주인으로 우러르기 시작한 중앙 귀족들의 얌체 짓은 넌더리가 날 정도였다. 그런 중앙 귀족들은 불안한 얼굴로 속닥거리고 있었다.

그 속닥거림의 일부는 어떤 인물에게 향해 있었다.

"왜 이제야 나타난 건지……."

"애초에 어디 있었던 걸까. 그는 황제 폐하와 함께 있었을 텐데."

그들의 시선은 갸름한 얼굴의 병약해 보이는 남자에게 향해 있었다.

비잔 기리시 폰 샤름.

5대 귀족 샤름 가문의 전 가주이자 황제의 오른팔로, 셀레네 제2황자의 외숙부이기도 했다.

슈트벨이 일으킨 반란으로 행방불명되었지만…… 얼마 전, 태연한 얼굴로 돌연 나타나 오늘 열린 회합에 참석했다.

"기리시 재상…… 그런 상황에서 용케 살아남았군요."

속닥거려 봤자 소용없다고 생각했는지 한 귀족이 단도직입적으로 말했다.

말에 약간 가시가 돋쳐 있는 것은 기리시 재상이 슈트벨 제1황자와 손잡고 있을 가능성을 고려했기 때문이리라. 그러나 기리시 재상은 안색 하나 바꾸지 않고 입을 열었다.

"뭔가 의문이라도?"

"당연하지 않습니까. 황궁에 있던 자들 대부분이 살해당했습니다. 살아남은 것은 사전에 비밀의 방에 숨은 여자와 아이

들뿐— 그런 가운데 황제 폐하와 늘 함께 행동했던 당신이 살아남았습니다. 다들 혹시나 하고 의문을 품는 게 당연하지 않습니까?"

귀족의 추궁하는 듯한 말투에 기리시 재상은 어깨를 으쓱였다.

"당시 나는 황제 폐하의 명을 받아 알현실을 떠나 있었네."

"호오…… 어떤 명이었는지요?"

"알현실의 경비를 늘리라는 명이었지. 그래서 근위 기사단 일부를 경비로 돌리려고 현관으로 향했을 때, 슈트벨 제1황자의 습격을 받고 부상을 입었네."

그때부터는 눈 깜짝할 사이에 일이 벌어졌다며 기리시 재상은 공포로 몸서리쳤다.

"어리석게도 모두가 경계를 풀고 있었어. 정령검 5제 소지자인 슈트벨 제1황자가 모습을 나타내자 다들 안도했겠지."

하지만 곧장 그것이 실수였음을 알았다.

"학살이 시작됐네. 다들 무슨 일이 벌어졌는지 모른 채 죽었어. 나도 정신을 차렸을 때는 한쪽 팔을 잃은 상태였지."

기리시 재상은 왼쪽 소매를 움켜쥐었다. 텅 비었음을 나타내듯 소매에 주름이 새겨졌다.

"폐하께 비상사태를 알리고자 수치를 참고 도망치기로 했네. 하지만 출혈이 심하여 도중에 정신을 잃고 말았어. 그러나 운 좋게도 한 시녀가 나를 살렸고…… 이렇게 무사한— 아니, 꼴사나운 모습을 보이고 있는 것이네."

"그런 설명으로 납득할 수 있을 것 같은가!"

다른 귀족 한 명이 책상을 양손으로 내리치며 일어났다.

"상대는 정령검 5제 소지자야. 실제로 슈트벨 제1황자의 공격을 받고 살아남은 자는 당신뿐이야. 이게 말이 된다고 생각하나?!"

분노하는 귀족에 이어 다른 자들도 납득할 수 없다는 듯 불만을 각각 입에 담았다.

"정령검 5제 앞에서 일반인은 갓난아이나 다름없어. 천재(天災)를 만나 한쪽 팔만 희생하고 도망치다니…… 믿을 수 있는 일은 아니지."

"슈트벨 제1황자와 내통하고 있던 것 아닌가? 혐의를 받지 않게 왼팔을 희생했다고 생각하면 앞뒤가 맞아."

히로도 귀족들의 의문에는 거의 같은 의견이었다.

재상은 황제 다음가는 위치에 있다. 황제 다음으로 가장 중요한 인물이었다.

만약 국가 전복을 꾀한다면 기리시 재상이 도망가도록 두지는 않을 터다.

'슈트벨의 역량이라면 기리시 재상을 쉽게 처리할 수 있어. 하지만 증거가 없지. 현재로선 방치할 수밖에 없어.'

무엇보다 기리시 재상만큼 만만치 않은 인간이 그리 간단히 허점을 드러낼 리가 없었다.

"어이가 없군. 그런 근거 없는 이유로 나를 내통자라고 몰아세우다니, 부끄러운 줄 아시게!"

기리시 재상에게서 노기 띤 목소리가 터져 나왔다.

평소 냉정하고 침착한 그치고는 드물게도 감정을 드러내고 있었다.

기리시 재상의 오른손이 책상을 때리자 귀족들의 속닥거림이 뚝 멎었다.

"그리고 언쟁하고 있을 때가 아니잖나. 이러고 있는 동안에도 정령왕께 받은 그란츠 대제국의 신성한 영토가 서방의 야만인들에게 짓밟히고 있네."

일리 있었다.

증거도 갖춰지지 않았는데 규탄하는 것은 시간 낭비고, 그 밖에 우선해야 할 일이 있었다.

자기 일을 어물쩍 넘기는 것이기는 하지만 정론이었다. 그렇기에 귀족들은 입을 다물고 말았다.

"지금이야말로 일치단결해야 할 때인데, 이래서야 황제 폐하를 뵐 면목이 없네! 내게 죄를 씌우고 싶다면 서쪽의 야만인들을 몰아낸 다음에 하게!"

후안무치하다고 히로는 내심 중얼거렸지만, 그란츠 대제국의 재상이 살아남은 것은 불행 중 다행이라고도 할 수 있었다. 황제를 잃은 현재, 국가의 수장은 틀림없이 그이고, 그가 있기에 향후 방침을 아우르기 쉬워진 것은 확실했다.

"그럼…… 여섯 나라로 의제를 넘겨도 되겠습니까?"

성과 없는 싸움을 바라보던 진행 역의 귀족이 어이없음을 담아 말했다.

반대하는 자가 없음을 확인한 그는 문관에게 자료를 요구했다.

"여러분도 아시다시피 여섯 나라의 병력은 약 15만입니다만, 밀정의 보고에 의하면 그들의 본국에서 속속 원군을 보내고 있어서 최종적으로는 20만을 넘을지도 모릅니다."

진행을 맡은 귀족은 문관에게 받은 보고서를 담담히 낭독했다.

이에 조용히 귀를 기울이고 있던 귀족들이 놀란 목소리를 냈다.

"그런 대군이 중앙에 밀려들면 막을 수 없어!"

"중앙 이외의 원군은 어떻게 되고 있지?"

"각 영역의 원군이 중앙에 집결할 때까지 한두 달, 그 후 요격할 준비를 갖추더라도…… 아무리 빨라 봐야 석 달이겠죠."

"그렇게 긴 기간을…… 위협에 노출된 서방 귀족이 버틸 수 있을까?"

마지막 의문에는 누구도 대답하지 못했다. 심각한 공기가 대기실을 가득 채워 갔다.

쥐 죽은 듯 고요해진 실내를 둘러본 진행 역의 귀족이 입을 열었다.

"현재 서방에 침공한 여섯 나라는 군대를 여러 부대로 나누어 서방 영토를 진격하고 있는 모양입니다. 보고서에 의하면 성채와 도시를 차례차례 함락하여 날뛰고 있는 것 같군요."

"페르젠에서 치안 활동을 하던 군대는 뭘 하고 있는 건가?!

왜 이렇게 쉽사리 침공을 허락한 거지? 브루탈 제3황자는 어디서 뭘 하고 계시나?"

"그보다도 서방에는 바키슈 5대 장군이 있을 텐데, 어떻게 되었나?"

질문을 받은 진행 역의 귀족이 분한 얼굴로 입을 뗐다.

"서방 귀족의 주력— 브루탈 제3황자가 이끄는 군대는 페르젠 속주에서 발이 묶인 모양입니다. 그리고 바키슈 5대 장군은, 페르젠 속주와의 사이에 있는 국경선을 사수하고자 분전했으나…… 전사한 것 같습니다."

5대 장군은 그란츠 대제국을 대표하는 위대한 무장들이었다.

황제에게 직접 각 영역의 수호를 명받고 최후의 방파제로서 타국을 감시하고 있었다.

그 시신이 어떻게 됐을지는 상상하기 어렵지 않았다.

서방 귀족들의 항복을 촉구하는 본보기로 크게 이용되었으리라.

'그건 그렇고, 바키슈 씨가 전사했나…….'

서방 수호 바키슈 폰 하스 5대 장군. 특별히 친하지는 않았지만, 그래도 드랄 대공국을 공격할 때 신세를 졌다. 그가 없었다면 히로의 책략은 성공하지 못했을 테고, 리즈를 되찾지도 못했으리라.

"국경 수호대는 1만이 못 됩니다. 매우 힘든 싸움이었겠죠. 무엇보다 『황흑기사단』도 브루탈 제3황자를 수행하고 있으니, 5대 장군이라고는 해도 여섯 나라의 맹공을 버티는 건……."

"그러니까, 대체 어떻게 여섯 나라는 대군을 이끌고 서방에 침입할 수 있었던 것이오? 15만이라는 숫자를 못 볼 수는 없소. 만약 녀석들이 우리에게 들키지 않고 이동할 수 있다면 이미 중앙에 침입했을 가능성도 있소. 대책을 강구해야 하오."

보이지 않는 적에게 겁을 집어먹은 귀족이 허세를 부리듯 소리 높여 말했다.

"아마도…… 페르젠 잔당군에 섞여 숨어 있었겠죠."

히로는 이야기가 진행되지 않는 것을 보고 책상 중앙에 놓인 지도를 가리켰다.

"15만이라는 숫자를 소규모로 쪼개 점차 페르젠 잔당군에서 이탈시킨 겁니다. 그렇게 몇몇 장소에서 합류한 후, 서방을 공격했다고 생각하는 게 타당하겠죠."

페르젠 속주에는 큰 전투를 몇 번 겪으면서 폐허가 된 도시나 마을, 요새나 성 등 숨을 장소가 얼마든지 존재했다. 그것들을 이용하면 대군을 숨기는 것도 가능했다.

그러나 히로의 설명을 들어도 귀족들은 믿을 수 없는 모양이었다.

"히로 전하, 외람된 말씀이지만 15만이라는 숫자를 소규모로 쪼개서 보내려면 정신이 아득해질 만한 세월이 필요합니다. 게다가 들켜선 안 되니 세심한 주의도 필요하죠. 도저히 현실적이지 않습니다."

"현실적이지 않은 일을 실행한다— 그만큼 진심이라는 거야."

히로가 반론하기 전에 셀레네 제2황자가 책상에 한쪽 팔꿈

치를 올리고서 즐겁게 말했다.

"예전부터 준비한 거지. 몇 년이나 전부터…… 아니, 어쩌면 몇십 년이라는 방대한 시간을 들였을지도 몰라. 이쪽에 들키지 않도록 세심한 주의를 기울여 준비를 진행했던 거야…… 그렇지?"

셀레네 제2황자가 동의를 구하듯 히로에게 미소 지었다.

"예, 그란츠 대제국에 빈틈이 있었다는 뜻이기도 하지만 말이죠."

그란츠 대제국을 멸망시키기 위한 치밀하고도 장대한 계획.

강대한 힘에 오만해져 있던 그란츠 대제국은 타국을 침공하는 데만 정신이 팔려서 놓치고 있었다.

스스로 초래한 화— 그것이 돌이킬 수 없는 지금의 상황을 불렀다.

"왜 그토록 그란츠 대제국을 원망하는 거지……?"

젊은 귀족이 비탄에 잠긴 표정으로 말했다.

"대국이기에, 역사가 길기에, 우리나라를 원망하는 자는 많아."

이번에 여섯 나라가 침공한 이유의 근원— 그것을 아는 고참 귀족이 깊은 한숨을 내쉬었다. 젊은 귀족의 무지함이 기막혀서가 아니라, 그란츠 대제국이 짊어진 업을 생각하고 나온 한숨이었다.

"특히 여섯 나라의 원한은 상당해. 셀레네 제2황자님의 말씀을 빌리자면, 여섯 나라는 1000년이나 전부터 준비했다고도 할 수 있겠지."

탄압받은 과거, 박해받고 서쪽으로 건너간 자들.

과거 그란츠 대제국을 위해 분골쇄신했던 일족의 후손, 또는 그 관계자.

그것이 히로의 부하였던 『흑천오장』의 자손들이 일으킨 여섯 나라였다.

여섯 나라는 그 이름대로 여섯 왕가로 이루어진 연합 국가다.

통일왕을 정점으로 한 굳건한 결속으로 성립되어 있는데, 그중에서도 세 왕가의 시조가 『흑천오장』이었다. 인종은 다양해서 수족(앤스로), 이장족(알브), 소인족(드워프), 인족(휴먼)도 있고, 국민성 또한 특색이 있다고 들었다. 물론 어느 나라든 선조의 원한을 잊지 않았다.

명예가 회복되었다고는 하지만, 그란츠 대제국에서 『흑천오장』의 후손은 존재하지 않는 것으로 취급하고 있었다. 역사에서 말소된 자들의 원한은 이루 헤아릴 수 없었다.

그렇기에 이번 침공은 필연이라고도 할 수 있을 것이다.

침묵이 내려앉은 대기실에서 여태껏 회합을 지켜보던 자가 입을 열었다.

"우선은 앞으로 어떻게 할지를 생각하는 게 어떨까?"

세리아 에스트레야 엘리자베스 폰 그란츠 제6황녀.

비단실 같은 윤기를 지닌, 불꽃을 연상시키는 붉은 머리카락, 형형히 타오르는 홍옥의 눈동자에서는 강한 의지가 느껴졌다. 늠름한 얼굴에는 아직 어린 티가 남아 있으나, 명장이 만든 조각처럼 섬세한 외모는 사람들의 눈길을 사로잡았다.

"지금 이야기를 나눠야 할 내용은 침공한 여섯 나라를 어떻게 할지잖아."

이리 갔다 저리 갔다, 군의가 또 본제에서 벗어나자, 리즈는 질렸다는 어조로 말했다.

"그, 그렇군요. 이야기를 진행하죠."

진행 역의 귀족이 헛기침을 한 번 한 후, 들고 있던 양피지를 펼치고 중얼거렸다.

"반란군에 참가한 병사 3만은 대부분 투항했습니다만, 정신적으로 불안정하기에 반공 작전에 같이 보내기는 어렵습니다. 게다가 반란에 가담했던 귀족들을 처벌하면 중앙의 병력은 대폭으로 감소해…… 당장 움직일 수 있는 건 5만 정도라고 추측하고 있습니다."

그러나 자포자기한 탈영병이 각지에서 날뛰고, 중앙의 혼란을 노리고서 도적 등이 출몰하여 치안은 악화 일로를 걷고 있었다.

5만이라는 수는 그것들을 무시해야 모을 수 있는 것이었다.

"치안 유지 등을 생각하면 현재 모을 수 있는 수는 2만 정도입니다."

"그 정도 숫자로 15만의 군세를 물리칠 수는 없소. 역시 각지에서 오는 원군을 기다릴 수밖에 없는가."

"그럴 수밖에 없겠지. 한동안 서방이 버텨 줄 수밖에. 지금은 북방, 동방, 남방에서 전력을 불러들여야 해."

"그러기도 어렵네."

그때, 기리시 재상이 고뇌에 찬 얼굴로 말했다.

"왜 어렵다는 겁니까?"

귀족이 의문을 나타내자, 히로가 일어나 편지 한 장을 꺼냈다.

"무주크 가문에서 제게 편지를 보냈습니다."

남방을 지배하는 5대 귀족의 이름이 나오자 대기실이 약간 더 소란스러워졌다.

히로는 과장된 손짓으로 편지를 두드려 귀족들에게 침묵을 촉구했다.

"이 편지에는 슈타이센 공화국이 국경선에 군대를 전개하고 있다는 긴박한 상황이 적혀 있습니다. 현재 수는 불명이지만, 1~2만 수준이 아니라고 합니다."

"말도 안 됩니다! 슈타이센 공화국은 후계자 싸움으로 타국의 분쟁에 개입할 만한 상황이 아니지 않습니까."

"저도 그렇게 생각하지만 사실입니다. 무주크 가문은 제4황군을 움직여 달라고 편지로 요청했습니다."

그 지휘권은 제6황녀에게 있었다.

모두의 시선이 일제히 리즈에게 향했으나, 그녀는 복잡한 표정을 짓고서 탄식했다.

"제4황군을 움직이는 건 상관없어. 준비도 금방 끝나겠지만…… 그러면 남방에서 보내는 원군을 일절 기대할 수 없게 돼."

슈타이센 공화국이 물러날 때까지 싸우는가, 아니면 평화조약을 맺는가, 어느 쪽이든 시간이 걸릴 것은 명백했다. 심지어 제4황군의 지휘권은 리즈에게 있기에 그녀의 명령 외에는 받지 않는다. 요컨대 리즈 자신이 남방으로 가서 슈타이센 공화국을 상대해야만 했다.

"그란츠 대제국에서 현재 정령검 5제 소지자는 세리아 에스트레아 전하뿐입니다. 그런 전하를 남방으로 보내는 것은 아무래도……. 지금은 남방의 시골 공화국보다 서방의 여섯 나라가 훨씬 큰 위협입니다. 무주크 가문에는 어떻게든 버텨 보라고 해야 하지 않겠습니까."

한 귀족이 의견을 내자 귀족 제후가 그에 동의하듯 차례차례 고개를 끄덕였다.

하지만—.

"아뇨, 리즈가 남방으로 가야 합니다. 이 상황에서 무주크 가문과도 사이가 틀어지는 건 피하고 싶은 일이에요. 그들을 적으로 돌리면 그야말로 그란츠 대제국은 끝나니까요."

안 그래도 서방이 와해되려 하고 있는데, 남방까지 무너지면 그란츠 대제국은 정말로 붕괴되어 버린다.

"그럼…… 히로 전하, 서방은 어쩌실 겁니까?"

"2만의 군세를 이끌고 제가 가죠."

"히로, 잠깐만! 고작 2만으로 뭘 어쩌려고?"

리즈가 놀란 얼굴로 대화에 끼어들었다.

히로는 코끝을 긁적이며 리즈를 향해 쓰게 웃었다.

"괜찮아, 무모한 짓은 안 할 테니까. 그저 중앙에 밀어닥치지 못하도록 붙잡아 두려는 거야."

"붙잡아 둔다고?"

리즈의 대답에 히로는 고개를 끄덕였다.

"상대는 15만이라는 대군이야. 모든 귀족이 손을 맞잡지 않는 한, 절망적인 상황을 타개할 수 없어. 그렇다면 중앙에 병력을 집결해서 여섯 나라와 결판을 내야 해."

"중앙에서 여섯 나라를 요격하려는 거야?"

"응. 서방 백성들에게는 미안하지만, 참고 버텨 달라고 해야지. 지금은 아무튼 전력을 갖추는 데 집중해야 해."

하지만 시간이 지나면 지날수록 서방의 희생자는 계속 늘어나리라.

많은 귀족 제후가 그란츠 대제국에 불신감을 품고 내통자가 생길 수도 있다.

그것을 피하기 위해 히로가 직접 서방으로 가서 2만의 병사를 지휘하는 것이다.

"원군이 2만이라는 걸 알면 서방 백성들은 낙담할지도 모릅니다."

히로는 리즈에게서 시선을 떼고 군의에 참가한 이들을 둘러보았다.

"하지만 『군신』의 후손인 제가 지휘관으로 간다면 조금이나마 불안을 누그러뜨릴 수 있습니다."

그란츠 대제국의 중요 인물인 히로가 원군으로 달려간다면, 본국은 서방을 버리지 않았다는 희망을 서방 귀족과 민중에게 줄 수 있을 것이다.

"그리고 브루탈 제3황자는 페르젠 속주에 머물러 있으라고 하죠. 다가올 때를 대비해 힘을 비축했다가, 시기가 오면 여섯 나라를 협공해서 철저히 타파하는 겁니다."

현실미 없는 탁상공론이지만 자신감 있게 전해야만 했다. 딴마음을 품은 귀족 제후가 나쁜 생각을 하지 못하게 견제하는 의미도 담겨 있었다.

"켈하이트 가문의 가주 대리는 동방으로 가서 되도록 많은 병력을 모아 중앙으로 돌아와 주세요. 셀레네 제2황자님은 이대로 대제도에 주둔하여 여섯 나라에 대한 대책 등을 검토해 주셨으면 좋겠습니다."

히로가 그렇게 말하며 로자와 셀레네 제2황자에게 시선을 주자 각각 고개를 끄덕여 주었다.

히로는 쉬지 않고 잇따라 말을 쏟아 냈다.

"그리고 민중의 불만과 경제 타격을 피하기 위해 상인을 안심시켜야 합니다. 불안정한 서방의 교역로를 변경하는 걸 제안합니다."

"그건 상관없지만…… 어디 점찍으신 곳이라도 있습니까?"

기리시 재상의 질문에 히로는 당연하다는 듯 고개를 끄덕였다.

"드랄 대공국의 협력을 얻어 경제 정체를 피하기로 하죠. 또한 북방에 있는 레벨링 왕국과의 교역을 더욱 굳건히 다져서, 풍부한 광석을 종래 가격보다 두 배 비싸게 사들여 이쪽에 우선적으로 들이는 겁니다. 일시적이기는 하겠지만 전쟁이 끝날 때까지 시장 활성화에 이용하는 거죠."

히로의 말에 기리시 재상이 턱을 짚고 침묵했다. 한동안 정적이 감돈 후, 그는 크게 고개를 끄덕였다.

"……흠, 그란츠 대제국과 손잡는 것이 이익으로 이어진다고 여기게 만드는 거로군요?"

일단 우선할 일은 타국이 그란츠 대제국에 쳐들어오는 상황을 저지하는 것이다. 주변 나라들에게 그란츠 대제국은 이 정도로는 흔들리지 않는다고 여유로운 태도를 보인다면, 협력자를 얻지 못한 여섯 나라는 안달하게 되리라.

납득하는 귀족들이 있는 반면, 리즈는 불만스러운 얼굴로 입술을 삐뚜름하게 만들었다.

"경제 활성화는 알겠어. 전쟁이 장기화될 때에 대비해서 그러는 거지? 하지만 그것만으로는 현재 상황을 타파할 만한 힘이 못 된다고 생각해. 실제로 서방에 쳐들어온 상태고 말이야. 이쪽이 완전한 상태가 되기 전에 여섯 나라가 서방을 안정시키고 중앙을 공격해 올지도 몰라."

그 미성에 막힘은 전혀 없었고 자신감이 넘쳤다.

리즈는 망설이는 기색도 없이 당당한 태도로 의견을 말했다.

"내가 슈타이센 공화국을 상대하는 동안 서방이 버틴다는 보증도 없잖아. 아까 2만으로 붙잡아 두겠다고 했지만, 상대는 15만이야. 저쪽에서 별동대를 조직한다면 오히려 히로가 발을 묶이게 될 수도 있어."

그걸 막을 방도는 있는 거야? 하고 마지막에 덧붙인 리즈는 히로를 보았다.

묵묵히 이야기를 들은 히로는 이 자리의 분위기도 잊고서 멍한 얼굴을 하고 말았다.

설마 리즈에게 지적받을 줄은 몰랐기 때문이다.

귀족들의 눈을 그 문제에서 돌리려고 어물쩍 넘어갔는데 눈치챈 모양이다.

'아니…… 이상한 일은 아니야. 원래 리즈의 성장은 당목할 만했어.'

최근에는 로자에게 정치를, 아우라에게 군략을 배우고 있다고 들었다.

누군가에게 들은 것이 아니라, 스스로 생각한 끝에 의문이 생겼기에 의견을 제시한 것이다.

그 성장이 기뻐서, 히로는 무심코 얼굴이 풀어지려는 것을 필사적으로 다잡았다.

'그럼 나는 네 성장에 부응해야겠지…….'

기분을 가다듬은 히로는 그녀의 불안, 더 나아가 의혹을 불식시키기 위해 설명을 시작했다.

"그건 당연한 의문이야. 하지만 여섯 나라는 한동안 서방에 계속 머무를 수밖에 없어. 이유는 지금부터 몇 가지 설명할게."

히로는 지도를 가리키고 덧그리듯 움직였다.

"먼저 여섯 나라는 병참을 확립하지 못한 상태야. 얼마나 오랜 세월을 들였는지는 알 수 없지만, 15만이라는 대군의 식량을 충분히 준비하지는 못했을 거야. 그렇다고 도시나 마을을 약탈할 수도 없어."

"어째서? 그란츠 대제국을 원망한다면 약탈하는 거 아니야?"

모르겠다며 솔직하게 고개를 갸웃하여 표현하는 리즈에게 히로는 온화하게 웃어 보였다.

"겨울인 지금, 약탈이라는 무모한 짓을 저지른다면 굶어 죽는 사람이 나올지도 모르고, 현지 백성이 반발하여 무장봉기로 이어지게 돼. 중앙으로 진출하는 것을 포함해서 향후 통치를 생각하면 그런 실책은 피하고 싶겠지."

어지간히 무능하지 않다면 약탈을 허가할 리 없다. 패전이 농후해지면 어떻게 나올지 알 수 없으나, 현재 상황은 여섯 나라가 우세하니 무모한 짓은 하지 않을 터였다.

"……응, 응."

히로는 열심히 고개를 주억거리며 이해하려고 하는 리즈를 보면서 천천히 말을 자아냈다.

"또 하나, 페르젠 속주를 넘어가면 본국에서 물자를 조달하기 어려워져. 페르젠 속주에는 그들의 협력자도 있지만, 적대자인 브루탈 제3황자도 있어. 일단 그에게는 보급로의 수색과 파괴를 우선하라고 해서, 이쪽의 전력이 갖춰질 때까지 방해할 생각이야."

식량이 없으면 전쟁은 불가능하다. 사람이 없으면 식물은 자라지 않는다. 토지가 없으면 사람은 태어나지 않는다. 침략한 후를 생각한다면 이 세 가지를 무시할 수는 없다.

"이 불안 요소들 때문에 당장 중앙에 쳐들어오지는 않을 거라고 나는 보고 있어. 저쪽도 만반의 준비를 하고서 결판내려고 할 거야."

15만이라는 대군을 모았으니 패배만큼은 피하고 싶을 터였다.

"그러니까 이쪽도 전력을 갖출 시간은 충분히 있어."

하지만 실제로는 당장에라도 쳐들어올 것이라고 히로는 확신하고 있었다.

'저쪽도 우리와 똑같은 생각을 하고 있을 테니 말이지. 뭔가 대책을 강구했을 터― 계절도 그렇지만, 대군을 움직인 이상은 단기간에 결판을 내고 싶겠지.'

히로는 그렇게 생각하면서 리즈에게 시선을 보냈다.

리즈는 납득할 수는 없지만…… 떨떠름한 느낌으로 끙 소리를 내고 있었다.

'이걸로 그녀를 무주크 가문에 보낼 수 있어.'

가슴을 쓸어내린 히로는 의회에 참석한 이들을 바라보며 다른 의견은 없는지 물었다.

아무도 말을 꺼내지 않았다.

반대 의견이 없음을 확인한 히로는 의자에 앉았다.

"그럼 지금부터 각각의 역할을 얘기하죠."

기리시 재상이 대신 일어나 담담히 군의를 진행했다.

'이 정도면 되겠지…….'

히로는 시선을 손으로 내리고 무주크 가문이 보낸 편지를 바라보았다.

*****

군의가 끝나 복도로 나온 히로는 묵묵히 걷기 시작했다.

많은 귀족들이 분주하게 히로를 추월하여 달려갔다.

복도에 있는 이들에게서 전해지는 열기는 다양했다.

서방에 가까운 영지를 가진 중앙 귀족은 초조함에 사로잡혀 있었고, 멀리 떨어진 곳에 자리 잡은 북방 귀족은 자신과는 상관없다는 듯 묵직한 발걸음이었다.

'이번 전쟁에 관해서는 온도 차가 심하구나.'

지금까지는 국지적인 싸움만을 해 왔다.

그란츠 전체가 휘말린 국가 규모의 전쟁은 처음이라서 대부분이 강 건너 불구경하는 태도였다. 인간은 자신이 직접 피해를 받아야 처음으로 위기를 느끼는 생물이기에, 귀족들도 자신들의 영지에 위험이 닥치지 않는 한 허둥거리지 않는다.

그래서 이런 온도 차가 생기는 것이다.

즉, 오랜 세월 평화를 구가한 귀족들에게는 위기감이라는 것이 갖춰져 있지 않았다.

'요컨대 평화에 찌들어 있는 거지.'

그렇기에 국가의 위기에 너무나 우둔했다. 생각이 안이해져 버린 상태였다.

담소하는 귀족 무리를 발견한 히로는 한층 불쾌해지고 말았다.

히로는 빠른 걸음으로 자리를 떠나려고 했지만—.

"히로, 기다려."

목소리에 이끌려 뒤돌아보니 리즈가 양쪽 허리에 손을 얹은 채 서 있었다.

부루퉁한 얼굴이지만 애교도 느껴지는 그 표정에 히로는 가슴속에 휘몰아치는 분노를 누그러뜨렸다.

"무슨 일이야?"

"무슨 일이긴. 고작 2만으로 정말 괜찮은 거야?"

"아까 군의 중에도 말했지만, 전력이 모일 때까지 시간을 버는 것뿐이야."

"정말로?"

리즈가 바싹 다가왔다. 히로는 눈앞까지 다가온 미모에 깜짝 놀라서 뒷걸음질 쳤다.

"저, 정말이야. 역시 15만을 상대로 돌격하는 건 만용이니까."

쑥스러움을 감추듯 히로가 안대를 쓰다듬자 리즈가 손가락을 척 들고 입을 열었다.

"위험한 짓 하면 안 돼. 슈타이센 공화국을 물리치면 반드시 돌아올 테니까, 그때까지 얌전히 기다리고 있어."

"알고 있어. 확실하게 기다리고 있을게."

히로는 미소 지었으나, 리즈는 수상쩍다는 눈빛을 보냈다.

최근 리즈는 히로에 대한 의심이 많아졌다.

신뢰하지 않는 것은 아니었다. 다만 지금까지 그랬던 것처럼 히로의 말을 곧이곧대로 받아들이지 않게 된 것이다. 자기 나름대로 음미하여 생각한 끝에, 전면적으로 찬성하는 것이 아니라 리즈 나름의 생각을 말하게 되었다.

향후를 생각하면 그것은 좋은 일이지만, 이 상황에서는 기쁘지 않은 일이었다.

“아아, 맞다. 남방에 갈 때 가더랑 후긴 남매도 같이 데려가 줬으면 좋겠어.”

“후긴이랑 무닌도?”

“응. 부탁할게.”

히로의 요청에 리즈가 의아해하며 눈썹을 찌푸렸다. 히로는 쓴웃음을 짓고서 이유를 이야기했다.

“베르크 요새에는 부상이나 치료 때문에 돌아간 『아군(鴉軍)』이 있으니까. 중앙에 돌아올 때 그들도 데려와 줬으면 하거든.”

“그럼 내가 데려올게. 가더랑 후긴 남매는 히로와 함께 가는 편이 좋다고 생각해.”

“『아군』은 원래 용병이었어. 거친 자들로만 구성되어 있는 건 너도 알잖아. 어쩌면 리즈의 말을 안 들을지도 몰라. 그때를 위해 가더를 데려가 줬으면 하는 거야.”

속으로는 그런 일은 없을 거라고 정반대의 생각을 떠올렸지만, 소리 내어 말하지는 않았다.

“그리고 제4황군과 『아군』의 각 부대장들이 친해지도록 도모해 줬으면 좋겠어. 그러면 서로 등을 맡길 수 있게 되어 안도감이 생기고, 연계도 잘 이루어지게 될 거야.”

“알겠어. 노력해볼게.”

"부탁할게. 난 그때까지 어떻게든 시간을 벌 테니까."

"……응."

고개를 끄덕인 리즈는 복잡한 표정을 지었다. 생각하는 바가 있는지 뭔가 말하고 싶은 얼굴로 시선만 슬쩍 올려서 쳐다보았다. 그것을 알아차린 히로는 안심시키듯 그녀의 어깨를 두드렸다.

"걱정할 필요 없어. 너라면 반드시 슈타이센 공화국을 이길 수 있어. 내가 없어도 지금의 너라면 괜찮아."

히로가 확실하게 보증했지만 리즈는 불만스럽게 입을 삐죽였다.

"정말로 그렇게 생각해?"

역시 슈트벨 제1황자에게 패배한 영향이 아직 남아 있었다. 완전하게 자신감을 갖지 못하고 있는 가장 큰 원인— 그것을 없애려면 강제적인 수단을 쓸 수밖에 없을 것이다.

'괜찮아. 내게 생각이 있으니까…… 너라면 분명 고난을 극복할 수 있을 거야.'

히로는 자신의 생각을 가슴속에 갈무리하고서 이야기를 얼버무리기로 했다.

"그렇게 생각해. 그러니 넌 걱정하지 말고 계속 앞으로 걸어가면 돼."

그러기 위한 길을 만들자. 그녀가 망설임을 끊어 낼 수 있을 만한 자신감을 가질 수 있게 하겠다.

그것은 리즈가 하늘에 올라 태양이 되는 날을 위해 필요한 것이었다.

리즈는 불안감을 다 감추지 못하는 모습이었으나, 히로는 이 이상의 말은 무의미하다고 판단했다.

자신감을 잃은 것이 실전 때문이라면, 실전으로 되찾을 수밖에 없으니까.

"그러고 보니 스카아하의 몸 상태는 어때?"

"의식은 아직 돌아오지 않았지만…… 의사의 말로는 곧 깨어날 거라고 했어. 그리고 상처도 순조롭게 낫고 있는 것 같아."

"그럼 깨어나면 그녀도 같이 데려가 줘. 여기에 남겠다고 할지도 모르지만, 억지로라도 데려가 줘. 치료를 우선했으면 좋겠거든."

스카아하는 슈트벨과 싸우고 『타천자』를 상대하면서 중상을 입었다.

정령검 5제의 가호로 인해 치명상이 되지는 않았지만, 그래도 일반인이었다면 평생을 누워서 보낼 만한 부상이었다.

히로와 맺은 서약도 있으니, 깨어난 그녀는 리즈와 함께 가겠다고 할 것이다.

"고집스러운 성격이니까 간단히는 고개를 끄덕이지 않겠지만, 리즈가 설득하면 스카아하도 싫다고 하진 못할 거야."

"물론 스카아하에게는 치료를 우선시킬 거지만……."

"그럼 안심이네."

히로는 작게 웃고서 리즈의 어깨를 두드려 대화를 강제로 끝냈다.

“시간을 낭비할 순 없지. 이러고 있는 지금도 여섯 나라 때문에 고통 받고 있는 서방 백성들이 있으니까 말이야. 당장 준비하자.”

“으, 응. 출발 준비가 다 되면 알릴게.”

당황을 담은 리즈의 대답을 마지막으로 히로는 그녀 옆을 지나쳤다.

그리고 히로는 리즈에게 **등을 돌리고서** 복도를 걷기 시작했다.

“……히로?”

그녀의 슬픈 음성은 히로에게 전해지지 않은 채, 허무하게 정적에 녹아들었다.

*****

그란츠 대제국에는 특정한 인물만이 들어갈 수 있는 장소가 몇 군데 존재한다.

그중 하나가 옛 후궁 터— 황궁 베네자인 뒤편에 존재하는 공터였다.

15년 전에 일어난 처참한 사건 이후로 건물은 허물어졌다.

지금도 무언가가 지어지는 일은 없었고, 광대한 토지에는 구멍이 뻥 뚫려 있었다.

다른 하나는 역대 황제가 잠든 묘소였다.

황궁 지하에 존재한다는 소문이 도는 곳이었다.

‘현 황제와 차기 황제만이 들어갈 수 있는 영역인가…….’

저녁 무렵, 처참한 사건이 일어난 복도라 인적이 드문 탓인지 발소리가 유난히 크게 울렸다.

히로가 목적지— 귀빈실 앞에 도착하자 두 남성이 나타나 고개를 숙였다.

한 사람은 기리시 재상이고, 다른 한 사람은 묘지기장이었다.

“히로 전하, 귀한 걸음 해주셔서 감사합니다.”

히로가 여기 온 이유는 바로, 눈앞에 있는 기리시 재상이 불렀기 때문이었다.

“황제 묘소에 침입자가 나타났다고요?”

“예, 혼란을 틈타 누군가가 침입한 것 같습니다.”

고개를 들고 말한 것은 기리시 재상이었다.

“참으로 면목 없습니다. 이번 실태에 관해 어떠한 처벌이든 받겠습니다.”

기리시 재상 옆에 있던 묘지기장이 그 자리에서 무릎을 꿇고 사죄했다.

“일단은 황제 묘소로 안내해 주세요. 가면서 피해 상황을 가르쳐 주시겠어요?”

“알겠습니다. 이쪽입니다.”

묘지기장이 일어나 등을 돌리자, 기리시 재상이 히로를 보았다.

“그럼 저는 여기서 물러나겠습니다. 묘소에는 황족만이 들어갈 수 있기에…….”

“그렇군요, 알겠습니다. 기리시 재상, 수고 많았습니다.”

"예, 그럼 저는 이만 실례하겠습니다."

기리시 재상은 고개를 숙이고 떠났다.

히로는 그 등— 이 아니라 팔을 잃은 어깨를 바라봤다.

'광대 같은 놈…… 이 자리에서 목을 베고 싶어.'

마음 깊숙한 곳에서 끓어오르는 분노와 살의의 충동이 머릿속을 가득 채우려고 했다.

하지만 히로는 가슴을 두드려 호흡을 가다듬은 후, 열을 내보내 숨을 정돈했다.

'여기서 치면 몸통이 도망가 버려. 결국은 그도 꼬리에 불과해.'

슈트벨 제1황자, 기리시 재상, 그 밖에도 다수의 인간이 이 나라를 좀먹고 있었다.

하지만 중앙(솔레이유) 대륙의 패권을 장악한 국가의 중추에 있는 그들도 꼬리에 불과했다. 어둠 속에 숨은 몸통, 그리고 그 끝에 있는 머리는 어떤 모습일지 한없이 흥미로웠다.

'반드시 끄집어내 주겠어. 그때까지 목 닦고 기다리고 있으라지.'

히로는 섬뜩한 웃음을 머금고서 통로 안쪽에 만연한 어둠을 바라보았다.

"그럼 히로 전하, 이쪽으로 오시지요."

묘지기장의 말에 히로는 정신을 차리고 그의 뒤를 따라갔다.

역대 황제가 잠든 지하 묘소는 『무(無)의 통로』라고 불리는 황궁 한편에 존재했다.

그곳에는 비밀 문이 여럿 설치되어 있는데, 개중에는 침입자용 함정을 설치한 방도 있어서 섣불리 들어갈 수 없는 장소였다.

무엇보다도 황제의 허가가 없으면 발을 들일 수조차 없었다. 하지만 지금은 황제가 죽어서 『바람』도 잃었다. 이곳에 감시의 눈은 없었다.

"벽은 만지지 말아 주십시오. 목숨을 보장할 수 없습니다."

흥미롭게 주위를 둘러보던 히로에게 묘지기장이 충고했다.

벽을 만지려던 손을 거두어들인 히로는 쓴웃음을 지었다.

"벽에도 함정이 있는 거군요."

설치된 함정의 위력은 알 수 없으나, 무턱대고 만지지 않는 편이 좋을 듯했다.

『흑춘희(흑동백 공주)』의 수호를 받는 히로는 무사하겠지만, 말려든 묘지기장이 어떻게 될지 상상하니 무서워졌다.

"여깁니다."

이윽고 묘지기장이 멈춘 곳은 평범한 벽 앞이었다.

그가 벽을 건드리자 묵직한 소리가 울려 퍼지며 차가운 바람이 불었다.

이어서 히로의 눈앞에 지하로 이어진 계단이 나타났다.

벽에는 횃불 여러 개가 걸려 있어서 어슴푸레하게나마 발밑이 보일 만큼 밝았다.

묘지기장이 앞장서서 계단을 내려갔다. 그 굽은 등을 쫓아가자 긴 통로가 나타났다. 앞쪽은 어둠에 덮여 있어서 아무것도 보이지 않았지만, 묘지기장은 망설이지 않고 나아갔다.

격렬한 전투가 펼쳐졌는지 손상이 심한 시체가 도중에 굴러다니고 있었다.

히로가 그것을 눈치채자 묘지기장이 입을 열었다.

"부하 묘지기입니다. 침입자에게 당하고 말았습니다."

시체는 하나가 아니었다. 통로를 나아갈 때마다 둘, 다섯, 여덟으로 늘어났다.

히로는 문득 위화감을 알아차렸다.

"침입자의 시체는 하나도 없는 건가요?"

"한심한 이야기지만……."

묘지기장이 분한 얼굴로 중얼거렸다.

그의 부하들이 지닌 역량이 어느 정도였는지는 알 수 없으나, 역대 황제가 잠든 묘소의 수호를 맡을 정도이니 실력은 나무랄 데 없었으리라. 그럼에도 침입자를 한 명도 잡지 못하고 패배했다.

대대로 묘소를 지킨 일족의 우두머리로서 수치스러울 것이다.

손상된 시체를 보고 기시감을 느낀 히로의 뇌리에 어둠 속에 숨은 암살 집단의 존재가 떠올랐다.

'『흑사향(오르쿠스)』— 일찍이 황제를 죽인 암살 집단.'

위성 도시 즈이크의 영주였던 남자가 비슷한 방법으로 살해당했던 것이 떠올랐다.

두 눈을 파내고 뇌를 파괴하는 수법은 구역질이 날 만큼 잔혹했고, 그 시신 옆에는 머리가 없는 섬뜩한 진흙 인형이 놓여 있었다.

'『아버지』라고 불리는 인물을 모방했나…….'

이것이 무엇을 가리키는지 알 수는 없지만, 무언가를 호소하는 느낌이었다.

묻어나는 감정은 집념, 증오, 분노 같은 격정. 그러나 답을 찾아낼 수는 없었다. 덤불 속에 떨어뜨려 놓친 것처럼 아무것도 붙잡을 수 없었다.

그렇게 답을 발견하지 못한 채, 이윽고 히로는 통로를 빠져나왔다.

광대한 공간이었다.

머리 위를 올려다봐도 그 끝은 어둠에 덮여 아무것도 보이지 않았다. 횃불이 비추는 범위만이 유난히 밝게 빛났고, 빛이 닿지 않는 곳에는 한 번 들어가면 두 번 다시 나올 수 없을 듯한 심연이 펼쳐져 있었다.

"1000년 전— 신화 전승에 의하면 이곳은 『5대 천왕』 중 한 분이 지배했다고 합니다."

주변을 둘러보는 히로에게 묘지기장이 그렇게 말했다.

"세계에 공포를 만연시킨, 고고하면서도 가장 무서운 존재였던 『흑진왕』. 세계에 모습을 나타내면 모두가 두려움에 떨고, 어느 종족이든 그 압도적인 힘 앞에서 멸망의 위기에 처했다고 하죠."

묘지기장이 이야기하며 느릿한 발걸음으로 걷기 시작했다.

"그러나 그런 무시무시한 존재였던 『흑진왕』은 한 『영웅』에게 패배했습니다. 그 후 이곳은 인족이 지배하게 되었고, 지상에는 수도가 세워졌습니다. 후에 자신의 임종이 다가옴을 깨달은 초대 황제 알티우스 폐하께서 지하를 묘소로 만드시면서 역대 황제 폐하가 잠드는 곳이 되었지요."

묘지기장은 대제도에서 가장 신성한 곳이라고 마지막에 덧붙였다.

그렇기 때문인지 겨울이 찾아온 지상과 비교하면 지하는 매우 따뜻했다. 『왕』의 힘이 여전히 남아 있기 때문일까, 아니면 광대한 공간에 늘어선 기묘한 언덕이 만들어 낸 공기일까.

"……그런데."

히로는 아무런 감개도 느껴지지 않는 음성으로 화제를 바꾸었다.

"왜 제가 여기에 불려왔는지 물어봐도 될까요?"

"『군신』의 후손이신 히로 전하께는 알 권리가 있습니다."

묘지기장은 그렇게 말하고서 머리를 가로저었다.

"아뇨, 제2대 황제 슈바르츠 폐하의 자손이신 히로 전하가 아니면 안 됩니다."

"……알 권리요?"

물음표를 띄우는 히로 앞에서 묘지기장이 멈춰 서더니 팔을 움직였다.

"히로 전하는 묘소 여기저기에 존재하는 언덕을 눈치채셨습니까?"

묘지기장의 지적에 히로는 다시금 주위를 둘러보았다.

확실히 군데군데 지면이 솟아올라 구릉 같은 형태를 이루고 있었다.

“전승에 의하면 국가 번영이 1000대 동안 이어지길 바라는 염원을 담아 천리구릉이라고 명명했다고 하는데, 언덕 하나 하나에 역대 황제 폐하가 잠들어 계십니다.”

그리고 제 뒤에 있는 것이— 라고 말한 묘지기장은 뒤돌아 고개를 숙였다.

“제2대 황제 폐하의 묘소입니다.”

잔디에 뒤덮인 언덕이 있었다.

깔끔하게 풀이 깎여 있는 것을 보면 정기적으로 관리되고 있음을 잘 알 수 있었다.

주위에는 커다란 철책이 있고 눈부신 보석이 장식되어 있었다.

그 언덕 입구로 보이는 큰 공동(空洞)— 그러나 그 주변은 지극히 부자연스러웠다.

주위는 깔끔하게 정돈되어 있는데 입구만큼은 잔해로 막혀 있었기 때문이다. 한눈에 알 수 있었다. 누군가가 털고 간 뒤였다.

“원래는 저곳에 문이 있었고, 안으로 들어가면 관이 있지만…….”

인위적으로 파괴되었다면 들어가 봤자 상상한 광경이 그대로 펼쳐져 있을 것이다.

“지상의 혼란을 틈타 도굴한 건가요?”

히로는 그렇게 결론지었으나 묘지기장은 의아하다는 듯 고개를 갸우뚱했다.

"처음에는 저도 도굴꾼 짓인 줄 알았습니다만, 기묘하게도 하나를 제외하면 아무것도 도둑맞지 않았습니다."

묘지기장은 품을 뒤적여 무언가를 꺼내 내밀었다.

"보석 종류에는 눈길도 주지 않고서 제2대 황제 폐하의 시신만을 훔쳐 갔습니다. 그리고 관에 대신 들어 있던 게 이것입니다."

잔뜩 주름진 손 위에는 머리 없는 진흙 인형이 있었다.

"다른 묘소는 어떤가요? 뭔가 또 도둑맞은 건 없나요?"

히로는 진흙 인형을 받아 무기질적인 눈으로 바라보고서 묘지기장에게 시선을 옮겼다.

"아뇨, 다른 묘소는 무사합니다. 제2대 황제 폐하의 묘소만을 털었습니다."

보석 종류는 훔치지 않고 제2대 황제의 시신만을 노린 범행.

확실히 도굴꾼의 범행은 아닌 것 같았다.

애초에 본인은 살아 있어서 무덤에 들어가지 않았다.

'원래부터 시신은 관 속에 존재하지 않아.'

만약 있었다면 대신 놓아둔 다른 사람이리라.

그보다도 이해할 수 없는 것은 왜 제2대 황제의 묘소를 노렸는가.

'『아버지』의 부활을 꾀하는 『흑사향』인가…….'

히로는 손에 든 진흙 인형을 다시 확인하려고 했다.

그 순간, 등골이 오싹해지는 오한에 히로는 순간적으로 주위에 날카로운 시선을 보냈다.

방대한 패기가 흩뿌려지며 공간이 압박되어 삐걱거리기 시작했다.

적대자가 존재할 때에 대비해 위협 행동에 나섰지만, 그것을 버티지 못한 것은 묘지기장이었다. 그는 괴로운 듯이 가슴을 누르며 지면에 한쪽 무릎을 꿇었다.

"아아…… 미안합니다."

히로는 어둠 속에 숨은 자가 존재하지 않음을 확인하고 한 단계씩 살기를 억눌렀다. 하지만 결코 긴장을 늦추지 않았다.

천천히, 천천히, 히로는 호흡을 되풀이했고, 이윽고 한곳에 시선을 멈췄다.

"……왜, 왜 그러십니까?"

묘지기장도 똑같은 곳에 눈길을 주었으나, 그곳에는 공간이 펼쳐져 있을 뿐이었다.

난데없이 살기에 노출되어 묘지기장의 얼굴에 비지땀이 대량으로 맺혔다.

"아뇨, 아무것도 아니에요."

아무것도 아니라고 히로는 말했지만, 그 검은 눈동자는 조금도 흔들리지 않았다.

줄곧 같은 장소를 보고 있었다.

그곳에는 고요한 어둠이 서려 침입자를 거부하듯 어둡게 가라앉아 있었다.

"무, 무언가 찾으셨습니까?"

아까보다도 히로의 살기는 억제되었으나 변함없이 경계하고 있는 것을 이상하게 여겼는지 묘지기장이 물었다.

히로는 그의 표정을 곁눈질로 확인하고서 작게 중얼거렸다.

"초대 황제의 묘소는 어디 있죠?"

히로의 질문에 묘지기장의 주름진 얼굴이 긴장으로 굳었다.

그 기묘한 반응을 의아하게 여긴 히로는 그제야 마침내 그에게 시선을 되돌렸다.

"다시 한 번 묻겠습니다. 초대 황제의 묘소는 어디 있습니까?"

거짓말은 허락하지 않겠다. 그렇게 말하는 듯한 음성에는 살기가 어려 있었다.

묘지기장은 고개를 조아리더니 떨리는 목소리로 말을 토했다.

"저도 모릅니다. 초대 황제 폐하의 묘소는 차기 황제로 선택된 자 앞에만 모습을 나타낸다고 합니다."

거짓말이 아니다. 극도의 긴장으로 덜덜 떠는 그에게서 거짓은 느껴지지 않았다.

사실을 말하고 있을 것이다. 모른다면 추궁해 봤자 의미가 없다.

그렇다면 조금 전부터 느껴지는 기묘한 기척, 그것을 직접 확인하러 갈 수밖에 없을 것이다.

"그 외에 침입자의 흔적이 없는지 조사하겠습니다. 그래도 되겠죠?"

"그, 그야 물론입니다."

히로의 말에서 혼자 있게 해달라는 뜻을 읽었는지 묘지기장은 일어나 호흡을 가다듬은 후, 할 말을 생각하는 모습을 보이며 우물쭈물 말했다.

"그, 그럼 죄송하지만 저는 여기서 실례하겠습니다. 한심한 제자들의 시체를 처리하고 새로운 경비 체제를 구축해야 해서……."

"알겠습니다. 길은 기억했으니 괜찮습니다. 먼저 밖으로 나가셔도 상관없어요."

"뭔가 용건이 생기면 불러 주십시오. 바로 달려오겠습니다."

묘지기장은 몇 번이고 고개를 꾸벅거리더니 빠른 걸음으로 떠나갔다.

그 굽은 등이 사라지는 것을 지켜본 히로는 시선의 정체를 조사하고자 걷기 시작했다.

주저 없이 어둠 속에— 아까 느낀 기척을 향해 나아갔다.

이윽고 눈앞에 커다란 바위가 나타났다.

높이는 히로의 키보다 세 배쯤 컸고, 폭도 비교가 안 될 만큼 넓어서 끝이 보이지 않았다.

"이상하네…… 이렇게 거대한 바위가 안 보였다고?"

고개를 돌려 뒤쪽을 보니 한 치 앞이 어둠에 휩싸여 있었다.

주위를 둘러봐도 똑같은 결과였다.

그렇게 많이 걸어오진 않았을 텐데…… 어떤 힘이 작용하고 있는 것일까.

"……알티우스라면 묘한 장치를 준비했어도 이상하진 않지만."

히로는 쓰게 웃고서 바위로 손을 내밀었다.

손끝이 닿은 순간— 이변이 찾아왔다.

둥실— 미덥지 못한 하얀빛이 바위 표면에 나타나더니 지면을 향해 떨어지고 튀었다.

빗방울처럼 약하지만 신성한 그 현상이 수없이 반복되었다.

빛과 어둠이 번갈아 세계를 명멸시켰다. 어딘가 애수조차 감도는 광경은 보는 자의 심금을 울렸다.

이윽고 빛은 색을 바꾸기 시작했다.

검은색에서 흰색으로, 흰색에서 빨간색으로, 빨간색에서 금색으로—.

눈부신 금색은 히로의 시야를 가득 채우고 세계의 어둠을 황금으로 칠했다.

"변함없이…… 화려한 걸 좋아하는구나."

눈이 부셔 눈을 감으면서도 히로는 그리움에 무심코 살포시 웃었다.

빛이 수습되는 것이 느껴졌다. 아까와 마찬가지로 어둠이 재차 세계를 가둬 나갔다.

다시 눈을 뜬 히로의 눈앞에 나타난 것은 공동이었다.

안쪽을 들여다봐도 앞쪽은 보이지 않았다. 그러나 가슴속에 솟구치는 감정은 공포가 아니라 마음이 편해지는 안도감이었다.

"자, 그럼…… 시선의 정체를 확인하도록 할까."

히로는 망설이지 않고 발을 내디뎌 안으로 들어갔다.
그 순간, 세계의 경치가 바뀌었다.
아니, 일변했다.
마치 별세계에 떨어진 것처럼, 눈앞에 펼쳐진 광경은 불가사의했다.
"……어떻게 이런 공간을 만든 거지."
꽃밭이었다.
주변 일대에는 선명한 색채의 꽃들이 흐드러지게 피어 있었다.
머리 위를 올려다보니 태양빛이 내리쬐었고, 눈부신 광채가 세계를 뒤덮고 있었다.
그런 가운데, 그 이상으로 특히나 시선을 끄는 존재가 있었다.
그것은 꽃들에 파묻혀 중앙에서 한층 존재감을 내뿜고 있었다.

—황금 관.

"하하, 악취미네. 너답지만 말이야."
히로가 무심코 말을 꺼내자 온화한 바람이 불었다.
몸을 어루만지는 듯한 바람이 살랑거리며 떠나갔다. 약간의 아쉬움도 느끼면서…….
"……나왔구나."
기척을 느끼고 돌아보니 태연자약한 젊은이가 서 있었다.
레온 벨트 알티우스 폰 그란츠.

그란츠 대제국의 초대 황제이자— 히로의 의형(義兄)이었다.

그러나 모습이 닮기는 했어도 본인이 아님은 명백했다.

몸 전체에서 희미한 빛을 내는 모습이 『천정안(天精眼)(우라노스)』으로 인식되는 것을 보고 정령 집합체임을 알았다.

"용케 이곳을 발견했군. 어중간한 각오로는 찾을 수 없는 곳인데."

알티우스가 기계적으로 담담히 말하기 시작했다.

"이곳에는 많은 잔류 사념이 남아 있다. 강한 마음은 아무리 세월이 지나도 퇴색되지 않고 언제까지고 계속 남지. 그것을 정령들이 자신의 몸 안에 거두어들임으로써 황제들의 사상이나 소원의 형태가 표현되어 후세에 전해지는 것이다."

연극하는 듯한 어조와 무표정이 어우러져서 어딘가 우스꽝스러웠다.

본인을 알고 있는 히로로서는 정령들의 집합체라고는 해도 위화감만 들었다.

그런 히로의 기분을 눈치채지 못한 채, 알티우스는 변함없이 무표정으로 양팔을 벌려 자신의 존재를 강조했다.

"너는 가혹한 시련에 선택되었다. 역대 황제의 사상을 이어받고, 그란츠 대제국이 짊어진 업을, 황제로서 피할 수 없는 운명을 계승하기 적합한 인물로 선택되었다."

알티우스는 한 장소를 가리켰다.

그것을 따라 시선을 돌리니 한 남성이 황금 관 앞에서 머리를 숙이고 있었다.

그 옆얼굴에서는 알티우스의 모습이 보였다. 어디선가 본 적 있는 얼굴에 히로는 고개를 갸웃했으나, 그의 뺨을 타고 흐르는 눈물을 알아차리고 사고가 멈췄다.

『아바마마…… 용서해 주십시오. 저는…… 저는……슈바르츠 폐하, 부디 용서를…….』

또 조금 떨어진 곳에서는 정령검 5제로 보이는 보검 네 자루를 든 붉은 머리의 남성이 우뚝 서서 굳건한 얼굴로 황금관을 노려보고 있었다.

『이 혼란기, 다양한 의도가 소용돌이치고 있어. 그것은 어리석게도 날 좀먹으려 하고 있는 것 같군. 이것이 업이라고 당신께서 말씀하신다면 나는 모든 것을 베어 버리고 그란츠 대제국을 더욱 높은 경지로 이끌겠어.』

용맹하게 발언한 남자 옆에 또 한 사람, 남성이 나타났다.

그는 히로에게 낯익은 자였다.

잊어버릴 리도 없다.

그는 리즈의 부친이자 암살당한 선대 황제, 글라이하이트였다.

『오오…… 어째서입니까……. 어째서입니까…….』

그는 등을 말고서 오열하고 있었다.

황제에 걸맞지 않는 연약한 패기를 자아내고 있었다.

그 품속에는 빨간 머리의 갓난아기가 잠들어 있었다.

『리즈…… 오오…… 리즈…… 네 엄마를 지키지 못했다…… 어리석은 아비를 용서해 다오…….』

그는 갓난아기의 뺨을 소중히 어루만지며 슬픔에 눈가를

일그러뜨리고 있었다.

생전과는 딴판일 정도인 애정이 그에게서 전해졌다.

『알티우스 폐하, 부디 이 아이만큼은 택하지 말아 주십시오……. 부디 전쟁과는 무관한 삶을, 부디, 이 아이에게만큼은 평온무사한 인생을 내려 주십시오!』

영혼의 외침— 마음 깊숙한 곳에서 우러나온 생각을 토하는 듯한 번민에 찬 외침이었다.

『그걸 위해 희생이 필요하다면 제가 그 창끝이 되어 이 몸을 바치겠습니다. 부디, 부디 이 아이만큼은 지켜 주십시오.』

참회하는 자, 자신의 힘을 선언하는 자, 기도를 올리는 자.

다양한 잔류 사념이 이 자리에 모여들었다. 히로는 두통을 느끼고 지면에 무릎을 꿇었다.

분노, 슬픔, 기쁨, 증오, 여러 감정이 뒤섞이고 엉키고 녹았다. 초대 황제 알티우스가 잠든 이 공간에는 방대한 정보가 담겨 있었다.

『천정안』을 가진 히로도 처리할 수 없을 정도의 감정이 가슴 안쪽까지 흘러들었다.

"이곳에 발을 들인 자에게는 모든 것을 알 권리가 있다."

히로는 쑤시는 눈을 누르며 정령의 집합체인 알티우스를 보았다.

"어디까지 깨달을 수 있을지, 어디까지 읽을 수 있을지는 자기 자신에게 달렸으나…… 다가올 『전환기』에 대비하길 바란다."

본인도 아니면서, 자기 좋을 대로 말하고 사라지려 하는 부분이 똑 닮았다. 아니면 정령의 성격이 급한 것인지, 그저 전해야 할 말이 처음부터 정해져 있는 것인지. 어느 쪽인지는 알 수 없으나 상황을 이해하기에는 설명이 부족했다.

"부디 나의 의지를 이어받아 다오. 나는 그것만을 바라고 있다."

마지막으로 그렇게 말하고서 정령의 집합체는 흩어졌다.

탁 트인 통로를 크게 윙윙거리며 하늘을 향해 돌풍이 솟구쳤다.

히로는 그것을 배웅하듯 위를 바라보다가, 이내 목깃을 느슨하게 풀고 깊은 한숨을 토했다.

"후우…… 그래도 얻기 위한 행동을 해야겠지."

막막해도…… 답을 찾아내야 한다.

이것은 운명이라기보다 필연이다.

1000년 전— 이 세계와 결별한 자신이 다시 되돌아와서, 자신이 존재해서, 이 세계의 이치를 일그러뜨린 책임을 져야 한다.

조금 전보다 눈이 덜 쑤시는 것을 느낀 히로는 일어나 황금관으로 걸어갔다. 위용을 나타내듯 화려하게 장식된 것을 제외하면 평범한 관이었다.

"열어야 할까? 알티우스의 미라는 보고 싶지 않은데."

어떻게 해야 할지 고민하는 히로의 시야 끄트머리에— 기묘한 것이 잡혔다.

"이건……."

낡은 책이 놓여 있었다.

집어 들어 내용을 확인해 보니 정령의 힘이 흘러드는 것을 알 수 있었다.

종이가 삭지 않도록 책 자체에 깃들어 있는 것 같았다.

"그러고 보니 후세에 뭔가 남길 때를 대비해 글자를 연습했었지……."

히로는 쓰게 웃으며 수려한 글씨를 손으로 덧그렸다.

알티우스가 쓴 글— 즉 『초대 황제의 수기』라는 것일까.

처음은 히로도 아는 내용이었다.

그러나 계속 읽어갈수록 히로는 내용의 흐름이 기묘함을 알아차렸고, 머지않아 뇌리에 떠오른 것은 어떤 책 한 권이었다. 히로는 『흑춘희』에 넣어 뒀던 『백지서(白之書)』를 꺼냈다.

"……두 권으로 하나. 이걸로 완성이려나. 이럴 줄 알았으면 『흑지서(黑之書)』도 가지고 있을 걸 그랬나?"

히로는 황금 관 위에 두 책을 펼치고 대조하듯 천천히 페이지를 넘겼다.

*****

히로가 지하 깊은 곳에서 머리를 굴리고 있을 때—.

페르젠 속주— 남서부에 위치한 구 듀레령의 미테 성채.

맑던 하늘은 구름에 지배되어 있었다.

마음을 불안하게 만들듯 회색 구름이 낮게 깔려 세계를 덮고 있었다.

구 듀레령은 몇 달 전 페르젠 왕국의 왕녀 스카아하와 그란츠 대제국의 『군신소녀(아프로디테)』라는 이명을 지닌 아우라가 치열한 싸움을 펼친 전장이었다.

그리고 가장 격렬한 싸움이 벌어진 곳이 미테 성채였다.

미테 성채는 트라반트 산맥의 산기슭을 근거지 삼아 날뛰는 괴물(몬스터)로부터 사람들을 지키기 위해 쌓은 성채지만, 페르젠 왕국이 멸망하면서 본래 목적을 잃었다.

하지만 여러 번의 싸움을 거쳤어도 건재한 성채는 붕괴되지 않았고, 서쪽을 계속 감시했으나, 여섯 나라의 침공으로 방파제 기능을 완전히 잃어버리고 말았다.

그 무참한 모습은 잔해 더미라고 표현하기에 걸맞았다.

완전히 무너진 성벽, 활활 타는 건축물, 주위를 가득 메운 엄청난 수의 불탄 시체.

눌어붙은 녹내가 주변에 진동했고, 수없이 쌓인 시체의 산에는 새로운 시체가 던져졌다. 지면에는 피가 미처 흡수되지 못해 커다란 피 웅덩이가 만들어져 있었다.

그래도 싸움은 계속되었다. 아직 도처에서 저항을 이어가는 자들이 있기 때문이다.

쓸데없는 저항도 곧 끝날 것은 알고 있다.

그렇더라도— 말하지 않을 수 없었다.

"어리석은 자들이로다. 살아남아 봤자 고통만이 기다리고 있거늘."

전장에서 피어오르는 모래 먼지를 바라보던 소녀가 불쾌한 얼굴로 말했다.

강인한 병사들에게 둘러싸인 소녀는 주변에 감도는 시체 냄새를 몰아내듯 쇠부채를 펼쳤다.

"정말로 쓸데없는 시간이로군."

"그들도 그만큼 필사적인 겁니다. 페르젠 잔당군한테서 뺏은 미테 성채의 지배권을 넘기고 싶지 않은 거겠죠. 뭐, 원형은 남아 있지 않지만 말입니다."

그녀의 측근인 청년 장교가 미소 지었다.

처참한 전장을 바라보며 웃는 그 얼굴은 지독히 잔혹해 보였다.

"그란츠 대제국의 제3황자라고 하여 얼마나 기개 있는 남자인가 했는데 참으로 시시하이. 맥 빠지는구먼."

그렇게 말하는 목소리에는 불만이 숨김없이 나타나 있었다.

모멸 어린 시선은 눈앞에 주저앉은 남성에게 향해 있었다.

"크게 강하지도 않아. 무난하니 평범하고, 정령검 5제 소지자도 아니지. 부족한 실력을 머리로 메꾸고 있나 했더니 그저 무식한 만용이라 할 수 있는 공세로군. 정말로 낙담을 감출 수가 없어. 어찌하여 이런 재미없는 남자를 상대해야 하지?"

소녀는 손에 든 쇠부채를 쓰다듬으며 탄식했다.

"아니 그런가? 브루탈 제3황자?"

화려한 차림의 대머리 남성— 브루탈 제3황자가 씁쓸한 표정을 지었다.

밧줄에 묶인 꼴사나운 모습을 대제도에 있는 귀족들이 본다면 차마 말을 잇지 못할 것이다. 기가 막혀서, 혹은 충성심에서 생기는 분노로 졸도할지도 모른다.

그러나 브루탈 제3황자는 붙잡혔어도 존엄만큼은 잃지 않겠다는 듯 다부지고 용맹스럽게 노려보았고, 소녀의 옆에 있는 뱀이 그려진 문장기로 시선을 옮겼다.

"그 깃발은 본 적 있다. 네 녀석들, 앙귀스국 놈들인가……."

"호오, 알고 있었나. 그렇다면 현왕의 이름은 아는가?"

"……글쎄. 서쪽 끝에 사는 변경왕의 이름 따위 기억 안 나."

"하하하하, 유쾌하이. 변경왕이라니, 참 재미있는 말을 지껄이는구나……."

소녀는 즐겁게 웃었지만 그 눈은 결코 온화하지 않았다.

"크억!"

소녀의 팔이 흐릿해짐과 동시에 브루탈 제3황자의 몸이 날아갔다.

지면에 몇 번이나 몸을 부딪쳐 피를 토하며 지면을 굴러갔다.

소녀는 의자에서 일어나 흙먼지에 휩싸인 브루탈 제3황자의 곁으로 다가갔다.

"그렇다면 내 이름을 알려 주지. 그 아픔과 함께 몸에 새기게."

소녀는 병사에게 턱짓하여 격통에 괴로워하는 브루탈 제3황자를 일으켜 세웠다.

"루시아 레비아 드 앙귀스. 그대가 변경이라 비웃은 여섯 나라 중 하나, 앙귀스국의 여왕이다."

쇠부채를 펼쳐 입가를 가린 루시아는 미려한 눈썹을 유쾌하게 치켜세웠다.

그 모습은 그야말로 여왕다웠고, 거룩한 분위기가 물씬 풍겼다.

"크크큭, 그랬군. 변경왕 중 한 명이었나. 그거 눈치 못 채서 미안하군. 난 당연히 정부(情婦)가 전장에 와 있는 줄 알았지 뭐야."

"……어리석은 놈. 말조심하라."

"크헉!"

눈에 보이지 않는 속도로 공격당한 브루탈 제3황자의 턱이 높이 들렸다. 벌어진 입에서는 선혈과 함께 치아 여러 개가 솟구치며 하늘을 장식했다.

"억, 아아, 끄으으으으!"

아픔을 견디기 위해 이를 악물려고 했는지, 빠져 버린 치아 틈에서 대량의 피가 줄줄 흘렀다. 브루탈 제3황자는 무릎에 힘이 들어가지 않는지 결국 중력을 거스르지 못하고 지면에 엉덩방아를 찧었다.

"크흡— 네 이년……."

브루탈 제3황자는 격통에 얼굴을 일그러뜨리면서도 분노한 눈으로 루시아를 노려보았다.

"하! 괜찮은 얼굴이 되었구나. 이쪽이 더 마음에 들어."

"루시아 여왕 폐하, 장난은 정도껏 부탁드립니다. 그는 귀중한 포로니까요."

"흠, 성가시구나. 이런 재미없는 남자를 살려 둬야 한다니."

청년 장교가 타이르자 루시아는 귀찮다는 듯 쇠부채 끝으로 미간을 쳤다.

"나를 인질로 잡아 봤자 의미는 없을 거다. 아바마마께 나 같은 건 필요 없으니 말이야."

브루탈 제3황자는 그렇게 증오를 담아 중얼거리고서 루시아를 조소했다.

이에 루시아는 배를 잡고 웃었다. 땅이 진창이 아니었다면 데굴데굴 굴렀을지도 모를 만큼, 하늘 높이 울릴 정도의 커다란 웃음이었다.

"흐크크, 크하하! 무슨 말을 하는 게냐? 아무것도 모르다니, 정말이지 행복한 녀석이구나!"

루시아는 눈꼬리에 맺힌 눈물을 손끝으로 닦고, 여전히 참지 못해 목울대를 울리면서 대답했다.

"황제라면 죽었느니."

"뭐?"

이해할 수 없다. 브루탈 제3황자는 그렇게 말하듯이 멍청한 표정을 지었다.

무리도 아니었다. 5대 귀족 크로네 가문이 반란을 일으킨 것은 그에게도 전해졌지만, 상층부는 황제의 죽음을 은폐했다. 그러나 숨기지 않았더라도 결과는 똑같았을 것이다. 왜냐하면 그는 여섯 나라와의 전투 때문에 소식을 들을 만한 여유가 없었으니 말이다.

"내게는 숨길 만한 일도 아니니 말이지. 설명해 줄 수도 있다만—."

"헛소리하지 마라! 아바마마가 돌아가셨다고? 그런 일은 있을 수 없어! 그분은, 그분은! 세계의 패권을 장악한 그란츠 대제국의 황제다! 누구에게도 질 리가 없어!"

브루탈 제3황자는 루시아의 말을 막고 격정을 토해 냈다. 아버지를 생각하는 올곧은 마음은 눈부시게 보였으나, 그토록 절대적인 신뢰를 보내고 있는 모습은 가엾을 뿐이었다.

황제라고는 해도 결국은 『인족(휴먼)』이다.

5대계 종족 중에서 가장 연약하고, 수명이 짧고, 전성기도 한순간이며, 가벼운 상처로 목숨을 잃을 가능성이 높은 종족이었다.

"정령검 5제 소지자란 말이다! 정령왕에게 선택받은 이 세상에서 가장 고귀한 인간이야!"

그의 정령 신앙은 맹신이라고 표현할 수밖에 없었다.

정령왕은 『5대 천왕』 중 하나지만 만능신은 아니었다.

정령은 사람에게 다가서고, 사람과 함께 살며, 사람의 마음을 지키는 존재다.

"단적으로 말하자면, 정령검 5제는 마음에 호응하여 소유자에게 힘을 주지. 그러나 그 힘도 소유자의 체력이 쇠하면 그저 돼지 목에 진주 목걸이에 불과해."

글라이하이트 황제의 젊었을 적 무용은 들은 적이 있다.

만년에는 공적을 올리는 데 열심이었던 것 같지만, 그 영웅도 세월을 이길 수는 없었다.

"슈트벨 제1황자에게 목이 베였다더군."

"그게 무슨…… 형님이?"

"그대의 말을 빌리자면 정령검 5제 소지자는 정령왕에게 선택받은 인간인데, 슈트벨 제1황자도 그렇지 않은가?"

너무나 큰 충격에 브루탈 제3황자는 창백해진 얼굴로 시선을 지면으로 떨어뜨렸다.

루시아의 말 따위 귀에 들어오지 않는 것 같았다.

"갑자기 입을 다무니 재미없군. 좀 더 난리 칠 줄 알았더니."

황제가 슈트벨 제1황자에게 패배하여 죽었다는 것은 일찍이 전령을 통해 들었다. 그러나 그 이상으로 신경 쓰이는 것은 『군신』의 후손이었다.

놀라운 일이다. 1000년의 세월이 흘러 영웅의 자손이 발견되다니, 시대가 움직이기 시작한 것을 막연하게나마 느끼기도 했다.

빌어먹을 『무명』의 보고에 의하면 『본인』이 틀림없다고 하지만, 그렇게 간단히 믿을 수는 없는 이야기였다.

"……이미 맹약 관계는 끝났다고 생각했거늘."

루시아는 자신의 팔에 나타나는 맥동을 내려다보았다.

핏줄이란 것은 성가셨다.

설령 까마득한 옛날 일이더라도 깊이 새겨져 있었다.

"어찌해야 할까……. 영웅의 자손만큼 다루기 어려운 건 없어."

새로운 시대를 열 풍운아가 될 것인가, 과거의 시대를 불러일으킬 구세주가 될 것인가.

그때, 바람에 펄럭인 뱀 문장기가 루시아의 의식을 되돌렸다.

"……사색이 조금 깊어져 버렸군. 나중에 생각하기로 할까. 지금은 그대를 어떻게 처분할지 정해야겠지."

루시아는 자조적인 웃음을 짓고서 쇠부채를 펼쳐 얼굴 아래쪽을 가렸다.

그 싸늘한 시선은 지면에 무릎 꿇은 브루탈 제3황자를 보고 있었다.

"루시아 여왕 폐하, 브루탈 제3황자의 처우를 결정하셨습니까?"

청년 장교가 변함없이 웃으며 물었다. 그에 응답하듯 루시아는 고개를 끄덕였다.

"그란츠 대제국의 서방으로 향할 것이니 이자의 가치를 이용할 장면도 생기겠지. 한동안은 심문이라도 하며 유익한 이야기를 쥐어짜도록."

"알겠습니다."

청년 장교가 측근에게 눈짓하자 브루탈 제3황자의 양팔이 붙들렸다.

"각오해 두는 게 좋을 거다……. 만만치 않을 테니. 그란츠 대제국은 패자(霸者)니까."

격통에 얼굴을 찌푸리면서도 브루탈 제3황자는 단언했다.

그 강한 마음은 눈부시기도 했으나 근거 없는 자신감은 짜증스러웠다.

"심심풀이는 되었으면 좋겠군."

그저 그 말만을 고하며 브루탈 제3황자를 보낸 루시아는 의자에 앉았다.

"브루탈 제3황자의 존재는 도움이 될 겁니다. 그란츠의 서방에는 여전히 격렬하게 저항하는 귀족들이 있다던데, 쓸데없는 짓임을 알도록, 뭣하면 행군 중에 목줄이라도 채워서 다녀 볼까요?"

"셀레우코스, 그 악취미는 어떻게 할 수 없는 겐가?"

루시아는 께름칙한 얼굴로 청년 장교— 셀레우코스를 노려보았으나 그는 가볍게 어깨를 으쓱였다.

"명안이라고 생각했습니다만…… 그란츠 황가를 신성화하는 자는 많으니까요. 만약 노예처럼 취급되는 황자를 본다면 고분고분해질 가능성이 큽니다."

"선택지 중 하나로 받아들여 두겠네. 전황은 어떻게 되었나?"

"미테 성채 주변은 거의 제압했습니다. 포로는 대략 3만쯤 되겠죠. 어떻게 할까요? 데려가실 겁니까?"

"행군 속도가 늦어질 뿐 득이 되진 않겠지."

셀레우코스의 농담에 어울려 주면서 루시아는 쇠부채를 턱에 대고 끙 소리를 냈다.

"으음, 그래. 그란츠 황가와 관련된 자의 목은 쳐도 좋아. 브루탈 제3황자의 신병이 수중에 있으니 그자들의 존재는 필요 없지."

"알겠습니다. 그럼 남은 자들은 어떻게 할까요?"

"본국과 연락하게. 몸값을 받을 수 있을 만한 자는 연행하고, 안 될 것 같은 자는 노예로 타국에 팔아 버려. 그 외에는 본보기로 전부 처단해도 상관없네."

결의가 담긴 눈동자를 빛낸 루시아는 쇠부채를 펼쳤다.

그리고 멀리 떨어진 땅에 있는 그란츠 대제국을 가리켰다.

"그럼 이제 남은 건 페르젠의 해방을 외쳐 민중의 지지와 협력을 얻으면서 행군하는 것인가."

"그리고 악명 높은 울페스 남매와 다시 합류하는 거죠."

셀레우코스의 확인하는 듯한 말에 루시아는 가볍게 고개를 끄덕여 보였다.

"그 녀석들에게 맡겨 두는 것도 걱정되니 말이야."

"그란츠의 서방이 전부 불타 허허발판이 되었으면 안 될 텐데요. 누나 쪽은 냉정하지만 동생은 너무 호전적이라서 성가시단 말이죠."

"울페스 남매의 실력은 확실해. 그건 의심할 여지가 없지. 그래서 함께 행동하고 있는 것이야. 그리고 너무 무모한 짓은 하지 않겠지. 그 녀석들은 자신들의 입장을 잘 알고 있어."

"빼앗긴 옥좌인가요……."

셀레우코스가 중얼거렸다. 그 목소리는 전장의 소리에 지워져 버릴 만큼 매우 작았다.

"그래. 울페스 남매는 천재야. 그러나 결국은 범인(凡人)의 영역을 벗어나지 않는 천재일 뿐이지……. 진정한 천재라 함은 그 여자일 것이야."

루시아의 뇌리에 떠오른 인물— 그는 누구도 범접할 수 없는 무력, 누구도 범접할 수 없는 지력을 지닌, 여섯 나라에서 가장 통일왕에 가까운 여성이었다.

"천재라고 칭송받는 인물들도 그녀 앞에서는 전부 범인이 되죠. 천재를 범인으로 전락시키는 초월자— 그런 건 존재 자체가…… 반칙입니다."

셀레우코스도 똑같은 인물을 떠올렸는지 쓴웃음을 짓고서 탄식했다.

"차기 통일왕이라 불렸던 나조차도 고배를 마실 수밖에 없었어. 여유를 부린 결과이니 자업자득이지만, 전쟁 성과에까지 굶주리게 되다니 우스운 이야기로군."

이미 네 왕가가 그녀를 지지하고 있었다. 특별한 일이 없다면 차기 통일왕은 그녀가 될 것이다.

루시아는 일어나 동쪽 하늘을 바라보았다.

"바로 출발하시겠습니까?"

셀레우코스의 물음에 루시아는 쇠부채를 움켜쥐고 대답했다.

"음. 울페스 남매를 오랫동안 방치해 두면 내 공적까지 잃을 테니 말이지."

"역시 루시아 여왕 폐하도 똑같은 생각을 하고 계시지 않습니까……."

셀레우코스가 쓰게 웃자 루시아는 쇠부채로 어깨를 쳐 요란한 소리를 냈다.

"후환도 없어졌으니 『고왕(古王)』의 존안을 뵈러 가 볼까."

제2장 어둠 속에 숨은 거짓말

제국력 1024년 1월 6일.

황궁 베네자인은 표면상으로는 평소처럼 분주한 나날을 되찾고 있었다.

많은 고관이 드나들고, 귀족들이 대화를 나누며, 경비병이 눈을 빛내고 있었다.

반란이 일어나기 전의 광경으로 돌아온 것 같았다.

그러나 내면은 여전히 손상을 입은 상태라 옥좌로 이어진 긴 복도에는 핏자국이 남아 있었다.

처참했던 현장을 떠올리고 싶지 않은 것인지 사람들은 이 복도를 피하는 경향이 있었다.

그런 복도 끝, 입구에서 떠들썩한 목소리가 희미하게 들려왔다.

하지만 순회 중인 병사들의 갑옷 소리에 금세 묻혀 버렸다.

그런 가운데— 히로는 현관으로 이어진 긴 복도를 걷고 있었다.

여전히 이취가 남아 있는 것 같았다.

벽에는 슈트벨이 반란을 일으켰을 때 살해당한 귀족들의 피가 말라붙어 있었다.

'일시적으로 통로를 봉쇄하고 벽지를 다시 붙이게 되려나. 아니면 경각심을 주기 위해 남기려나…… 아니지, 그걸 생각

하는 건 차기 황제의 일인가.'

히로는 손끝으로 혈흔을 덧그리며 향후 **계획**을 생각했다.

'여섯 나라에 이길 책략은 얼마든지 있어. 하지만 이기게 되더라도 흑막은 표면으로 나오지 않아. 어둠 속에 숨어 있는 그들을 끄집어낼 미끼가 필요해.'

흑막이 바라지 않는 미래는 무엇일까. 갈망해 마지않는 미래는 무엇일까.

판단을 내리기에 정보가 부족한 것은 명백했다.

그렇다면 그것을 분명히 하기 위해서도 미끼가 필요해진다.

'그들이 바라는 건…….'

히로는 멈춰 섰다. 어느새 엄중하게 경비되고 있는 현관에 도착해 있었다.

그곳에서 낯익은 얼굴— 리즈가 주변을 둘러보며 누군가를 찾고 있었다.

붉은 눈동자로 히로의 모습을 인식한 그녀는 활짝 웃으며 달려왔다.

"어디 있었던 거야? 찾아다녔어!"

불만을 숨김없이 내보이는 그녀의 모습에 히로는 쓰게 웃으며 머리를 긁적였다.

그제와 마찬가지로 황제 묘소에 갔었다고 말하기는 힘들었다. 아직 그녀에게는 알려 주고 싶지 않았기 때문이다. 추궁을 받으면 귀찮기에 재빨리 거짓말하기로 했다.

"귀족들이 상담을 요청해서."

"아, 그랬어……? 최근 히로는 인기인이니 말이지."

리즈는 간단히 믿었다.

귀족들이 상담을 요청하는 것이 아주 거짓말도 아니었기 때문이다.

아무래도 귀족들은 히로가 가장 옥좌에 가깝다고 보고 있는 모양이라, 접점을 만들려고 대화를 시도하거나 혼담 등을 권유하고 있었다. 후자에 한해서는 동방 귀족을 아우르는 켈하이트 가문을 통해서 말해 달라고 하면 사죄하며 포기했지만 말이다.

"그보다도 리즈, 준비는 다 된 거야?"

"음, 준비는 아우라한테 맡겨 뒀어."

이 아가씨는 또 자기가 할 일을 내팽개치고 온 건가, 하고 히로는 얼굴에는 드러내지 않고서 탄식했다.

그런 미묘한 분위기를 알아차렸는지 리즈가 허둥지둥 양손을 얼굴 앞에서 내저었다.

"아! 아니야. 제대로 둘이서 의논하고 정한 거야. 아우라가 나머지는 맡겨 달라고 했어! 정말이야."

"그렇다면 다행이고."

히로는 안도하여 가슴을 쓸어내렸다. 분명하게 역할을 정했다면 더 이상 할 말은 없다.

"나도 성장했다고. 조금은 믿어 줘도 되잖아……."

불만스럽게 입술을 삐죽인 리즈는 바닥을 툭 찼다.

삐질 거야, 사과하지 않으면 삐질 거야, 하고 강조하고 있는 것이다.

"미안. 앞으로는 이야기를 듣고 판단할게."

"응, 좋아. 그럼 내 얘기를 듣도록!"

리즈가 코끝에 검지를 척 들이대며 말하자 히로는 온화하게 웃으며 대답했다.

"응. 리즈랑 아우라가 의논하고 정한 걸 들려줘."

"그럼 서서 얘기하기도 뭣하니까…… 비밀스러운 것도 아니니 저쪽에서 얘기하자!"

리즈는 현관 앞에 배치된 긴 의자를 가리키더니 히로의 팔을 붙잡았다.

강제로 이끌리게 된 히로는 변함없이 씩씩한 리즈의 등을 보며 눈을 가늘게 좁혔다.

의자에 도착해 내던지듯 히로를 앉힌 후, 그 옆에 앉은 리즈는 턱에 손가락을 대고 천장에 시선을 주었다. 그녀가 생각을 떠올릴 때 하는 동작이었다.

"있지, 이번에는 급한 일이기도 하니까 행군 속도를 중시해서 호위는 3백 전후로 데려가기로 했어. 슈타이센 공화국과 싸울지도 모르니까 서둘러 가는 편이 좋잖아."

손가락을 하나하나 꼽으며 리즈는 설명을 시작했다.

"그리고 베르크 요새에 가면 제4황군 2만 명이 있고…… 남방 귀족의 협력을 얻게 되면…… 슈타이센 공화국이 어떻게 나오느냐에 달렸지만, 돌아올 무렵에는 5만을 넘는 수가 될지도 몰라."

자신이 도움이 되고 있다는 것을 히로에게 전하고 싶은지 리즈의 음성은 즐겁게 들떠 열기를 띠기 시작했다. 히로는 미소 지으며 고개를 끄덕였다.

'역시 중앙에 돌아오기까지 걸리는 시간이 너무 미묘해.'

히로의 예정대로 되더라도 대략 **두 달** 전후다.

'계획에 맞춰 움직이더라도 여섯 나라를 상대로 얼마나 시간을 벌 수 있을까…….'

히로는 고개를 숙이고서 고민하기 시작했다. 그런 그의 눈앞에 무언가가 휙 지나갔다.

"응……?"

사고를 중단한 히로의 눈앞에서 리즈의 하얀 손이 흔들리고 있었다.

"히로…… 내 얘기 안 듣고 있었지?"

매우 낮은 목소리가 귀를 때렸다. 희미하게 차가운 감각이 등을 타고 올라왔다.

이건 위험하다. 히로는 황급히 변명을 지어냈다.

"아, 아냐, 제대로 듣고 있었어. 그렇게 하면 문제없을 거라고 생각해."

짐짓 어깨를 으쓱여 보였으나 리즈의 얼굴은 사기꾼을 보는 것처럼 냉담했다.

"흐응…… 무난한 대답이네."

"지적할 게 아무것도 없었으니까. 이런 대답이 나오는 것도 어쩔 수 없잖아."

"딱히 상관없어. 듣고 싶지 않다면…… 이제 나도 몰라."

리즈가 팽— 돌아서 버렸다. 저질러 버렸다고 후회해도 이미 늦었다.

어깨를 떨군 히로가 어떻게 사과할지 생각하고 있는데, 느닷없이 커다란 그림자가 머리 위에 나타났다.

시선을 들자 전신을 검은 갑옷으로 감싼 기사가 서 있었다.

"독안룡, 찾아다녔다."

"……아아, 가더구나."

지금은 그를 상대하고 있을 때가 아니었다. 옆에 있는 리즈에게서 노여움이 흘러나오는 것이 피부로 느껴졌다. 생명이 위험에 노출되었음을 절실히 알 수 있었다.

"그 반응은 뭐—."

히로의 탐탁찮은 반응에 뭐라 말하려던 가더는 입을 다물고 리즈와 히로를 번갈아 보더니 고개를 끄덕였다.

투구 때문에 표정은 알 수 없지만 지금이 어떤 상황인지 파악한 모양이었다.

"싸우기라도 했나?"

"싸운 거 아니야. 그저 히로가 남의 얘기를 건성으로 들었을 뿐이야."

"아아…… 그랬군. 그건 독안룡이 잘못했어."

돌연 나타났나 싶더니 순식간에 상황을 이해한 가더는 대화에 끼어들었다.

똑똑한 마족(조로스터)이라고 생각함과 동시에 히로는 도와달라고 눈으로 호소했다.

"……하아, 아무튼 사과하는 게 어때? 그러면 꼬마 아가씨도 기분이 풀리겠지."

"그러네. 남방에 갔다 와서, 나랑 같이 거리로 놀러 나간다면 용서해 줄 수 있으려나."

정말이지 구체적이고 느긋한 요구였다. 과연 놀 시간이나 있을지…….

그러나 거절하면 불난 집에 부채질하는 꼴이다.

"알았어. 리즈가 돌아오면 같이 거리에 나가자. 그리고 뭔가 사 줄게."

"정말? 약속할 수 있어?"

"물론이지. 다음에 리즈랑 재회하면 반드시 같이 거리로 쇼핑하러 갈게."

"음, 그럼 용서해 주지 못할 것도 없지."

말과는 반대로 만족스럽게 웃는 리즈를 보니 기분은 풀린 듯했다.

성장을 했어도 이런 부분에서 그 나이대의 소녀다운 모습이 드러났다.

"칼로 물 베는 싸움도 끝났으니 내 얘기를 들어 주겠나?"

"아아, 그랬지. 무슨 일이야?"

가더의 비아냥을 흘려보낸 히로는 그에게 시선을 옮겼다. 리즈도 관심이 있는지 귀를 기울이고 있었다.

"어째서 우리까지 남방에 가야 하는지 이유를 대."

"리즈한테 들었겠지만, 『아군』을 데려와 줬으면 좋겠어. 치료를 끝낸 자나 자율 훈련에 힘쓰고 있는 자를 더하면 대충 3천에서 4천 진후가 될 테니까."

"그렇다면 후긴과 무닌을 보내면 돼. 난 독안룡과 함께 행동하겠어."

"안 돼. 슈타인센 공화국과 싸우게 되면 분명 가더의 지식과 경험이 필요해져. 무엇보다 『아군』도 가담한다면 너의 지휘가 반드시 필요해."

"하지만…… 독안룡은 여섯 나라와 싸우러 가는 거잖아? 내 힘이 가장 필요한 건 그쪽이라고 생각하는데."

분명하게 히로가 거절했음에도 가더는 머뭇거리며 떨떠름한 모습을 보였다.

"단순한 시간 벌기야. 우리 측의 전력이 갖춰질 때까지 본격적으로 싸울 생각은 없어. 그러니까 가더는 남방에 가 줘야겠어."

히로는 반론을 허락하지 않겠다는 듯 힘 있게 단언했다.

"……정말로 괜찮은 거겠지?"

양보하지 않는 완고한 가더의 모습에 히로는 입꼬리를 실룩였다.

리즈도 그렇고, 가더도 그렇고…… 자신은 어지간히 신용받지 못하는 것 같았다.

"무, 문제없으니까 괜찮아. 그러니 가더도 출발 준비에 착수해 줘."

이 이상의 문답은 시간 낭비다.

양보할 생각도 없기에 히로는 강제로 화제를 바꾸기로 했다.

"리즈, 아우라나 로자는 어쩌고 있어?"

히로의 의식이 다른 문제로 향하자 가더는 그 이상 토 달지 않고 입을 다물었다.

갑자기 질문을 받은 리즈는 허둥거리며 입을 열었다.

"어어, 아우라는 거리에 있는 정령 신전에 간 것 같아. 아이들한테 작별 인사를 한다고 했어. 로자 언니는 측근들과 회합을 열고 있는 모양이야."

그때 무언가를 떠올렸는지 리즈가 크게 손뼉을 쳤다.

"맞다, 스카아하의 의식이 돌아왔어. 히로를 만나고 싶어 하더라."

"용태는 어때?"

"음~ 아직 체력은 돌아오지 않았고…… 발에 약간 위화감이 있다는 것 같아."

"그 정도라면 그녀도 리즈와 함께 가도 되겠네."

"근데 정말 데려가도 되는 걸까……."

리즈는 팔짱을 끼고 고개를 갸웃했다.

"안정을 취하는 편이 빨리 완치될 것 같은데……."

스카아하의 몸을 염려하는 것이 말 구석구석에서 느껴졌다.

"나도 그렇게 생각하지만, 스카아하를 지킬 사람이 없는 황궁에서는 안전을 확보할 수 없어."

자신 혼자라면 어떻게든 할 수 있지만, 황궁에서는 앞으로 추한 정쟁이 일어날 가능성이 크다. 거기에 스카아하가 말려

들지 않을 것이라고 장담할 수 없다. 황위 계승권 문제만큼 성가신 것은 없었다. 하지만 히로도, 리즈도, 셀레네 제2황자도, 당사자들은 그런 것을 생각하고 있을 여유가 없었다. 그러나 본인들에게 그럴 마음이 없더라도 말단이 폭주할지도 모르는 상황인 것은 확실했다.

"지금은 누가 황제가 될지 생각할 만한 상황도 아니지만 말이야. 전쟁터에 가지 않는 자들에게는 정치가 전쟁이겠지."

그런 사소한 일은 리즈가 신경 쓸 필요는 없다. 지금은 경험과 공적을 쌓는 것을 우선해야 했다. 히로는 이 혼란기가 좋은 기회라고 생각하고 있었다. 그녀의 성장을 더욱 촉구할 것이라고 확신하고 있었다.

"그러네. 지금은 황위 계승자끼리 손을 맞잡아야 해."

리즈는 히로의 말에 동의하며 고개를 끄덕였다.

그때—.

"세리아 에스트레아 전하!"

리즈를 부르는 외침에 가더를 포함한 세 사람의 의식이 그쪽으로 향했다.

병사 한 명이 서 있었다.

세 사람에게 일제히 시선을 받아 위축되었는지 병사는 그 자리에 멈춰 서고 말았다. 긴장해서 말을 잇지 못하고 입을 빼끔빼끔 움직일 뿐이었다.

"무슨 일이야? 나한테 용건 있어?"

리즈가 온화한 어조로 묻자 병사가 허둥지둥 경례를 한 후

입을 열었다.

"예! 브나다라 경께서 부르십니다. 짐 반입을 허가받고 싶다고 하십니다!"

브나다라 경이란 아우라를 말했다.

브나다라 가문은 우수한 참모를 많이 배출한 명문가로 서방에 근거지를 두고 있지만, 현재는 파벌을 옮겼기에 딸인 아우라가 리즈 밑에 몸을 의탁하고 있었다.

'아직 브나다라령에는 여섯 나라가 밀어닥치지 않은 것 같지만…….'

그들이 닥쳐오는 것도 시간문제이리라. 서방의 향후를 생각하여 무모한 짓은 하지 말았으면 좋겠지만…….

'일단…… 못을 박아 두는 편이 좋을까. 나중에 서신을 보내서…….'

그렇게 생각에 잠긴 히로 옆에서 리즈가 벌떡 일어났다.

"알겠어. 금방 갈 테니 기다리라고 전해 줘."

"예! 브나다라 경은 켈하이트 가문의 저택에서 기다리고 계십니다!"

전령 역할을 다한 병사는 히로와 가더에게 인사를 한 후 떠나갔다.

"그럼 오늘 저녁 식사 때 또 얘기하자."

리즈는 히로를 향해 손을 흔들며 걷기 시작했다.

"응. 저녁에 봐."

히로의 대답을 들은 리즈는 다녀오겠다며 등을 돌렸다.

"그럼 나도 준비하고 오마."

"그래, 후긴이랑 무닌한테 잘 말해 줘."

가더가 현관에 가득한 인파 속으로 들어가자 히로는 작게 웃었다.

그와 함께 조금 전까지 감돌던 온화한 분위기는 날아갔다.

대신 난폭한 광기를 휘감은 히로는 냉혹한 표정을 지었다.

"그녀도 움직이기 시작했을 무렵인가……. 슬슬 나도 본격적으로 움직여야겠어."

북쪽에서 착착 힘을 기르고 있는 음흉한 여왕의 얼굴이 뇌리에 떠올랐다.

"……지금부터 실패는 허락되지 않아."

일생일대의 **거짓말**을 시작하자.

한 발자국이라도 삐끗하면 나락 밑바닥으로 떨어지는 목숨을 건 줄타기다.

"먹는가, 먹히는가…… 신만이 알겠지."

히로는 즐거운 듯이 조소했다.

*****

얼음장 같은 바람이 세차게 불고, 밖에 나가기 꺼려질 만큼 눈이 휘몰아치고 있었다.

티아니
레벨링 왕국 최대의 성채 도시 《자설곽(紫雪郭)》.

외적으로부터 동족을 지키기 위해 깊이 해자를 파고 이중

성벽으로 내벽을 단단히 굳혔다.

유일한 출입구인 도개교는 현재 닫혀서 만반의 방비 태세가 펼쳐져 있었다.

성곽 안에 있는 언덕에서 거리를 내려다보는 것은 《자은전(티아르)(紫銀殿)》이라고 불리는 왕의 궁전이었다.

눈 덮인 자은의 성은 거대한 흰 벽이 되어 거리를 내려다보고 있었다.

알현실에는 많은 귀족이 모여 있었다.

하지만 잡담하는 자는 한 명도 없었다.

그 정도로 여왕의 권세는 막강했고, 그 위용은 거역하기 어려웠다.

귀족들의 약간 긴장 어린 시선은 휘황한 옥좌에 집중되어 있었다.

그곳에 앉아 있는 것은 대관한 지 얼마 안 된 여왕 클라우디아였다.

용모는 다정하나— 그 이면에 숨은 것은 교활한 모략가의 얼굴이었다.

그녀가 우여곡절 끝에 옥좌를 손에 넣었을 때, 레벨링의 귀족 대다수가 그녀를 얕보았다.

그러나 그들은 곧 호된 경험을 하게 되었다.

셀 수 없이 많은 귀족이 작위를 박탈당하고 멸문되었다.

그 대부분이 상인과 유착하여 세금을 횡령하고 백성을 억압하여 중세를 강요했던 자이기에 자업자득이라고도 할 수 있었다.

백성들은 기뻐했으나 귀족들은 전전긍긍했다.

공포는 반발을 낳는다. 한때는 대귀족을 필두로 많은 자들이 클라우디아를 비판했지만, 그녀는 대귀족에게 겁먹지 않고 맞서 싸웠고, 모략을 구사해서 승리를 이어가 반석 같은 체제를 다졌다. 그리하여 석 달 만에 여왕의 자리를 굳히고 정점에 군림하게 되었다.

"후후……."

요염한 분위기를 풍기는 웃음소리가 알현실에 울리자 귀족들은 어깨를 떨며 하나같이 그녀를 살폈다. 클라우디아가 웃으면 모두의 마음이 술렁이게 되었다. 그녀는 웃으며 사형을 선고하는 여왕이었다. 단죄당한 귀족들은 『죽음의 미소』라고 부르며 교수대에 올라갔다.

"저…… 클라우디아 여왕 폐하, 무슨 내용이 적혀 있는지요?"

한 귀족이 용기를 쥐어짜 질문을 던졌다. 그 시선은 그녀의 손에 들린 편지에 가 있었다. 그란츠 대제국의 제4황자가 보낸 친서였다.

"후후…… 고대하던 순간이 왔다 싶어서요."

입가에 손을 대고서 진심으로 우습다는 듯 클라우디아가 웃었다.

"마침내 레벨링 왕국이 열강에 낄 때가 왔습니다. 어찌 웃지 않을 수 있을까요. 어찌 가슴 설레지 않을 수 있을까요."

많은 귀족들이 클라우디아의 반응을 의아하게 여기며 눈썹을 모았다. 클라우디아는 그들이 그러든 말든 개의치 않고 계속 웃었다.

그때—.

"클라우디아 여왕 폐하!"

알현실에 한 병사가 여유로운 태도로 들어왔다. 귀족들에게도 낯익은 병사였다. 클라우디아가 왕위에 오르며 발족한 여왕 친위대의 대장으로, 클라우디아가 직접 등용한 무사였다.

그는 옥좌 가까이 다가가더니 한쪽 무릎을 꿇고 고개를 숙였다.

"군대의 준비가 완료되었습니다. 언제든 출격할 수 있습니다. 그리고 조금 전에 전령이 도착해, 방해받는 일 없이 목적지까지 달려갈 수 있다고 전했습니다."

"수고 많았어요. 역시 히로 전하, 일 처리가 빈틈없군요."

두 사람의 대화를 듣고 귀족들이 미심쩍다는 듯 인상을 썼지만, 일부 귀족의 얼굴에는 희색이 돌았다. 그 반응을 즐겁게 바라보던 클라우디아가 옥좌에서 일어났다.

"침묵의 시간은 끝났습니다. 마족이 다시 중앙 대륙에 설 때가 온 겁니다!"

그렇게 선언한 클라우디아는 옥좌를 벗어나 세련된 움직임으로 계단을 내려갔다.

붉은 융단 위를 걷는 당당한 모습이 사람들을 매료했다.

희색을 드러냈던 몇몇 귀족이 그녀를 따랐다. 상황을 파악하지 못한 귀족들은 물음표를 띄우면서도 고개를 숙여 여왕의 출발을 배웅했다.

"자, 시작하죠. 지금부터는 한 치 앞도 내다볼 수 없는 어둠 속입니다. 저를 믿는 자만 따라오세요."

클라우디아는 시조 로크스가 남긴 검을 뽑아 들고 당당히 알현실을 나갔다.

*****

제국력 1024년 1월 7일.

히로는 황궁의 귀빈실에 있었다. 맞은편에 앉은 자는 셀레네 제2황자였다.

그 외에는 아무도 없었다. 그러나 두 사람이 내뿜는 무거운 공기에 귀빈실은 수많은 사람이 북적거리고 있는 듯한 묘한 압박감에 지배되어 있었다.

"설마…… 협박할 줄은 몰랐는데."

셀레네 제2황자가 지도를 바라보며 먼저 입을 열었다.

"협력할 건지 안 할 건지, 어느 쪽인지 듣고 싶군요."

히로는 셀레네 제2황자에게 싸늘한 시선을 보냈다.

셀레네 제2황자는 항복하겠다는 듯 양손을 들고 미소 지었다.

"물론 귀여운 남동생을 위해 협력하겠어. 이해관계가 일치하고 말이야. 무엇보다 여기서 협력하지 않으면― 너의 무서운 동료가 북방에서 날뛰는 거잖아?"

"날뛰진 않을 겁니다. 당신이 협력해 준다면 말이죠."

"딱히 협박하지 않아도 상대가 너라면 조건 없이 협력할 거야."

"그건 기쁘네요. 아무튼 현명한 판단을 내려 주셔서 감사합니다."

히로는 담담히 말을 자아내고서 셀레네 제2황자를 바라보았다.

정확히 말하자면 그 허리 양쪽에 찬 칼에 관심을 주고 있었다.

"당신이 황제를 목표하지 않는 이유는 **그것** 때문인가요?"

"내가 꼭 대답해야 하나?"

"아뇨, 일단 확인해 봤을 뿐이에요."

히로는 옅게 웃고 의자에서 일어났다.

"약속을 파기해도 곤란하니 말이죠. 불안의 씨앗은 가능한 한 없애 두고 싶거든요."

셀레네 제2황자에게 다가간 히로는 차가운 눈으로 그를 내려다보았다.

"좋은데? 그 매정한 표정…… 무척 마음이 동하는 표정이야. 하지만 리즈를 대할 때 짓는 웃는 얼굴을 보여 줬으면 좋겠어."

"당신이 아군이라고 확신하게 되면 그때는 웃으며 리즈의 진영으로 맞아들이죠."

"……가차 없구나. 하지만 안심해 줘. 지금은 아직 적대할 마음이 없으니까."

"그 말을 듣게 돼서 다행이네요."

냉혹한 미소를 꾸민 히로는 책상 위에 올려 뒀던 짐을 옆구리에 끼고 문으로 향했다.

“리즈가 슬슬 출발할 테니 저는 이만 실례할게요.”

그렇게 말하고 히로가 문손잡이를 잡은 순간—.

“역시 너는 슬픈 사람이야.”

뒤에서 들려온 셀레네 제2황자의 말에 히로는 발을 멈췄다.

“조심해야 할 거야. 적은 어디에나 있어. 둘러보면 사면초가인 상황이야. 방심했다가 뒤통수를 맞는 일은 없게 해야지. 정말로…… 성가신 사람들뿐이니까.”

“알고 있어요.”

셀레네 제2황자의 충고에 즉답한 히로는 문을 열고 복도에 발을 내디뎠다.

오늘은 리즈가 출발하는 날이다. 밝은 표정으로 배웅해야 했다.

이미 현관에서 기다리고 있을 가능성이 크다고 생각해 잰걸음으로 복도를 걸어가던 히로는 앞쪽에서 기리시 재상이 걸어오는 모습을 발견했다.

“히로 전하, 세리아 에스트레야 전하가 현관에서 기다리고 계십니다.”

“아아, 역시…….”

“그럼 저는 이만.”

가볍게 인사를 나눈 기리시 재상은 히로 옆을 지나쳤다.

그 순간, 정체 모를 오한이 등골을 타고 올라와 히로는 뒤를 돌아보았다.

"……."

기분 탓이 아니었다. 히로는 목덜미에 손을 올렸다. 전류가 흐르는 듯한 그 감각은 전장에서만 맛보았던 것이었다. 확실히 지금, 기리시 재상은 살기를 내뿜었다.

"정말로…… 성가신 무리야."

불쾌감을 감추지 않고 중얼거린 히로는 다시 걷기 시작했다.

모퉁이를 돌자 직선 복도가 나왔다. 많은 고관이 반란으로 목숨을 잃은 곳이었다.

그 안쪽을 응시하니 많은 사람들이 모여 있는 것이 보였다.

"추워졌으니 감기 조심하렴. 야영할 때는 모포를 여러 장씩 덮고."

현관에 도착하자 로자가 엄마처럼 잔소리를 늘어놓고 있었다.

이미 몇 번이고 반복되었는지 리즈는 약간 지겹다는 얼굴이었다.

그러나 그것도 히로를 발견한 뒤에는 웃는 얼굴이 되었다.

"아! 히로! 드디어 왔구나!"

리즈가 폴짝폴짝 뛰며 손을 흔들었다.

그 뒤에는 아우라가 있었다. 시선이 아래로 향해 있는 것을 보면 애독서인 『흑지서』를 읽고 있는 모양이었다. 히로는 그녀들에게 다가가 작별 인사를 했다.

"아무쪼록 조심해서 가."

행군 속도를 중시하여 호위는 불과 3백이 못 되는 수였다.

지금 리즈를 습격할 만한 괘씸한 족속이 존재하진 않겠지만 방심은 금물이다.

“그때도 오늘처럼 근소한 부하들을 데리고서 힘멜 산을 넘었지.”

리즈는 히로와 처음 만났을 때를 떠올렸다.

“아아…… 그랬지. 그때 나는 정말로 짐짝이었어.”

그래도 리즈는 히로를 버리지 않고 계속 함께 여행해 주었다. 그때의 은혜를 조금이라도 갚았을까. 히로는 감개 깊게 시간의 빠른 흐름을 막연히 느꼈다.

리즈는 그런 그의 표정을 보고 웃음을 거두고서 진지한 얼굴이 되었다.

“무리는 하지 마. 전속력으로 돌아올 테니까, 무모한 짓만큼은 하지 말아 줘.”

“……네가 돌아오길 기다리고 있을게.”

히로는 속마음을 들키지 않게 고개를 끄덕였다.

“그보다도 무주크 가문의 가주를 조심해. 그는 상당한 수완가야. 뭘 꾸미고 있을지 몰라. 만약 중요한 결단을 내려야 된다면 너의 판단에 맡길게.”

“응, 괜찮아. 전에도 말했지만 날 좀 믿어.”

리즈는 난처하게 웃었다. 하지만 걱정되니 어쩔 수 없었다.

“응, 이게 **마지막**이야. 한 가지만 기억해 줘. 다른 사람의 마음을 우선하지 말고 너의 마음을 따랐으면 좋겠어. 알겠지?”

히로는 못을 박았다. 농담할 만한 분위기는 아니었다.

그것을 알아차렸는지 리즈는 얌전히 고개를 끄덕였다.

“아, 알았어. 누구에게도 내 마음은 양보하지 않을게. 내 생각대로 움직일 거야.”

순순히 수긍해 준 리즈에게 히로는 명랑한 표정을 지었다.

“널 믿고 있어. 잘 다녀와.”

그리고 리즈의 머리를 쓰다듬었다.

“히로도 책만 읽지 말고, 밥 제때 챙겨 먹어. 만약 돌아왔는데 살이 빠져 있으면 고기만 잔뜩 먹일 테니까.”

“그건 오히려 건강에 안 좋—?!”

히로가 말을 끝내기도 전에 리즈가 안겨 들었다.

포근한 향기가 콧속으로 들어오며 그녀의 상냥한 마음이 전해졌다.

그 온기가 마음을 진정시켰다.

“정말로 무리하지 마.”

당장에라도 사그라질 듯한 목소리라 위로하고 싶은데 아무 말도 떠오르지 않았다.

애초에 그녀를 이런 얼굴로 만든 자신이 무슨 말을 해 봤자 뻔뻔스러울 뿐이다.

아쉬움을 느끼면서도 히로는 리즈의 몸을 떼고 그녀의 눈꼬리에 맺힌 눈물을 닦았다.

“다음에 만날 때는 웃는 얼굴로 재회하자.”

“……응.”

작게 고개를 끄덕인 리즈에게서 시선을 뗀 히로는 그 뒤에 있는 아우라를 보았다.

그녀 또한 히로를 혼자 남기는 것이 조금 불안해 보이는 얼굴이었다.

"리즈의 버팀목이 되어 줬으면 좋겠어. 부탁할게."

"……맡겨 줘."

『흑지서』를 꼭 끌어안는 아우라에게 미소를 지어 준 히로는 시야 끄트머리에 잡힌 인물에게 다가갔다. 입구에 설치된 긴 의자에서 스카아하를 발견했기 때문이다.

스카아하는 아직 몸 상태가 좋지 않은지 창백한 얼굴로 앉아 있었다.

다가오는 히로의 기척을 알아차린 그녀가 시선을 보내왔다.

"……도움이 되지 못해 미안하다."

첫마디로 그렇게 말한 스카아하가 고개를 숙였다. 분한 듯 아랫입술을 깨물고서 자신의 무력함을 부끄러워하는 것 같기도 했다.

"책임을 느낄 필요는 없어. 확실하게 나아서 복귀해 줘."

"배려해 줘서 고맙다."

"마차의 진동 때문에 상처가 덧날지도 모르지만, 그건 이해해 줬으면 좋겠어."

"『빙제(게볼그)』의 가호가 있으니 괜찮겠지. 무엇보다 발목을 잡게 됐으니 그 정도는 당연한 응보라고 할 수 있어."

스카아하는 어깨를 으쓱이며 대답했다. 그녀는 자학하는 경향이 있었다. 좋은 쪽이든 나쁜 쪽이든 자기 자신에게 엄격했다. 친족의 복수를 이루는 것이 그녀의 바람이었다. 그렇기에 다른 사람에게 안이하게 기대지 않고 자신을 엄격하게 규제하며 전장에 임했다. 허나 그런 싸움을 이어가면 언젠가 망가지고 말 것이다.

"……언젠가 알게 될 거야. 분명 살아갈 목적을 찾을 수 있을 거야."

강제된 목표가 아니라 스스로 발견한 목적을 향해 걸었으면 했다.

히로는 그녀의 어깨를 두드리며 의미심장하게 말을 전하고서 부하들에게로 몸을 돌렸다.

"가더, 안전한 여행이 되길 기도할게."

"그래, 나도 독안룡의 안전을 기도하마."

"우으으으…… 히로 님 옆에 있고 싶어요……."

"죄송해요. 이 녀석, 어제부터 여기 남겠다고 난리네요."

울먹이는 후긴을 보고 오빠 무닌이 곤혹스러워하며 뒤통수를 긁적였다.

히로는 한 번 쓰게 웃고서 후긴의 머리를 쓰다듬어 주었다.

"사이좋게 지내. 너무 싸워서 가더한테 폐 끼치지 말고."

"……네."

히로는 옆구리에 끼고 있던 짐의 끈을 풀었다. 천을 펼치자 정령 무기 두 자루가 모습을 드러냈다. 이것은 두 자루가 한 쌍으로, 정령 무기 중에서도 보기 드문 것이었다.

"그럼 두 사람에게 이걸 줄게."

히로가 정령 무기를 후긴과 무닌에게 건네려고 하자, 두 사람이 당황한 모습으로 입을 열었다.

"이런 걸 받을 순 없어요! 정령 무기라니, 저희에겐 과분해요!"

후긴이 도리질을 쳤지만 얼굴은 이미 헤벌쭉했고, 손은 칼자루를 움켜잡고 있었다.

"……오오, 이거, 팔면 평생 놀고먹을 수 있지 않을까……."

"이 바보! 그런 짓을 했단 봐, 목을 쳐 주겠어!"

"하하…… 그 칼에는 드물게도 이름이 있어. 후긴 것은 『코가라스마루(小烏丸)』, 무닌 것은 『누케마루(抜丸)』, 조금 독특한 형태지만 너희라면 잘 쓸 수 있겠지."

이 두 자루는 1000년 전, 슈바르츠로 지낼 적에 아는 소인족(드워프)에게 만들어 달라고 한 것이었다. 히로가 있던 세계의 무기—『일본도』 형태를 이루고 있었다.

"나의 『코가라스마루』야. 히로 님에게 처음으로 하사받은 무기야!"

후긴이 당장이라도 춤을 출 듯이 기쁨을 나타냈다. 처음으로 장난감을 선물 받은 어린아이 같았다. 한편 오빠인 무닌도 칼날의 물결무늬를 보고 감탄하며 한숨을 쉬고 있었다.

그렇게 감동하는 남매에게서 시선을 돌리자 기묘한 눈길을 보내는 가더가 보였다.

"뭔가 의문이라도?"

"나한텐 뭐 없나?"

"마족에게 정령 무기를 주면 단순한 화상으로 안 끝나잖아."

히로가 작은 목소리로 그렇게 전하자 가더는 아쉽다는 얼굴로 탄식했다.
"뭐, 한동안은 이걸 쓰겠어."
가더는 등에 멘 대검을 히로에게 보였다.
"너라면 어떤 무기를 써도 괜찮을 거야."
순수한 마족을 이길 수 있는 인간은 극히 드물다. 평범한 무기로도 어떤 강자와도 싸울 수 있을 것이다. 언젠가는 그의 전용 무기도 필요하겠지만, 지금은 그럴 시간이 없으니 가더가 단념해 줄 수밖에 없었다.
"그럼 히로, 우린 슬슬 출발할게."
등 뒤에서 들려온 말에 돌아보니 리즈가 서 있었다.
"응, 또 만나자."
"아! 그리고 돌아오면 뭔가 사 줘야 해!"
히로를 척 가리킨 리즈는 산뜻한 웃음을 남기고 현관에서 뛰쳐나갔다. 후긴과 무닌이 부러웠던 모양이다. 그 뒤를 따른 것은 아담한 소녀 아우라였다.
"……나도 사 줘. 기대할게."
반론 따위 허락하지 않겠다는 듯한 무표정으로 아우라가 리즈의 뒤를 쫓아갔다.
"……흠, 뭘 사 달라고 할까."
핏기 없는 안색으로 스카아하도 한마디 남기고서 떠나갔다.
히로가 아무 말도 못 하고 있는 사이에 가더와 후긴 남매도 밖으로 나가자, 현관은 단숨에 조용해졌다.
"지출이 커지겠군."

어깨에 올려진 손에 히로는 옆에 있는 인물에게 시선을 옮겼다.

로자가 짓궂은 얼굴로 서 있었다.

그녀가 뭐라고 말하기 전에 기선을 제압하기로 한 히로는 품에서 편지 두 통을 꺼냈다.

"이쪽이 리즈에게 보내는 편지, 다른 하나가 가더에게 보내는 편지야. 그들이 돌아왔을 때 건네주면 고맙겠어."

"그건 알겠지만…… 이런 상황에서 계획을 시작하려는 건가?"

"이런 상황이기에 이용하지 않을 수 없는 거야. 대폭 수정이 필요해졌지만 이걸로 잘 풀릴 거야."

"……."

로자는 아무 말도 하지 않았다. 어깨를 작게 떨며 불안한 얼굴로 시선을 지면에 떨어뜨렸다.

두 사람 사이에 정적이 내려앉았을 때—.

"……죽지 마."

침묵을 견디지 못했는지 로자가 입을 열었다.

"응. 알고 있어……. 리즈한테도 말했지만 괜찮아."

히로는 명랑하게 웃어 보이고 『흑춘희』에서 정령 무기 한 자루를 꺼냈다.

"『사자왕(獅子王)』이라는 이름의 검이야. 봐, 칼자루 끝에 사자 문장이 들어가 있지?"

초대 황제 알티우스가 정령검 5제를 손에 넣기 전까지 애용했던 정령 무기였다.

귀중한 물건임을 알아차렸는지 로자가 눈을 크게 뜨고서 입을 반쯤 벌렸다.

“앞으로 자기 몸은 스스로 지켜야 하니 말이야.”

호신용으로는 너무 파격적이라고 생각했는지 로자가 얼굴을 굳혔다.

“이, 이런 물건은 받을 수 없어. 켈하이트 가문에도 정령 무기가 몇 자루 있으니, 나는 그쪽을 쓰겠어. 그러니 그건 당신이 가지고 있는 게 좋겠군.”

“『이름』이 붙어 있다면 그쪽을 써도 상관없지만…….”

예로부터, 무기뿐만 아니라 물건에 이름을 붙이면 그것이 의지를 지니고 있는 듯한 기적을 일으킬 때가 있다. 사람들은 일반적으로 혼이 깃들었다고 하는데, 그것은 정령 무기도 마찬가지였다. 요컨대 무기도 사용자와 함께 성장했다. 『이름』이 있는 것과 없는 것은 역시 다르다고 히로는 생각했다.

“『사자왕』에 걸맞은 사용자가 되는 거야. 그럼 분명 부응해 줄 거야.”

히로는 다시 한 번 로자에게 검을 내밀었다.

“각오는 됐어?”

로자는 망설이며 『사자왕』과 히로의 얼굴을 번갈아 보았다.

하지만 이윽고 히로의 끈기에 졌는지 포기하고서 크게 어깨를 떨구었다.

“내가 누군데. 5대 귀족 켈하이트 가문의 가주 대리라고.”

코웃음을 친 로자는 검을 받아 소중하게 끌어안았다.

흉기라고도 할 수 있는 가슴골에 칼끝이 완전히 묻혀 버렸다.

저도 모르게 눈을 돌린 히로는 코끝을 긁적이며 말을 꺼냈다.

"그, 그럼 나도 준비를 해야 하니 이만 실례할게."

히로는 쑥스러움을 감추듯 로자에게 등을 돌리고 걷기 시작했다.

"아, 어이, 갑자기 왜 그러나?!"

로자가 깜짝 놀란 목소리로 외쳤지만 히로는 다시 그 광경을 직시할 용기가 없었다.

"정말로 급하거든! 나중에 또 보자!"

거의 뛰다시피 복도를 나아갔다. 딱히 거짓말한 것도 아니었다.

정말로 볼일이 있었다.

'지금부터야. 리즈와 가더를 대제도에서 떼어 놓았으니, 남은 건 그자뿐이지.'

히로의 발걸음은 자연스럽게 여유로워졌고, 몸에 두른 분위기도 바뀌기 시작했다.

'……다음에 또 만날 수 있다는 보증은 어디에도 없는데 웃으며 이별을 고할 수 있으니, 사람은 참 신기한 생물이야. 조금 전까지 웃으며 얘기했는데…….'

히로는 발을 멈추고 뒤를 돌아보았다. 아무도 없는 복도는 고요했다.

'……아아, 그랬지. 그날도 이런 느낌이었어.'

빛이 통하지 않는 검은 눈동자에는 아무것도 비치지 않았다. 모든 것을 삼키는 심연이 펼쳐져 있을 뿐이었다.

온화한 성질을 살기와도 닮은 예리한 기척으로 바꾼 히로는 다시 걸음을 옮겼다.

목적지는 귀빈실— 각국의 손님을 맞아들이는 방.

그 문 앞에 갸름한 얼굴의 어딘가 경박해 보이기도 하는 마르크 가문의 가주가 서 있었다.

"히로 전하, 준비는 다 됐습니다. 어떻게 하실 건지 판단을 들려주시겠습니까?"

"수고 많았어요. 그럼 바로 작전 회의를 열죠."

"알겠습니다. 찬동한 중앙 귀족들이 실내에서 기다리고 있습니다."

마르크 가문의 가주가 귀빈실 문을 열며 고개를 숙였다.

"그럼 시작할까요."

리즈 일행의 출발을 확인한 후, 히로는 여섯 나라를 **토벌**하고자 서방으로 향한다.

붙잡아 두려는 것이 아니다. 고작 2만의 군세로 15만의 적을 상대하게 되는 것이다.

'리즈, 너와 한 약속을 깨도록 할게.'

히로는 리즈가 무사하길 기도하며 자신의 목적을 수행하기 위해 힘 있게 발을 내디뎠다.

*****

그란츠 대제국— 서역 북서부 베이루트령.

여섯 나라의 본진은 서방과 페르젠 사이에 있는 국경선에 구축되어 있었다.

지상은 천막으로 가득했다.

병사 5만이 지내는 장소인 만큼, 본진은 일종의 거리처럼 형성되어 있었다.

하늘이 다홍빛으로 물드는 가운데, 병사들이 어떤 준비에 쫓기고 있는 것처럼 분주하게 돌아다녔다.

그 중심에 존재하는 것은 사령부— 그란츠 정벌군의 심장부였다.

그 안에 사람들이 비좁게 모여 있었다.

겨울인데도 사람들이 뿜어내는 열기는 난방이 필요 없을 정도였다.

이곳에는 사단을 맡은 장군부터 연대를 이끄는 천기장까지 모여 있었다.

상석에 앉은 선이 가는 여성이 조용히 손을 들었다.

그란츠 정벌군의 사령관 대리, 루카 마몬 드 울페스.

여섯 나라 중 하나인 울페스 왕가의 재능 넘치는 여성으로, 차기 왕으로 기대를 받았던 인물이기도 했다. 그런 그녀의 지시를 받아 옆에 대기 중이던 남성이 앞으로 나왔다.

루카 사령관 대리의 남동생, 이겔 드 울페스였다.

누나를 빼닮아 반듯한 얼굴을 지닌 장신의 아름다운 청년이지만, 어딘가 야생적인 위험한 분위기를 풍기고 있었다.

"다들 바쁜 와중에 모여 줘서 고맙다. 그럼 정기 보고를 시작할까."

이겔은 지휘봉으로 책상을 쳐서 지도상에 있는 말을 넘어뜨렸다.

"맥리르 장군, 각 군은 현재 어떤 상황인지 보고하라."

"예! 외람되오나 설명하겠습니다."

노령의 장군이 일어나더니 어질러진 말을 지도상에 정돈하기 시작했다.

"현재 제1정벌군, 제2정벌군은 서방 귀족들에게 항복을 권하며 침공하고 있습니다. 효과가 어떠한지는 이 친서 다발을 보시면 일목요연하리라 생각합니다."

맥리르 장군은 부하에게 명하여 책상 위에 서방 귀족들이 보낸 친서 다발을 놓았다.

"그리고 제3정벌군, 제4정벌군은 주변 성채를 중심으로 공격하고 있습니다. 이쪽도 순조롭습니다. 주력 부대가 전부 페르젠에 가 있어서 그란츠 측의 수비력이 대폭으로 떨어졌기 때문으로 생각됩니다."

한숨 돌린 맥리르 장군은 마지막 말을 놓았다.

"제5정벌군은 항복 권유를 받아들이지 않은 귀족들의 본거지에 쳐들어가 식량 약탈을 중심으로 날뛰고 있습니다."

맥리르 장군이 이 자리에 모인 이들을 바라보니 다들 만족스럽게 고개를 끄덕이고 있었다.

상석에 앉은 루카도, 그 보좌관인 이겔도 웃음을 머금고 있었다.

"피해 상황은 어떻지?"

"역시 제5정벌군의 피해가 가장 큽니다. 다 합해서 7천쯤 줄어들었지만…… 페르젠 방면군— 루시아 님이 돌아오시면 문제없을 겁니다."

페르젠 방면군 5만이 합류하면 20만이라는 전대미문의 대군이 완성된다.

7천쯤의 피해라면 문제없으리라. 본국에서도 질책하지 않을 만한 손해였다.

가장 큰 문제는—.

"식량은 어떻지?"

식량이었다. 20만이라는 대군을 먹이려면 웬만한 양으로는 부족했다. 본국에서 받으려고 해도 방대한 비용이 든다. 그렇기에 현지에서 조달하는 것이 급선무지만, 겨울을 맞이한 지금은 생각 외로 잘 풀리지 않았다.

"비축분은 두 달 치 정도 됩니다. 식량을 중심으로 약탈시키고 있지만 20만이라는 병사를 먹이려고 한다면 그란츠 대제국의 서방은 아사자가 넘쳐 나게 될 겁니다."

현지인에게 사 모으려고 해도 그들이 겨울을 넘기기 위한 비축 식량을 풀 리가 없었다.

그렇다면 약탈이라는 수단을 취할 수밖에 없지만, 너무 과하면 장래 통치에 영향을 줄지도 모른다. 그래서 지금은 반항적인 귀족의 본거지만을 노려 약탈을 되풀이하고 있었고, 항복할 뜻을 나타낸 무리에게서는 무엇 하나 빼앗지 않고 후하게 대하고 있었다.

"문제없겠죠. 이대로 작전대로 행동하세요. 루시아 님이 식량을 가지고 오신다는 모양이니 일단 이 문제는 나중으로 미루죠."

그렇게 발언한 것은 루카였다. 그녀는 손가락으로 팔걸이를 두드리며 지도를 바라보았다.

"그보다도 맥리르 장군, 서방 백성들은 어떤가요. 이쪽이 바라는 대로 움직이고 있나요?"

"예! 그쪽은 문제없는 것 같습니다."

맥리르 장군은 지도에 그려진 서방의 주요 도로에 작은 돌을 놓아 나갔다.

"서방의 주요 도로는 마을과 도시에서 중앙으로 피난하는 민중으로 가득한 모양입니다."

도로는 중요하다.

물류의 원활화, 침략 대비, 경제 발전, 국가 안정에 빼놓을 수 없는 존재였다.

타국이 침공하면 해당 국가는 즉각 현장에 가야만 한다. 그러나 길이 봉쇄되면 치명적인 지연이 생기고 만다. 침공 측으로서는 도로를 파괴하는 편이 더 빠르지만, 그러면 이후 통치할 때 곤란해지게 된다. 그렇다고 거대한 바위를 옮겨 놓을 만한 여유가 있는 것도 아니다.

그렇다면 무엇으로 대응하는가, 바로 인간이다.

돕는 자도 도망치는 자도 똑같이 도로를 사용한다. 도망치는 자가 많으면 많을수록 국가에 타격을 줄 수 있었다. 즉, 그란츠 대제국 중앙에서 보내는 원군은 확실하게 늦어진다. 무엇보다 서방 귀족들이 도망치지 못하게 저지하는 역할도 담당해 줄 것이다.

"작전대로군."

이겔이 씩 웃었다. 곁눈질로 루카를 보니 그녀도 만족스럽게 고개를 끄덕였다.

"본국의 지시대로 일이 잘 진행되고 있군요."

"이토록 작전이 잘 풀린 것도 역시 5대 장군 중 한 명을 잡았기 때문이겠죠."

싸우지 않고 무릎 꿇는 자가 많았다.

처음에야 서방 귀족도 기세등등했지만, 5대 장군의 시체를 내걸자 항복하기 시작했다.

"그란츠 대제국도 땅에 떨어졌네요. 세계에 위세를 떨치던 사자는 어디로 갔는지……."

루카가 유감스럽다는 얼굴로 중얼거리자 동생 이겔이 즐겁게 말했다.

"늙은 사자 따위 무섭지 않다는 걸 확인하게 돼서 다행이잖아. 저항이 적을수록 우리 쪽의 피해도 적어지고 말이야. 일단은 서방을 갈기갈기 찢어발기자고."

"그건 동의하지만, 너무 요란하게 날뛰면 후환이 두려워요."

"어째서?"

의미를 모르겠다며 이겔이 묻자 루카가 언짢은 얼굴로 콧방귀를 뀌었다.

"언젠가 서방은 여섯 나라가 차지하게 되겠지만, 통치할 때 화근이 있으면 민중은 쉽사리 따르지 않기 때문이에요."

"그래서 당근과 채찍을 나눠 쓰고 있잖아. 방금 맥리르 장군이 말한 것처럼 잘 풀리고 있는 모양이고."

이겔은 지도를 바라보며 말을 이었다.

"따르는 자는 용서하고, 맞서는 자에게는 가혹하게 대한다. 요컨대 본보기로 약탈하고 있고, 그건 전혀 문제 되지 않아. 오히려 나는 눈에 띄는 마을이나 도시를 불태워서 공포를 심으면 반항심도 안 생길 거라고 생각하는데?"

이겔은 루카에게 지적했으나 그녀는 즉각 고개를 가로저어 부정했다.

"과한 공격은 반대로 증오를 품게 만들어요. 그것은 다음 대로 이어지고, 이윽고 내부의 적이 되어 나라를 멸망시키는 요인이 될 수도 있어요."

사람은 살려 둬야 이용 가치가 있다. 의식주를 만들어 내는 것은 인간이다.

무기도, 돈도, 토지조차도, 인간이 없으면 얻을 수 없다.

"그리고 지금 우리에게는 악명보다 명성과 공적이 필요한 때예요."

루카는 강조했다. 그것만큼은 틀려선 안 된다고 타이르는 어조이기도 했다.

"알고 있어. 그렇기에 본국의 지시에 따르고 있는 거잖아."

머리 뒤쪽으로 팔짱을 낀 이겔은 의자에 기대 불만스럽게 천장을 올려다보았다.

"공적이 필요하다면…… 향후 방침은 어쩌시겠습니까? 이미 루시아 님이 이리로 오고 계신 모양이고, 그 수를 합하면 그란츠 정벌군은 20만이라는 대군이 됩니다."

맥리르 장군은 루시아와 합류하면 공적을 올리기 어려워진다고 넌지시 말하고 있었다.

실제로 15만이라는 수를 이끌고 있으면서 군을 여섯으로 나누고 본대는 여전히 대기 중이었다.

이런 상황에서는 올릴 수 있는 공적도 올릴 수 없다.

"이대로 계속 기다리시겠습니까? 아니면 먼저 중앙으로 가시겠습니까?"

"당연히 중앙에 쳐들어가야지. 서방에는 기개 있는 사내가 없는 것 같고 말이야. 이딴 곳은 다른 녀석들한테 맡기고 우리만이라도 중앙에 가야 하지 않을까?"

강자와 싸우기를 원하는 이겔은 혈기 넘치게 주장했지만, 루카는 어디까지나 냉정했다.

"안달해선 안 돼요. 일단은 서방을 무너뜨려 후환을 없앤 다음, 루시아 님과 합류하여 중앙에 쳐들어가야겠죠."

"누님…… 좀 과하게 몸을 사리는 거 아니야? 본국의 높으신 분이 내린 명령은 들어줬어. 이제는 자유롭게 행동해도 되잖아."

"독단하고 진행했다가 까딱 잘못하면 끝이에요. 우리에게 다음 기회가 없다는 걸 알고 하는 소리인가요?"

"……알고 있어. 하지만, 요컨대 이기면 되는 거잖아. 아무런 불평도 못 하게 철저히 그란츠 대제국을 쳐부수면 되는 거 아니야?"

"애초에 이곳 지리에 밝지 않은 우리가 무턱대고 중앙에 쳐들어가면 지형적 이점은 얻을 수 없어요. 무엇보다 지금은 겨울이에요. 천시(天時)도 버렸다고 할 수 있죠."

동생의 호전적인 의견을 난감한 표정으로 물리친 루카는 지휘봉으로 지도를 내리쳤다.

"우선은 척후를 풀어서 중앙의 정보를 수집하겠어요. 그란츠 대제국의 움직임을 읽으며 신중하게 일을 성사해서 본래 목적을 달성하고 공적을 쌓기로 하죠."

"……알겠어. 누님을 따를게."

이겔은 납득할 수 없다며 불만스러운 표정을 지었으나, 루카의 의견에는 거스를 수 없는지 입을 다물었다.

"지금은 참고 있을 때예요. 여기서 우리가 실패하면 『그 여자』가 나와서 이익만 전부 챙겨 갈 거예요. 그러니 지금은 참을 수밖에 없어요. 이해하죠?"

루카는 사랑스럽다는 듯 동생을 바라보며 자상하게 얼렀다.

"……그래, 알고 있어."

조금 전까지의 위세가 사라진 이겔은 순순히 고개를 끄덕였다.

제3장 사라지지 않는 증오

제국력 1024년 1월 10일.

그란츠 대제국— 황궁 베네자인의 귀빈실.

“적의 침공이 생각보다 빠르군요.”

연일 열리고 있는 군의 중에 히로가 무겁게 말을 내뱉었다.

“예, 이미 서방의 3분의 2가 적의 수중에 떨어진 모양입니다.”

기리시 재상이 지도를 앞에 두고 분한 얼굴로 중얼거렸다.

분노로 몸이 떨리고 있는지 잃어버린 왼팔 쪽 소매가 작게 떨리고 있었다.

그러나 그 혼자만 그런 것이 아니었다. 모두가 낙담을 드러내고 있었다.

한심하다며 서방 귀족을 욕하는 자들도 있었다.

크게 호흡을 되풀이한 기리시 재상은 다시 지도 위에 말을 놓았다.

“많은 백성들이 중앙으로 도망치고 있어서 도로는 봉쇄 상태입니다. 여섯 나라가 의도적으로 쫓아내고 있는 것 같습니다. 그리고 정보가 뒤섞여서 확증은 얻지 못했으나 브루탈 제3황자가 붙잡혔다는 보고도 있습니다.”

“그게 무슨…… 브루탈이 붙잡혔다고?”

이 소식에는 놀람을 감출 수 없었는지 셀레네 제2황자가 의자에서 엉거주춤 일어났다.

"브루탈은 조심성이 많아. 퇴로 확보는 완벽했을 텐데……."

로자 또한 믿을 수 없다는 듯 손으로 입가를 가리고서 시선을 떨어뜨렸다.

'아우라가 없는 것만으로도 이 결과인가……. 원래부터 싸움을 못했으니 놀랍지는 않지만.'

그러나 설령 무능하더라도 그란츠 대제국의 황자다. 그 이용가치는 이루 헤아릴 수 없다. 적의 침공이 빨라진 것도 브루탈이 붙잡혔기 때문이리라. 서방을 수호하던 바키슈 5대 장군이 전사하여 서방의 희망은 브루탈 제3황자뿐이었다. 그랬는데 붙잡혔으니 서방의 지휘 계통은 붕괴된 것이나 마찬가지였다. 그가 향후를 생각한다면 붙잡혀서 수치스럽게 살 바에야 자결하는 길을 택했어야 했다. 그럼 복수심에 불탄 서방 귀족들이 분투해서 적의 기세를 약화시킬 수 있었을 텐데…….

'페르젠 속주도 여섯 나라 손에 떨어졌다고 생각하는 편이 좋겠어.'

페르젠 속주에 사는 사람들에게 그란츠 대제국은 침략자일 뿐이다.

그런 상황에서 여섯 나라가 해방을 주장하며 그란츠군을 격퇴했다면 그 인기는 멈출 줄을 모를 것이다. 페르젠 잔당군에서도 이탈자가 나오고 있을 것이 틀림없다.

페르젠 왕가의 생존자인 스카아하는 그란츠 대제국에 인질로 붙잡힌 것이나 마찬가지였다. 그 신병을 되찾겠다고 한다면 여섯 나라를 따르는 자도 많이 나오리라.

'상황이 심상치 않게 흘러가게 됐나……?'

과거에 벌어진 일이 표면화될 가능성은 지극히 컸고, 상황은 나쁜 방향으로 굴러가고 있었다.

모든 책임은 실책을 거듭한 그란츠 대제국의 중추에 있었다.

강대한 힘에 취한 결과이니 자업자득이라고도 할 수 있지만, 책임을 물어야 할 인물 대부분은 슈트벨 제1황자가 일으킨 반란으로 사망했다. 타국 이야기라면 비웃어 주겠으나, 그란츠 대제국은 죽은 친구들이 남긴 나라였다.

'내가 있는 한, 이 나라는 반드시…… 남겨야만 해.'

누군가가 의도한 것이든 아니든, 마음대로 굴게 두지는 않을 것이다.

어떤 수를 써서라도— 친구들이 남긴 마지막 연결 고리니까.

"일단은 앞으로 어떻게 움직일지를 정해야 합니다. 어떻게 서방을 구해 낼 것인가, 그것이 중요하겠지요."

기리시 재상의 발언에 히로는 현실로 돌아왔다.

"물론 브루탈 제3황자님의 목숨을 경시할 생각은 없습니다만, 입장상 생명이 위험할 일은 없을 겁니다. 몸값을 요구하든 영토를 요구하든, 여섯 나라가 움직일 때까지 기다릴 수밖에 없겠죠."

기리시 재상은 반론이 없음을 확인하고서 크게 한 번 헛기침하더니 옷깃을 매만졌다.

"그럼 각 방면의 진행 상황을 말씀해 주시지요."

"그럼 나부터 보고하지. 발언을 허가해 주겠나?"

손을 든 사람은 로자였다. 기리시 재상이 고개를 끄덕여 응답했다.

로자가 보고서를 들고 일어나지 귀족들의 시선이 십중되었다.

"부하에게 명령하여 동방에서 전력을 모으고는 있지만…… 중앙에 오려면 한 달쯤 걸릴 듯하다. 그래도 준비가 된 부대는 바로바로 출발시키라고 엄명했으나……."

어깨를 으쓱인 로자는 낮게 신음했다.

"전력이란 것은 온전히 갖춰져야 위력을 발휘하지. 1천씩 보내더라도 대단한 전력은 되지 않을 테고, 오히려 섣불리 전장에 보낸다면 전멸할 거야."

"그건 어쩔 수 없습니다. 준비가 완전히 갖춰진 뒤에 출전하는 것이 좋겠죠. 무리하지 말고 최대한 수를 모아서 보내 주시기 바랍니다."

"그럼 감사히 그리하도록 하지."

기리시 재상에게 감사를 표한 로자는 측근 한 명에게 귓속말을 했다.

두세 마디를 듣고 이해한 측근은 인사를 올린 후 조용히 귀빈실을 나갔다.

로자의 이야기가 끝나자 기리시 재상이 셀레네 제2황자에게 눈길을 주었다.

"다음으로 북방은 어떻습니까?"

"다들 알다시피 북방에는 『정령벽(프리트호프)』이 존재해. 최근에는 『각인족(刻印族)(얄다바오트)』도 얌전하지만 방심은 금물이야. 그들에게도 그란츠 대제국이 혼란하다는 건 전해졌을 테니까."

3이족(夷族)— 지금으로부터 500년쯤 전에 기묘한 종족이 그란츠 대제국 북방에서 발견되었다. 시체를 먹는 그들을 사람들은 『기육족(嗜肉族)(아르콘)』이라고 부르며 혐오했고 토벌에 나섰다. 그러나 그들은 일반인 이상의 신체 능력을 보유하고 있어서 도리어 당하고 말았다.

그 토벌대에서 생겨난 것이 『각인족』이라고 불리는 아인종이다. 그들은 『기육족』을 아득히 능가하는 지력, 지극히 높은 신체 능력을 가지고 있었다.

이윽고 『기육족』을 거느리게 된 『각인족』은 북방 침략을 개시했다. 그 위협 앞에서 사람들은 어쩔 도리도 없이 유린당했으나, 당시 황제— 후에 그란츠 열두 대신 중 하나인 『무신(武神)』이 된 남자의 힘과, 정령들이 결집한 힘으로 북방의 서쪽 끝— 『미개척 영역(상투아리움)』으로 쫓아내는 데 성공했다.

그러나 완전히 멸망시키지는 못하여서, 당시 황제는 『정령벽』을 만들어 그들을 『미개척 영역』에 가두었다. 그 후 500년이 흘렀지만, 그들은 여전히 벽 건너편에서 호시탐탐 북방의 땅으로 진출할 기회를 엿보고 있었다.

"첨병(尖兵)인 『기육족』의 모습이 벽 근처에서 확인되고 있어. 이쪽의 수비가 허술해지기를 기대하고 있겠지. 그렇기에 대군을 움직일 수는 없어. 2만 6천— 대제도에 4천을 데리고 왔으니 합쳐서 3만, 실전 경험은 적지만 숙련도는 충분해. 정예를 모았어. 이걸로 넘어가 줬으면 좋겠는데."

"북방의 상황은 모두가 알고 있습니다. 그 불안정함도 말이죠. 하지만 나머지 2만 6천은 언제쯤 대제도에 도착하는지요?"

"로자와 마찬가지로 대제도에 오기까지 한 달쯤 걸릴 거라고 봐."

"그렇습니까……. 그럼 다음으로 마르크 가문은 어떤가?"

기리시 재상은 낙담을 감추지 못하며 마르크 가주에게 질문을 던졌다.

새로이 5대 귀족에 끼게 된 남자는 당당히 일어났다.

오를레앙 롱그윌 폰 마르크.

원래는 상인이었던 그의 조부가 전전대 황제에게 막대한 자산을 투자해 옥좌에 앉히면서 그란츠 대제국의 작위를 받게 되었다. 그렇기에 마르크 가문의 역사는 짧았고, 유서 깊은 명문가도 아니었다.

그래도 3대에 걸쳐 공적을 쌓아 5대 귀족의 한 축까지 올라왔다.

할아버지에게 물려받은 교섭술, 아버지에게 교육받은 제왕학, 그 재능을 아낌없이 사용하여 오를레앙은 젊은 나이에 가주가 되었다.

그 수완을 의심할 여지는 없으니 실력은 확실하리라.

"반란의 영향이 남아 있는 탓에 기대치 이상은 모을 수 없지만, 많은 귀족이 협력해 주었습니다."

당연했다. 이미 여섯 나라가 서방에 깊이 침입했으니 인근에 영지가 있는 귀족들은 어떻게든 협력할 수밖에 없었다.

“그래도 움직일 수 있는 수는 2만 전후입니다. 전부 합류하면 4만 이상이 되겠지만, 그건 원군이 올 때까지 중앙 방위나 치안 유지에 쓰는 편이 좋겠다고 판단했습니다.”

그렇게 말한 오를레앙은 보고서 한 장을 들었다.

“서방 백성들이 중앙으로 도망치고 있어서 치안이 악화되고 있습니다. 도적이 서방 백성들을 덮치기 시작한 것도 한 요인이겠죠. 무엇보다 겨울을 맞이한 탓에 먹이가 부족한지 괴물(몬스터)이 서방 백성들을 노리고 있다고 보고서에 적혀 있습니다.”

이것이 여섯 나라가 생각한 책략이라면 상당한 군략가가 있다고 봐도 될 것이다.

확실하게 이쪽의 움직임을 막고 서방을 무너뜨리려 하고 있었다.

‘5대 귀족 크로네 가주 암살부터 시작해서— 슈트벨의 반란, 황제의 죽음, 서방 침략, 페르젠으로의 진군, 피난민 피해…… 이쪽의 빈틈을 노리고 단숨에 몰아붙인 느낌이 들어. 게다가 5대 장군을 둘이나 잃었어. 전력 저하도 부정할 수 없어.’

그 밖에도 뭔가를 더 준비했을 가능성이 크다. 그것을 막을 방도가 필요하지만, 그란츠 대제국은 기반을 다질 새도 없이 계속 선수를 빼앗기고 있었다. 모두가 그 사실을 눈치채고 있을 것이다. 귀빈실에 무거운 공기가 소용돌이치고 있는 것만 봐도 알 수 있었다.

“남방에서 세리아 에스트레야 전하가 빨리 돌아오시기를 빌 수밖에…….”

지금 그란츠 대제국에 필요한 것은 시간이다. 여섯 나라를 격퇴할 전력을 갖추기 위한 시간을 벌어야 했다. 그러나 운에 맡긴다고 시간이 생기지는 않는다.

"빌고 있을 수만은 없어요."

히로는 자리에서 일어나 자신의 생각을 말했다.

"전에도 말했지만 지금은 시간을 버는 게 급선무입니다. 일단 당장 움직일 수 있는 자들만— 2만의 군세를 이끌고 서방에 가야겠죠."

"그 생각은 확실히 들었습니다만 너무 위험합니다. 브루탈 제3황자님이 붙잡혔는데 히로 제4황자님마저 붙잡히면…… 주변 나라들이 우습게 여길 겁니다. 그란츠 대제국의 시대는 끝났다고 야유하는 자도 나오겠지요."

한 귀족이 탄식하며 말했다.

그러나 지금은 체면을 차릴 상황이 아니었다. 무엇보다 그의 발언은 너무 비관적이었다. 히로는 이 자리의 흐름을 자신 쪽으로 끌어오기 위해 소심한 귀족을 질타할까 생각도 했지만, 괜한 알력을 만들 필요도 없기에 사고를 전환했다.

"그렇게 걱정하는 것도 이해합니다. 하지만 수수방관한다면 서방은 확실하게 무너질 겁니다. 여섯 나라가 중앙에 진출할 발판을 손에 넣는다면 서방을 탈환하는 건 지극히 어려워져요."

"그렇지요. 하지만 그저 시간을 벌기 위해 히로 전하가 희생하시는 건 아니 될 일이지 않습니까. 무엇보다 그란츠 대제국의 힘을 집결하면 서방 탈환은 쉬운 일입니다."

“그러네요. 확실히 현상을 유지한다면 탈환도 쉬울 겁니다. 하지만 정황이란 것은 시시각각 변합니다. 시간이 지나면 지날수록 딴마음을 먹는 자가 나올 가능성이 커요. 얼마 전 일어난 반란도 그렇죠. 여기서 명확하게 움직이면 견제도 할 수 있어요.”

“확실히 딴마음을 먹는 자는 많은 것 같지만 그런 족속은 어느 나라에나 있습니다. 그러나 그런 자들에게 패배할 만큼 그란츠 대제국은 약하지도 않고, 허술하지도 않습니다.”

세계의 패권을 장악한 사자의 대국— 1000년이라는 긴 세월을 살아남았다.

국가가 붕괴될 만한 혼란을 초래한 적도 몇 번 있었다. 긴 역사를 더듬어 보면 반란도 한두 번 일어난 것이 아니었다. 황위 계승자들 사이에서 일어난 추한 싸움으로 나라가 둘로 나뉘기도 했었다.

탄압, 학살, 독재, 침략, 암살…… 헤아려 보면 끝이 없다.

그러나 어느 시대든—『왕』의 힘이 남아 있었다.

‘더는…… 정령왕의 힘이 느껴지지 않아.’

정령은 여전히 세계에 남아 인간을 지켜 주고 있다. 하지만 그 부모인 정령왕의 기척이— 이 세계에 온 뒤로 한 번도 느껴지지 않았다.

단순히 히로의 감각이 둔해서 알아차리지 못할 뿐이라면 괜찮지만, 「어쩌면」 하는 희망적인 관측에 매달리면 국가는 붕괴하고 말 것이다.

무엇보다 정령왕이 세계에서 떠났다면, 분출되는 광범위한 문제, 거듭된 전쟁이 일어나는 것도 앞뒤가 맞고 납득이 갔다. 정말로 정령왕이라는 존재가 세계에서 사라졌다면, 앞으로는 스스로 생각하여 걸어 나가야만 한다. 자신의 힘만으로 시대를 개척해 나가야 한다.

'그렇기에 보험이 필요해. 확실하게 그란츠 대제국이 살아남을 보험이 말이야.'

그 준비는 마쳤다. 이제 실행에 옮기기만 하면 된다. 누구도 방해하게 두지 않을 것이다.

히로는 작게 숨을 내쉬고 대담무쌍하게 미소를 지었다.

"약하니 허술하니 하는 문제는 지금 상관없습니다. 거듭된 전쟁이 그란츠 대제국의 재정을 압박하고 있어요. 무구(武具) 생산, 병사의 봉급, 성채 건설비와 수리비 등 다양하죠. 이번에는 다른 지역에서 병력을 모으기도 해야 하니 국고의 재화는 더욱 줄어들 거예요."

전쟁에는 막대한 자원이 필요하다.

아무 계획도 없이 개전하여 자금 부족으로 멸망한 나라도 많이 존재했다.

전쟁은 정치적인 목적으로 이루어지는 것으로, 자국에 이익이 되는가가 중요했다.

내부를 향한 위협, 외부를 향한 위협, 어느 쪽을 향하는지는 당사자에 달렸으나…….

'여섯 나라에게도 이 전쟁은 가치 있는 싸움이라는 뜻이야.'

손해 볼 것을 알고 있다면 전쟁을 벌이지는 않는다.

"무슨 말씀인지 모르겠습니다. 서방을 여섯 나라에 넘기라는 겁니까? 반격도 하지 않고서 상대에게 영토를 주고 지금 있는 재화를 지키라니…… 아까 하신 말씀과 모순되지 않습니까?"

"제 얘기를 끝까지 들어 주셨으면 합니다만……?"

히로는 말을 방해받은 분노를 숨기지 않으며 멋대로 발언한 귀족을 노려보았다.

입을 다문 귀족을 바라보면서 히로는 가슴에 맺힌 불안을 토로했다.

"다시 말씀드리는데…… 거듭된 전쟁으로 물가가 뛰고, 경제가 정체되고, 생활이 곤궁해지고, 정세가 불안정해져서 백성들의 불만도 쌓이고 있습니다. 그런 상황에서 여섯 나라의 폭주를 못 본 척하면 백성들의 분노는 최고조에 달하겠죠. 즉, 서방을 방치하는 것은 어리석은 짓이고, 백성의 지지까지 버리는 일이라고 말하고 싶은 겁니다."

전력이 갖춰질 때까지 서방을 돕지 않고 그저 방관하는 것은 허락되지 않는다.

백성들은 국가가 자신들을 버렸다고 생각할 것이다. 서방 귀족이 적에게 붙을 가능성도 커진다.

그 영향은 파생적으로 그란츠 전체에 미칠 것이다.

"그러니 지금은 2만이라도 이끌고 서방에 가서 여섯 나라와 싸워야 해요."

침공당한 그란츠 대제국이 택할 길 또한 이익이 있는지 없는지, 치를 희생과 저울질하여 추량해야 했다. 강화를 맺든, 철저히 반격을 가하든, 가치를 헤아려 볼 필요성이 생긴다.

'반격해야 해. 설령 수가 적더라도…… 영토, 민중, 권위—이 세 가지 존엄을 지키기 위해 싸워야 해.'

그중에서도 가장 염려되는 것은 폭동이 일어나는 것이다. 무력으로 진압하기는 쉽지만, 그것은 불만을 누그러뜨리는 행위가 아니라 불난 집에 부채질하는 폭거다. 잠시 조용해지기는 하겠으나 해결책은 되지 못한다. 탄압 끝에 있는 것은 국가의 붕괴다.

"말씀하시는 바는 알겠지만…… 고작 2만으로 뭘 할 수 있겠습니까?"

"책략은 있어요. 제게 맡겨 주신다면 여러분의 기대에 부응할 수 있을 겁니다."

히로는 막힘없이 자신감을 담아 단언했다.

"고작 2만으로 15만이나 되는 군세를 상대하는 책략이요? 히로 전하는 지금 그렇게 말씀하시는 겁니까?"

기대를 담아 눈을 반짝이는 귀족이 한두 명이 아니었다. 이 방에 모인 자 대부분이 그 반짝임을 눈에 담고 있었다. 흥미를 끄는 데 성공한 히로는 내심 만족스럽게 웃었다.

"시간을 벌 뿐만 아니라 상대의 전력을 감소시키는 것도 가능합니다."

이 말에는 모두가 놀라워했다. 이 자리의 분위기를 장악했다면 이제 남은 것은 자신의 생각대로 일을 진행하는 것뿐이다. 히로는 보고서와 대조하며 지도에 말을 놓았다.

"여섯 나라는 전력을 분산해서 서방을 공격하고 있습니다. 한데 뭉치면 매우 귀찮지만, 분산된 지금이라면 동수로 싸울 수 있겠죠."

위험이 예상된다면 깨끗하게 물러나고, 이길 것 같다면 격렬하게 친다.

"전쟁에서 이기려면 지휘관의 수완은 물론이고, 전장의 상황을 파악하는 것, 그 특질을 판별하는 것이 중요합니다. 예기되는 위험을 사전에 감지할 수 있다면 승리는 그다지 어렵지 않죠."

대군을 상대한다면 술책을 부려야만 하지만, 분산된 부대를 각각 상대한다면 지휘관의 직감력과 경험의 차이로 승패가 결정된다.

"적의 군단을 한두 개 격파하면 승기가 보일 겁니다."

히로는 과장된 손짓을 섞어가며 허점을 파고들기 전에 다음 이야기로 넘어갔다.

"협력해 주시기 바랍니다. 파벌의 장벽을 넘어 모두의 협력이 필요한 때입니다."

몇 번이고 부탁하고 있는 일이었다. 이번 이상 사태에 대응하려면 모두 한마음 한뜻이 되어 여섯 나라를 격퇴해야 했다. 멀리 떨어진 땅에서 일어난 일이니 자신과는 상관없다며 평화에 찌들어 있는 귀족들이 정신 차리도록 만들지 못하면 그란츠 대제국에 미래는 없다.

이런 식으로 말했는데 국가의 중대사에 반대 의견을 내는 자는 당연히 전무했다.

다만 히로를 수상쩍게 바라보는 자가 몇 명 있었다.

그중에서도 기묘한 시선을 보내는 사람이 기리시 재상이지만, 그보다 더 신경이 쓰인 자는 마르크 가문의 가주인 오를레앙이었다. 히로는 그에게서 이질적인 낌새를 느꼈으나 힐끗 보고서 개의치 않고 담담히 설명을 시작했다.

"요컨대 시간을 벌면 그만입니다. 이쪽의 전력이 갖춰질 때까지 상대를 농락하여 서방에 오래 머물도록 하면 이쪽의 승리죠. 그 후에는 각 지역의 원군과 합류하여 결판을 내고 그 기세를 몰아 페르젠까지 밀어내는 겁니다."

서방을 되찾은 후에는 재차 지배권 확립을 목표로 매진한다. 대군을 이끌고 쳐들어온 여섯 나라를 격퇴한다면 귀찮은 주변 나라들도 침묵할 수밖에 없게 되리라.

히로는 주위 귀족들의 안색을 살폈다.

"일단은 최소한의 병력을 데리고서 여섯 나라를 공격하는 것에 동의해 줬으면 좋겠군요."

거수해 주시겠습니까, 하고 마지막에 덧붙이자 차례차례 귀족들이 손을 들었다.

"흠…… 반대하는 사람은 없는 것 같군요."

감정이 담기지 않은 목소리로 기리시 재상이 말하니—.

"참으로 훌륭합니다. 히로 전하의 헌신적인 모습은 후세까지 회자될 겁니다. 저희 마르크 가문 및 중앙 귀족은 아낌없이 협력하겠습니다."

오를레앙이 절찬했다. 그는 박수를 치며 연신 고개를 끄덕였다.

그 모습에 묘한 위화감이 뇌리에 소용돌이쳤으나, 형태가 없는 것에 귀중한 시간을 할애할 필요성은 느껴지지 않았기에 히로는 즉각 머리 한편으로 위화감을 쫓아냈다.

'뭔가를 꾸미고 있다면 본색을 드러냈을 때 때려잡으면 돼.'

일단은 이쪽의 의도대로 이야기를 진행시켰다.

지금은 그것을 솔직하게 기뻐하자.

"그럼 시작할까요……. 여섯 나라를 격퇴할 작전 회의를 말이죠."

히로는 조소하고서 지도에 말을 놓기 시작했다.

*****

페르젠 속주의 동쪽 국경 부근에서 수많은 병사가 이동을 개시했다.

그 수는 5만— 지상을 뒤흔들 만한 대군이었다.

갑옷은 햇빛을 받아 휘황한 광채를 발했고, 창끝은 위광을 나타내듯 눈부시게 반짝였다. 일사불란한 인마의 행진은 보는 자를 감탄케 하는 박력이 있었다.

그런 병사들 사이를 누비듯 기수가 흙먼지를 일으키며 달렸다.

그가 들고 있는 깃발은 빨강과 검정 바탕에 뱀이 그려진 문장기—.

바로 여섯 나라 중 하나— 잉귀스국의 깃발이었다.

많은 통일왕을 배출한 왕가였고, 이번 대 여왕 또한 차기 통일왕으로 기대를 받았던 인물이었다. 하지만 어떤 사건을 계기로 영광의 나날은 끝을 고했고, 지금은 옥좌에서 가장 먼 자가 되어 음지를 걷고 있었다.

그런 그녀는 현재— 대열의 중앙 부근을 달리는 마차 안에 있었다.

"루시아 님, 앞으로 나흘 후면 울페스 남매와 합류할 수 있을 것 같습니다."

"흠, 그런가…… 여기 오기까지 참 길었구나."

측근인 셀레우코스의 말에 루시아는 하품하며 고개를 끄덕였다.

그 품속에는 커다란 상자가 있었다. 깨지기 쉬운 물건이라도 되는 것처럼 루시아는 그것을 소중하게 끌어안고 있었다. 기묘한 존재를 눈치 빠르게 알아차린 셀레우코스가 고개를 갸우뚱했다.

"그건 무엇입니까?"

"선물이다. 페르젠에서 진귀한 식자재를 손에 넣었거든. 울페스 남매도 기뻐하겠지."

"웬일로 세심한 배려를 다 하시는군요."

여왕을 상대로 거침없는 발언이었지만 평소에도 그러는지

루시아는 더욱 짙게 웃을 뿐, 타박하지 않았다.

"페르젠에서는 내 명성을 높일 만한 장병과 만나지 못했는데, 서방에서는 노련한 강자와 만날 수 있을는지……."

기대로 눈을 빛낸 루시아가 입술을 핥았지만, 그 음란한 동작을 봐도 셀레우코스는 눈썹 하나 까딱하지 않았다. 이번에는 여자로서 자존심이 상했는지 반대로 루시아가 눈썹을 찌푸렸다.

"흠…… 나의 색기가 통용되지 않다니, 그대는 정말로 성불구인가?"

앙귀스 왕도에서도 그런 소문이 돌았다. 무도회에서 모든 귀족 영애가 그를 유혹했지만, 누구도 방까지 함께 가지 못했다. 그에 폭주한 한 귀족 영애가 방에 쳐들어갔으나, 곧바로 쫓겨났을 뿐만 아니라 후일 그 부모에게 불만이 전해져서 그 여자는 웃음거리가 되어 혼삿길이 막히게 되었다. 지금은 남색가가 아니냐는 말까지 나오는 형편이라 셀레우코스에게는 이상한 소문만이 무성했다. 그런 별난 인물이기에 루시아의 측근으로 있을 수 있는 것이지만…….

"이상한 말씀을 하시는군요. 루시아 여왕 폐하께 손을 댔다간 그야말로 등골까지 빨아먹히지 않겠습니까?"

"나는 뱀의 핏줄이니 말이지……. 뭐, 농담은 이만하고, 남자들이 보는 눈이 없을 뿐이야. 누구도 내게 구애하지 않을 뿐이라네."

"혼담이 몇 번 있었지만 전부 백지화하지 않으셨습니까. 언제는 아예 집안을 멸문시키기까지 하셨죠."

"그건 스스럼없이 내 어깨를 만졌으니 그랬지. 나는 싸구려 여자가 아니야."

루시아가 어린아이처럼 뺨을 부풀리고서 입을 삐죽이자 셀레우코스는 탄식했다.

"아무도 다가오지 않는 원인은 그겁니다. 살짝 만졌다고 집안이 망하는데 누가 다가오겠습니까. 이거, 다른 왕가에서 데릴사위를 들일 수밖에 없는 거 아닙니까?"

"……이 얘기는 그만하지. 왜 내가 그대에게 혼나야 하는가?"

루시아는 재미없다는 듯 창밖으로 시선을 던졌다.

어이없어하며 볼을 긁적인 셀레우코스는 다시 평소처럼 경박한 웃음을 지었다.

"아까 말씀하신 명성을 높일 만한 장병 말입니다만……."

"흠, 있는가?"

"딱 한 명 있습니다. ……5대 장군 중 한 사람은 이미 죽은 모양입니다만, 그 밖에 서방에서 유명한 자라고 하면 『군신소녀』 아우라라는 인물일까요."

"호오, 그 이름은 나도 들은 적이 있다. 상당한 지장(智將)이라더군."

눈을 빛낸 루시아가 기대를 담은 시선을 셀레우코스에게 보냈다.

"뭐, 그분은 서방에서 추방되어 현재는 중앙에서 근무한다는 모양이라 만날 일은 없겠지만 말이죠. 그런 고로 역시 루시아 여왕 폐하를 만족시킬 만한 분은 유감스럽게도 없습니다."

기대하게 만들고서 절망의 구렁텅이로 빠뜨린다. 여왕을 상대로 무례했으나 그라면 용서되고 말았다.

이런 성격에 무능했다면 루시아는 즉각 셀레우코스의 목을 쳤을 것이다.

"정말이지…… 그대는 겁이 없군."

매우 유감스럽지만 그보다 유능한 보좌관은 앙귀스에 없었다.

그렇기에 너스레를 떨어도 신경 쓰이진 않았다.

짜증나지만, 실력이 받쳐 준다면 루시아도 불만 없었다.

"……시시하이. 아직 강자와 싸울 수 없는 건가. 역시 서방 따위 상대하지 말고 단숨에 중앙까지 쳐들어가야 하는가."

노여워하지 않고 낙담하는 루시아도 도량이 넓다고 할 수 있었다. 아무리 유능하더라도 불경한 가신을 베어 버리는 왕은 동서고금 어디에나 있었다. 그 주인에 그 가신이라고 해야 할까. 두 사람 사이에서는 확실한 주종의 인연이 엿보였다.

"루시아 여왕 폐하와 달리 저는 강자와 만나고 싶지 않습니다만……."

"내 보좌관씩이나 되는 자가 겁을 먹었는가."

루시아가 바보 취급하듯 실소했지만 셀레우코스는 부정하지 않고 순순히 고개를 끄덕였다.

"앞으로 그란츠 대제국의 역습이 시작된다고 생각하면 기분이 말이 아닙니다. 주변 나라들 중에서 우리에게 호응하는 세력은 **없습니다**. 까딱 밀리기라도 한다면 이웃 나라들이 이쪽에 이빨을 드러낼지도 모르는 상황이라니 간담이 서늘합니다."

국가의 안정도로 따지자면 여섯 나라만큼 불안정한 곳은 없다.

여섯 개의 나라가 모인 연합국이니 안정 따위 바랄 수 없었다.

일단 표면적으로는 오랜 동맹국으로 손잡고 있긴 하지만, 다른 한쪽 손에는 검이 쥐어져 있었다. 언제 목에 칼이 꽂힐지 알 수 없는 상황이었다.

그렇게 하지 못하도록 통일왕이라는 존재가 있는 것이지만, 근래에 이르러서는 그 힘도 약해지고 있었다.

"걱정할 필요 없느니. 그란츠 대제국은 판도를 너무 넓혔어."

그래서 전력도 분산되었고, 한곳에 모으려고 해도 5대 귀족이라는 파벌의 장벽이 있었다.

"그리 간단히 모이지는 않을 테지. 모인다고 해도 연계 따위 될 리가 있나."

"그건 이쪽도 마찬가지입니다."

말을 끊은 셀레우코스는 목깃을 느슨히 풀고서 다시 입을 열었다.

"저희 정벌군은 4개국의 군대로 구성되어 있습니다. 나라에 따라 잘하는 전술도 다르고 사용하는 무기조차 다릅니다. 숙련도도 다르며 훈련 내용도 다르죠. 연계 따위 될 리가 없습니다."

"그렇기에 정벌군은 따로따로 역할을 맡아 침공하고 있네. 나의 귀여운 앙귀스군이 합류해도 제1진이나 제2진이 될 뿐,

연계해서 중요한 역할을 담당하지도 않겠지."

합류하면 20만 대군이 된다. 어지간한 수로는 물리칠 수 없다.

밀려드는 파도를 막을 수 없는 것처럼, 숫자라는 폭력 앞에서는 어떤 나라든 밀리게 되는 법이다.

"그것도 상대가 아무 책략도 없을 때 얘기지만 말이야."

썩어도 상대는 그란츠 대제국이다. 광대한 영토를 가졌기에 인재는 풍부했다.

그란츠 서방에는 괜찮은 인재가 없었던 것 같지만, 그 대신 비옥한 토지를 가지고 있었다. 목화와 참깨의 특산지로서 시장을 독점하고 있었고, 그것을 손에 넣게 된다면 국가의 재정은 더욱 윤택해지리라. 그러나 루시아의 목적은 그것이 아니었다.

운이 좋으면 손에 넣고 싶다고 생각하고 있지만 다른 나라들이 가만있지 않을 것이다. 귀찮은 정쟁을 펼칠 생각은 없다.

무엇보다 **그 여자**가 좋은 것을 다 차지할 것이 틀림없었다.

"내 목적은 다른 곳에 있어. 다른 나라들이 서방의 처우를 두고 다투는 사이에 나는 굴욕을 풀어야지."

"하지만 앞으로는 만만치 않을 겁니다. 아직 소문 자자한 『군신』의 후손이 나오지 않았으니까요. 이런 상황에서 나올 리도 없겠지만 말이죠."

"역시 그대도 그란츠 대제국은 서방을 버릴 거라고 생각하나?"

"예, 단기간에 수를 모으는 건 어렵습니다. 그렇다고 소수로 요격할 수도 없죠. 그저 꼴사나운 모습을 보이게 될 뿐 얻는 것은 없으니까요. 그런 상황에서 영웅왕의 후손을 내보내진 않을 겁니다."

자신의 생각을 말하고서 한 박자 쉰 셀레우코스는 무슨 생각이 떠올랐는지 고개를 끄덕이며 다시 입을 열었다.

"드랄 대공국 건을 잊어버리고 있었군요. 『군신』의 후손이 소수로 쳐들어갔죠. 단편적이긴 하지만 밀정의 보고서에 몇 줄 적혀 있었습니다."

"그거라면 나도 읽었네. 그건 통쾌했지. 훌륭했어. 아니, 직함에 놀아난 끝에 패배했다고 할 수 있겠지만…… 뭐, 그 이전에 드랄 대공국에 『군신』의 후손을 상대할 만한 기개 있는 남자가 없는 것이 패인이겠지."

압도적인 전력 차가 있었음에도 불구하고 싸우지도 않고서 항복을 택한 어리석은 나라다.

서방을 손에 넣게 되면 드랄 대공국을 공격해 멸망시키는 것도 재미있겠다며 쇠부채를 펼친 루시아는 짙게 웃었다.

"『군신』의 후손을 끄집어내는 고생은 하고 싶지 않아. 되도록 자기 발로 서방에 왔으면 좋겠군. 그러면 이번 전쟁의 가장 큰 공은 내가 세우게 될 테니 말이지."

"지금까지의 전투 경력을 보면 상당히 호전적인 분인 듯하니 나올 가능성은 크다고 생각을 고치도록 하죠. 아무쪼록 루시아 여왕 폐하를 즐겁게 해줄 만한 실력을 갖추고 있었으면 좋겠습니다."

"그렇군. 나오지 않는다면 중앙에 쳐들어가는 것도 재미있겠지. 그대로 그란츠 대제국을 멸망시키게 되면 더 바랄 게 없어."

"그렇게 잘 풀리면 좋겠습니다만, 역시 사자는 사자라는 사실을 통감하게 되진 않을까 저는 내심 조마조마합니다."

"잘 풀릴 거야. 그걸 위해 내가 왔으니까."

쇠부채를 접은 루시아는 오만불손한 태도로 선언했다.

*****

제국력 1024년 1월 12일.

계절이 겨울인 만큼 아침 해가 떠올라도 건조한 냉기는 가시지 않았다.

그래도 사람들은 이날만큼은 집에 틀어박히지 않고 열기를 휘감고서 밖으로 나왔다.

그란츠 대제국의 중앙 가로는 갈채를 보내는 사람들로 가득했다.

흰색과 청색이 섞인 하늘 아래에 종이로 만든 꽃보라가 날리고 있었다.

그치지 않는 박수, 울려 퍼지는 환호성이 공기를 가를 듯 진동시켰다.

군중이 도로의 양옆을 차지한 가운데, 강인한 남자들이 중앙을 행진했다.

그 선두에 선 자는 『질룡』을 탄 『군신』의 후손— 히로였다.

그는 명랑한 웃음을 짓고서 군중을 향해 손을 흔들었다.

"그란츠 대제국에 영광을!"

"그란츠 열두 대신의 가호가 있기를!"

민중들이 제각기 제4황자를 배웅하는 말을 건넸다.

그것은 음악대가 연주하는 아름다운 음률과 어우러져 합창이 되었고, 씩씩한 행진곡으로써 병사들을 포함한 모두의 마음을 흥분케 했다.

바람이 불었다. 전쟁터로 향하는 병사들에게 가호를 내리는 듯한 온화한 바람이었다.

우아하게 하늘을 헤엄치는 것은 흑룡 문장기—『군신』만이 내걸 수 있는『신기(神旗, 사즐)』였다.

감탄의 한숨이 사람들의 입에서 흘러나왔다.

우아하게 펄럭이는 깃발을 본 사람들의 눈동자에 깃든 것은 순수한 경의— 거기에 귀천 따위 존재하지 않았다.

그란츠 대제국의 기반을 쌓아 올린 쌍흑의 영웅왕.

계급을 불문하고 모든 군인들이 최대의 찬사를 담아 경례했다.

히로를 따르는 병사의 수는 2만으로, 중앙 귀족의 사병으로 구성되어 있었다.

조금 전 경례한 병사들은 동방 귀족에 속한 자들로, 히로의 출진에 동행하지는 않았다.

히로가 연계를 중시하여 중앙 귀족만 대동하겠다고 주장했기 때문이다.

히로는 민중에게서 시선을 돌려 정문 윗부분에 구축된 성가퀴에 눈길을 주었다.

'……뒷일은 부탁할게.'

히로의 주장에 마지막까지 반대했던 인물이 눈에 들어왔다.

로자였다.

그녀는 작게 손을 흔들며 딱딱한 미소를 짓고 있었다.

언제나 당당하게 행동하는 그녀치고는 드물게도 애달픈 태도였다.

히로는 눈을 접으며 웃었지만 그녀는 마주 웃어 주지 않았다.

그 이유는 알고 있었다. 드문 일이지만 어젯밤에도 언쟁을 벌였을 정도였다.

날이 밝도록 설득하지는 못했지만…….

'전부 끝나면…… 돌아올 수 있을 거야.'

히로는 미련을 느끼면서도 지금만큼은 앞을 보려고 했지만 실패했다.

신경 쓰이는 광경이 시야 끄트머리에 잡혔기 때문이다.

"저 아이는……."

엉겁결에 목소리가 나오고 말았다.

두 손 들고 소리치는 군중 속에서 한 소녀를 발견했다.

분명하게 기억하고 있었다. 잊어버릴 리도 없었다.

처음으로 대제도에 개선했을 때, 그녀는 붉은 꽃을 히로에게 선물했다.

오늘도 그 손에는 붉은 꽃이 있었다. 그러나 그녀가 다가올 기미는 없었다.

떠들썩한 군중에 압도된 건가, 그렇게 멋대로 추측했지만 그녀가 휘감은 분위기가 그때와 다름을 깨달았다. 슬프게—혹은 원망스럽게 히로를 바라보고 있었다.

어린아이에게는 어울리지 않는 감정에 히로는 온몸에 소름이 돋는 것을 느꼈다.

하지만 말을 걸 새도 없이 소녀는 뒷골목에 만연한 어둠 속으로 사라졌다.

"……내 결단은 틀린 건가?"

누군가에게 묻듯 히로는 하늘을 올려다보며 중얼거렸다.

그러나 응답해 주는 이는 없었다. 스스로도 명확한 대답을 찾을 수 없었다.

히로가 자조적인 웃음을 지었을 때, 『질룡』이 정문을 지났다.

출진— 한층 큰 환호성이 등 뒤에서 터져 나왔다.

고요한 투지를 불태우며 히로는 허리에서 『천제(엑스칼리버)』를 뽑았다.

"그란츠 대제국에 영광이 있으라— 바라건대 우리의 앞길에 행운이 있기를!"

아름답게 빛나는 『천제』의 찬란함이 대지에 쏟아지자 화초가 즐겁게 춤추었다.

'다시 만날 날까지…… 부디 건강하기를…….'

머릿속에 떠올린 그녀(리즈)에게 이별을 고한 히로는 앞을 바라보았다.

움직이기 시작하면 멈출 수 없다. 끓어오르는 마음이 전장을 추구하고 만다.

굶주린 마음이 피가 들끓는 전쟁을 갈망했다.

"『군신』의 후손과 함께 싸울 수 있다니 영광입니다."

그때, 옆에서 들린 목소리에 시선을 주자 은색 갑옷을 입은 마르크 가주 오를레앙이 말을 타고 있었다. 등을 곧게 펴고서 고삐를 잡은 모습은 꽤 그럴듯했다.

"발목을 잡지 않도록 힘껏 보좌하겠습니다."

"너무 부담 가질 필요는 없어요. 단순한 **시간 벌기**니까요."

히로는 수상쩍은 족속을 보는 싸늘한 시선을 오를레앙에게 보냈다.

"겸손도 하셔라. 히로 전하께는 책략이 있지 않습니까? 선조 못지않은 새로운 전설을 세울지도 모른다는 소문이 이미 귀족들 사이에서 파다합니다."

그는 입에 기름칠이라도 한 것처럼 잘도 움직였다. 그 거침없는 말투가 마음에 들지 않았다.

어디까지 진심인지…… 경박하다고도 할 수 있는 태도의 진의를 헤아리기 어려웠다.

명성이나 공적을 원하여 히로에게 아첨하고 있을 뿐이라면 귀여운 편이지만…… 그 정도밖에 안 되는 남자가 5대 귀족까지 올라올 수 있을 리가 없다. 무언가를 꾸미고 있는 것은 틀림없으리라.

"2만으로 15만을 격퇴할 획기적인 책략이 있더라도 실패할 가능성이 더 커요. 잘도 그런 무모한 싸움에 따라오셨군요."

히로는 가볍게 속을 떠보았다. 견제하는 의미가 더 강했지만…….

"이길 확률이 1할이라도 있다면 저로서는 무슨 일이 있어도 따를 겁니다."

"줄타기 같은 싸움이에요. 자칫 잘못하면 전멸해 버릴 거예요."

"하지만 이기면 역사의 한 페이지에 이름을 남기게 되겠죠. 신참인 제게 불만을 가진 중앙 귀족들도 순순히 지휘를 따르게 될 겁니다."

"그게 목적인가요? 이번 전쟁을 이용해서 지위를 확립하겠다는……?"

본심이겠지만 속마음을 전부 드러내지는 않았을 것이다. 아직 뭔가를 숨기고 있다. 그 검은 속내에 감춘 본심을 파헤치려면 어떻게 해야 할까.

"당연하죠. 이익이 없고 손해뿐이라면 아무도 따르지 않습니다. 막대한 이익을 창출할 가능성이 있기에 다들 전쟁터로 향하는 겁니다."

"병사들 중에는 나라를 생각하는 자도 있어요. 당신 같은 사람만 있진 않죠."

"그런 자도 있겠지만, 입신양명을 바라는 자가 더 많을 겁니다."

히로는 오를레앙의 말을 듣고 불쾌한 답에 이르렀다.

근본적으로 이 남자와 어울릴 수 없는, 자신과의 결정적인 차이를 알아차리고 말았다.

이 남자는 『나라』라는 것이 필요 없었다. 그에게 나라는 자신이 돈을 벌기 위한 거래처에 불과했다.

'천성이 **상인**이야. 안정된 정세였다면 든든하겠지만…….'

"전하도 그렇지 않습니까?"

오를레앙은 히로에게 물었다.

"4할쯤 그렇다고 할 수 있겠죠."

히로도 성인군자는 아니기에 국가에 무상으로 충성을 바치고 있지는 않았다.

적잖이 자신의 사적인 감정도 끼워 넣고 있었다.

그러나 오를레앙처럼 나라를 괄시하지도 않았다.

"그럼 히로 전하 안에서 이번 전쟁은 어떤 위치입니까?"

"글쎄요. 그건 싸우면서 찾아보시죠."

히로는 통렬하게 내치고 냉소를 지었다.

이에 오를레앙도 웃었지만, 그 눈은 결코 웃고 있지 않았다.

"그렇군요…… 저는 아직 히로 전하의 신뢰를 얻지 못했나 봅니다."

"그것도 향후 전투에 따라 달라지겠죠."

담담히 대답한 히로는 오를레앙과 시선을 주고받았다.

서로의 속내를 살피는 차가운 웃음이 오갔다.

"거기까지 하시는 게 어떨까요……."

끼어든 목소리에 시선을 주니 도리쿠스가 어이없다는 표정으로 나란히 달리고 있었다.

그는 기리시 재상이 보낸 간첩이었다. 이제 숨길 생각도 없는 듯했다.

아니면 그를 미끼로 다른 첩보원이 숨어들어 있다고 생각하는 편이 좋을까.

어쨌든—.

“병사들 앞에서 문답하지 않으셨으면 좋겠습니다. 사령관과 부관의 불화설이 퍼지면 사기도 떨어질 테니까요.”

정론이지만…… 설마 그에게 주의를 받을 줄은 몰랐다.

“죄송합니다. 앞으로는 조심하지요.”

뒤통수를 두드린 오를레앙이 작위적으로 사죄를 입에 담았다.

히로는 도리쿠스 쪽으로 『질룡』을 가까이 몰았다.

“문제없어. 이대로 충분해…….”

스쳐 지나가면서 중얼거리자 도리쿠스는 이해할 수 없다는 듯 인상을 썼다.

“그보다도 도로는 어때? 행군에 사용할 수 있을 것 같아?”

“난민이 넘쳐 나는 탓에 군대가 사용할 수 있는 상황은 아닙니다.”

“역시 무리인가…….”

하지만 예상한 범위다. 빙 돌아서 상대의 허를 찌르는 방법도 있다.

“이대로 가로를 벗어나 서방으로 들어가겠어. 그 전에 척후를 풀어서 적군의 위치를 조사해 줄 수 있을까?”

경계도로 따지자면 상대방이 더 높을 것이다. 어디에 빈틈이 있는지 판별해야 했다. 이쪽은 선수를 빼앗겼다. 일단은 진로를 감춰서 상대의 배후를 잡고 싶었다. 지연되면서 생긴 손해를 만회하기 위해 유리한 위치를 손에 넣는 것이다.

"알겠습니다."

히로의 명령을 들은 도리쿠스가 말 위에서 경례하고 떠나갔다.

흑요석과도 닮은 눈동자를 그의 등에서 뗀 히로는 머리 위를 올려다보았다.

맑고 푸른 하늘을 바라보며 웃었다.

'준비는 다 됐어. 승리로 가는 길까지 보여. 이제 남은 건 상대방이 어떻게 나오는가.'

의연하게 싸워야만 한다. 상대가 눈치채지 못하게 신중히 행동하는 것이다.

"그럼 히로 전하, 저는 선봉대를 이끌고 앞장서겠습니다."

"부탁해요."

히로가 대답하자 가볍게 인사한 오를레앙은 호위병을 데리고 떠났다. 남은 것은 히로를 감시할 목적으로 두고 간 측근 몇 명이었다.

"후후…… 하하하!"

안팎으로 적뿐인 상황이 너무 우스워서 웃음이 터져 나왔다.

'내 예상대로라면…….'

여섯 나라는 싸우지 않고 물러나거나, 두세 번 싸우고서 물러날 것이다.

도망치지 못하게 히로를 안쪽 깊숙이 끌어들일 터였다.

'내 목적을 위해 전부 발판으로 이용하겠어…….'

1000년의 대계를 다시 실현시키기 위해 히로는 각오를 나타내듯 고삐를 강하게 움켜잡았다.

*****

제국력 1024년 1월 14일.

그란츠 대제국— 서역 북서부 베이루트령.

여섯 나라의 그란츠 정벌군— 그 본대는 여전히 움직임을 보이지 않고 있었다.

대낮부터 술을 마시는 병사도 드문드문 있었다.

그들은 추운 날씨 속에서 바깥에 책상을 준비하고 노름에 열중해 있었다.

주위에서 이미 항복 의사를 보이고 있고, 지령도 내려오지 않는데 경계하라는 것도 무리한 이야기였다. 그리고 도처에서 여성의 비명이 들리는 것은 반항적인 마을과 도시를 불태울 때 챙긴 전리품— 또는 항복 의사를 나타낸 서방 귀족들이 보낸 헌상품이었다.

다양한 욕망이 소용돌이치는 여섯 나라의 본대지만, 딱 한 곳— 분위기가 다른 장소가 있었다.

여섯 나라의 사관급이 모인 사령부였다.

물론 술 취한 자는 한 사람도 없었다. 침투해 있는 것은 엄격한 분위기였다.

피부를 달구는 듯한 예리한 기척이 가득했다.

"싸우지도 않고 항복을 택하다니…… 서방 귀족 키르시아 경, 꼴사납군요."

루카 마몬 드 울페스 사령관 대리가 조소를 담은 음성으로 입을 열었다.

그녀 앞에는 열 명쯤 되는 서방 귀족들이 머리를 조아리고서 엎드려 있었다.

"절대적인 승자에서 패자로 전락한 기분은 어떠신가요?"

강대한 힘을 자랑했던 그란츠 대제국— 그 압도적인 힘은 주변 나라에도 미쳤다.

그러나 그것도 과거 이야기다. 연전연승하던 그란츠 대제국— 그 서방 귀족들이 일제히 머리를 숙여 왔다. 한 시대가 끝난다는 예감이 드는 일이었다.

"하지만 항복을 그냥 받아들일 수는 없어요. 지금껏 당신들이 했던 일을 생각하면 그에 상응하는 벌— 희생을 치러야죠."

냉혹한 말에서 묻어나는 명확한 살의를 느끼고 서방 귀족들의 등이 흠칫하고 떨렸다.

"식량이라면 원조하겠습니다. 그쪽의 요구는 전부 승낙하겠다고 하지 않았습니까……."

"그걸로는 부족해요. 무엇보다 이번 전쟁으로 죽은 백성도 많으니까요. 그들은 여섯 나라의 백성이 되어 통일왕에게 충성을 바치게 될 터였던 자들이에요. 그러나 그들이 불의의 사건으로 죽어서 그 친족들이 여섯 나라에 상당한 원한을 품고 있어요."

유감스럽다는 듯 뻔뻔하게 탄식하자 키르시아 경이 분한 얼굴로 입을 앙다물었다.

그 반응을 기쁘게 바라보면서 루카는 노래하듯 말을 자아냈다.

"병합할 때를 생각하면 반란의 싹은 되도록 제거해 두고 싶군요. 그 분노를 조금이라도 누그러뜨리고 싶어요."

"어쩌라는 말씀입니까?"

"딸이나 아들 같은 혈육 한 명을 백성들에게 바치세요. 그리고 비참하게 죽는 광경을 바라보는 거죠. 그러면 우리의 『왕』인 요정왕께서 당신들의 악한 생각을 없애 주실 거예요."

"그, 그런 일을 어떻게 하라는 건가!"

분노하여 저도 모르게 일어선 키르시아 경에게 루카는 싸늘한 시선을 보냈다.

"키르시아 경은 다른 사람을 희생해 놓고서 자신은 멀쩡할 수 있을 줄 알았나요?"

"그걸 위한 항복이야! 그런데 혈육을 죽이라고?!"

"알겠어요."

루카는 부하에게 눈짓했다. 의도를 헤아린 병사가 아우성치는 키르시아 경을 제압했다.

"이거 놔! 네놈들은 항복한 상대를 난폭하게 대할 셈인가?!"

"시끄러워. 죽어."

이겔이 귀찮다는 듯 키르시아 경의 목에 검을 내리쳤다.

피가 세차게 뿜어져 나와 순식간에 웅덩이를 만들었다. 녹내가 급속히 가득 퍼지자 메스꺼워졌는지 서방 귀족 몇 명이 구역질을 했다.

벽 쪽에 늘어선 여섯 나라의 사관들도 험악한 표정을 짓고 있었지만, 행동으로 드러내지는 않고 묵묵히 상황을 지켜보고 있었다.

그런 가운데, 이겔이 지면에 나뒹구는 키르시아 경의 머리를 짓밟았다.

"누님…… 이제 됐지 않아? 시간 낭비야."

"좀 더 놀고 싶었지만…… 이겔은 성격이 급하군요."

못 말린다며 머리를 흔든 루카는 탄식했다.

"그럼 키르시아 경에게 딸이 있다면 병사들의 노리개로 삼고, 아들이라면 고문한 후 목을 베어 효수하기로 하죠. 아내나 다른 친족은 그의 백성들에게 맡기겠어요. 벌거벗겨서 거리에 내보내 볼까요? ……진실로 백성들을 생각한 통치를 했다면 소중하게 보호될 테니 말이에요."

"보호되지 않으면?"

"영주가 부재한 가운데 그 친족에게 부당한 처사를 했다는 이유로 거리를 불태우고 약탈할 거예요."

담담히 잔혹한 생각을 말하는 루카 앞에서 남은 서방 귀족들이 후회하는 표정을 지었다. 추위와 공포가 합쳐져서 극한의 긴장으로 기절하는 자까지 있었다.

"나머지 분들은 어쩌시겠어요? 저로서는 순순히 고개를 끄덕여 줬으면 좋겠는데……. 망설일 필요가 있나요? 단 한 명의 희생으로 지금의 지위를 지킬 수 있는 거예요."

싫다고 할 수 있을 리가 없었다. 납득하지 못했어도 알겠다는 뜻을 나타낼 수밖에 없었다.

사람은 궁지에 몰리면 마지막까지 싸우는 생물이다. 그러나 도망칠 길이 있다면 스스로 죽음을 택하진 않는다. 게다가 한 사람이 본보기로 희생된 것이 정신적으로 영향을 미치고 있었다.

사고 능력이 둔해졌을 때 달콤한 미끼를 뿌리면 덥석 물 수밖에 없다.

"그럼 여흥도 끝이군요. 슬슬 사령관님이 돌아오실 거예요. 비위를 거스르면 즉각 목이 날아갈 테니 태도를 조심하세요. 저와 달리 그녀는 상냥하지 않으니까요."

루카는 마지막으로 하품을 하며 개를 쫓아내듯 손을 휘휘 저었다. 더는 볼일 없으니 나가라는 뜻이었지만 그것을 제지한 것은 의외로 동생 이겔이었다.

그는 한 걸음 앞으로 나오더니 서방 귀족들을 모멸 어린 눈으로 내려다봤다.

"너희에게는 귀족의 긍지가 없는 거냐? 백성들이 장난감이 되어도, 친구가 죽어도, 가족이 살해당해도, 너희는 그 깨끗한 손을 더럽히지 않는 건가?"

신랄한 말이었다. 자존심을 깨부술 만큼 가차 없는 말이었다.

그러나 서방 귀족들은 아무 말도 하지 않고서 머리를 숙이고 있을 뿐이었다. 그래도 몇 명이 분한 얼굴로 아랫입술을 깨물어 피를 흘리고 있었다.

이에 미소를 지은 이겔은 더욱 도발했다.

"이렇게 업신여겨지면서까지 지금의 지위를 지키고 싶어? 도대체 얼마나 매력적인 지위길래? 그게 얼마나 자랑스러웠던 간에, 앞으로는 너희가 아무리 이웃 나라에 빼겨 봤자 패배자라는 건 변함없어."

이겔은 서방 귀족의 머리를 짓밟고 때로는 뺨을 걷어차며 떠들썩하게 웃었다.

"그 초라한 목에 목줄이 채워져 있다는 걸 잊지 마. 너희는 오늘부터 여섯 나라의 노예야. 똑같은 인간으로 취급받을 거라는 생각은 버려."

"거기까지 해 두세요."

루카가 동생을 보고 나무랐다.

"하지만…… 누님, 이 녀석들은……."

"잠깐 물러나 있어요."

험악함이 담긴 시선으로 동생을 물리고서 자신도 자리에서 일어난 루카는 서방 귀족들을 내려다보았다.

"긍지를 잃은 자들, 이빨이 빠져 버린 자들, 사자가 아니라 고양이로 전락한 당신들의 죄는 무겁지만, 여섯 나라에 항복하겠다면 애완 고양이 수준으로 자신을 주장할 수 있을 거예요. 관대한 요정왕께 감사하세요."

당근과 채찍을 적당히 구사하려는 것이겠지만, 이 남매는 근본이 인정사정없는 탓에 잘 안 되었다. 말 한 마디 한 마디에서 본심이 얼핏얼핏 보였다. 주위 측근들이 미묘한 표정으로 두 사람에게 시선을 보냈다.

그때—.

"큭, 하하하하하! 변함없이 너희 남매는 재미있구먼."

밖에서 큰 웃음소리와 함께 분주한 발소리가 들려왔다.

실내에 있던 모두의 시선이 일제히 사령부 입구로 향했다.

밖에서 들어오는 햇빛을 받아 후광을 발하는 듯한 아름다운 여성이 서 있었다. 그 기상천외한 복장에 다들 어안이 벙벙해졌다.

노골적인 시선에도 그녀는 화내지 않고 기쁘게 미소 지었다.

"루시아 레비아 드 앙귀스다."

원래부터 눈에 띄는 것을 좋아하는 여성이었다.

기발한 행동을 좋아하고, 화려한 복장을 좋아하고, 행동거지는 거칠었다.

그럼에도 여왕에 걸맞은 여유로운 모습은 보는 자를 매료했다.

"하! 왜들 그러지? 나의 아름다움에 눈이 멀었나?"

그녀는 아버지가 일찍 별세하여 젊은 나이에 여왕이 되었지만, 호감 가는 성격 덕분인지 신하들의 충의는 뜨거웠고, 병사들 사이에서 인기도 높았으며, 그 보기 드문 무예로 앙귀스 백성들에게 열광적으로 숭상 받고 있었다.

"죄송해요. 너무 갑작스러워서……."

루시아의 지적에 루카가 미소 지으며 한쪽 무릎을 꿇었다.

이겔과 측근들도 일제히 무릎을 꿇자, 서방 귀족들도 몸을 돌려 머리를 숙였다. 그것을 만족스럽게 둘러본 루시아가 천막 안쪽으로 들어왔다.

"음, 나쁘지 않군."

그대로 상석에 앉은 루시아는 품속에 있던 상자 하나를 아무렇게나 던졌다.

"네놈들에게 주는 선물이다."

이에 의문을 표한 것은 루카였다.

"루시아 여왕 폐하, 외람되오나…… 저희에게 주는 선물이 아닌 건가요?"

루카의 발언은 뻔뻔스럽게 들렸지만 지금 이 상황에서는 당연한 주장이기도 했다.

기묘하게도 상자는 서방 귀족들에게 던져졌다. 성과를 올리기는커녕 항복을 택한 서방 귀족들에게 왜 선물을 주는지 한없이 의문스러웠으나, 루시아는 대답할 마음이 없는지 즐겁게 웃을 뿐이었다.

"열어 보면 알 것이야. 꼭 서방 귀족들이 열었으면 좋겠군."

루시아는 쇠부채 끝을 돌려서 옆에 선 부관 셀레우코스에게 지시를 보냈다.

"저자가 열게 하라."

의아한 얼굴로 루시아를 바라보던 서방 귀족을 가리켰다.

"예, 당장 그리하겠습니다."

셀레우코스는 호위병에게 귓속말하여 서방 귀족 앞에 상자를 놓게 했다.

"이, 이걸 어쩌라는 것이오?"

겁먹은 눈빛을 보내는 서방 귀족을 향해 루시아는 차갑게 웃었다.

"열라."

꿀꺽하는 소리가 울렸다.

서방 귀족이 침을 삼키는 소리가 분명하게 들릴 만큼 사령부에는 기묘한 긴장감이 감돌았다.

"뭐 하는가? 어서 열지 못하겠나."

재촉하는 말에 약간의 노여움이 담겨 있는 것을 깨달았는지 서방 귀족은 황급히 상자를 잡았다. 그리고 공포로 떨리는 팔을 들어 망설이는 얼굴로 상자를 열었다.

"아? 어? 하?"

서방 귀족의 얼굴에 여러 의문이 떠올랐다.

이해할 수 없다는 얼굴로 멍해져서 누군가에게 도움을 구하듯 주위를 둘러보았다.

그 우스꽝스러운 모습을 본 루시아가 배를 잡고 웃기 시작했다.

"크하하하하하하! 좋구나! 아주 좋아! 실로 훌륭한 얼굴이야!"

쇠부채로 팔걸이를 치는 루시아의 길쭉한 눈에는 눈물까지 맺혀 있었다.

그 반응을 이해할 수 없었는지 루카가 상자의 내용물을 확인했고—.

“후, 후후후, 그랬군요…… 그런 거였나요. 정말로 악취미네요.”

기막혀하며 탄식하고서 웃음을 참듯 어깨를 떨었다.

“걸작 아닌가? 이겔, 네가 다른 자들에게 보여 줘라.”

“응? 왜 내가…….”

“내용물을 보면 알 것이야.”

장난기 어린 눈길을 받은 이겔은 혀를 차면서도 상자로 다가갔다.

그러나 내려다본 곳에 놀라운 광경이 펼쳐져 있는 것을 확인하고서 두 악녀와 마찬가지로 입꼬리를 올렸다.

“하! 잔인한 짓을 한다니까.”

이겔이 상자를 세게 걷어차자 내용물이 소리를 내며 지면을 굴렀다.

그에 모두가 눈을 부릅떴다.

어떤 자는 입을 막고 얼굴을 돌렸고, 어떤 자는 체면을 불고하고 그 자리에서 토사물을 쏟아냈다. 그리고 어떤 자는 통곡하며 굵직한 눈물을 흘렸다.

“오오오오…… 브루탈 전하! 브루탈 전하!”

그렇게 외친 한 서방 귀족이 다리에 힘이 들어가지 않는지 꼴사납게 지면을 기었다.

그의 시선 끝에는 고통스럽게 표정을 일그러뜨린 목이 나뒹굴고 있었다.

브루탈 제3황자의 목이었다.

"가엾은 우리 전하…… 왜, 왜, 이런 모습이 되셨습니까……."

서방 귀족은 브루탈 제3황자의 목을 끌어안고서 여섯 나라 진영을 분노한 형상으로 노려보았다. 다른 사들은 믿을 수가 없는지 넋이 나가서 입을 반쯤 벌린 채 바라볼 뿐 어떤 말도 하지 못했다.

"본국의 명령이었느니. 그란츠 황가에 속한 자는 여자든 어린아이든 가차 없이 죽이라더군. 그대들도 비슷한 짓을 여섯 나라에 했으니 인과응보라고 해야 할까?"

한바탕 웃어서 만족했는지 팔걸이에 팔을 올린 루시아의 얼굴이 진지해졌다.

"안심하라. 그대들도 브루탈 제3황자의 뒤를 쫓을 테니."

루시아가 손가락을 튕기자 무장한 병사들이 입구에서 우르르 밀어닥쳤다.

"네 이놈들! 약속한 것과 다르지 않은가!"

격분하는 서방 귀족 뒤에서 차례차례 비명이 울렸다.

"비겁하다! 무기도 없는 상대에게— 억!"

도끼가 가차 없이 내리쳐지며 뇌척수액이 튀었다.

공격을 피해 필사적으로 저항하는 자도 있었지만, 칼이 없는 인간은 무력했다.

아니— 칼이 있었더라도 그저 고통스러운 시간만 길어졌을 것이다.

"가슴에 손을 얹고 생각해 봐라. 사욕을 채우기 급급했던 네놈들을 진영에 맞아들여 봤자 기다리고 있는 것은 배신뿐이지 않겠나."

루시아는 그렇게 말했지만, 가슴에 손을 얹을 시간 따위 주지 않았다.

무정하게 심장을 꿰뚫는 것은 잘 벼려진 예리한 날이었다.

"일단은 전사한 것으로 보고서에 적어 주마. 그러면 그대들의 명예는 지켜지겠지. 감사하도록. 해충이 국가의 명예를 안고서 죽을 수 있는 것이니."

루시아가 태연하게 중얼거리는 가운데, 서방 귀족이 한 사람, 또 한 사람 지면에 엎어졌다. 또는 저주하며 쓰러졌다. 브루탈 제3황자의 목을 끌어안고 있던 서방 귀족 역시 목을 베여 실의 속에서 사망했다. 눈 깜짝할 사이에 사령부는 피바다가 되었고, 이취가 공간을 지배했다.

이 참상을 만들어 낸 병사들 중에 피를 뒤집어쓰지 않은 자는 한 사람도 없었다.

그러나 그들에게서 겁먹은 모습은 보이지 않았고, 표정조차 꿈쩍하지 않았다.

그저 공허한 눈으로 처참한 현장을 담담히 만들어 냈다.

갑옷을 검붉게 물들인 병사들의 손에 들린 도검에서 피가 흩뿌려졌다.

죽일 상대가 사라져도 그들의 광기에 찬 이상 행동은 끝나지 않았다.

"아아아아아아!"

병사들은 돌연 크게 고함을 지르더니 차례차례 시체에 도

검을 내질렀다. 이미 숨이 끊어졌음에도 집요하게 공격했다. 원념과도 닮은 악감정을 얼굴에 담고서 서방 귀족의 시체를 난도질했다. 개중에는 피눈물을 흘리며 시체를 뜯어 먹는 자까지 나오기 시작했다.

그 모습에 루시아마저 무심코 얼굴을 찌푸리고 말았다.

"이만 됐다! 거기까지 하지 못하겠나!"

루시아의 호통과 함께 요란한 소리가 울렸다. 쇠부채로 팔걸이를 쳐서 부서뜨린 것이다. 그 소리에 반응한 병사들의 공허한 눈이 일제히 루시아에게 향했으나 그녀는 겁먹지 않고 노려보며 조용히 입을 열었다.

"그 녀석들은 이미 죽었다. 이 이상은 필요 없는 일이야."

두통을 참듯 얼굴을 숙인 루시아는 이마에 주먹을 댔다.

"수고했다. 밖에서 대기 중인 서방 귀족들을 데려오도록."

루시아는 쇠부채로 입구를 가리키며 병사들에게 나가기를 재촉했다.

금속이 맞부딪치는 소리가 울리는 가운데, 학살이라고 해야 할 잔혹한 상황을 본 루카가 루시아 곁으로 걸어왔다.

그 싸늘한 눈에는 약간의 비난이 담겨 있었다.

"루시아 여왕 폐하, 이 상황을 설명해 주실 수 있을까요?"

"음……? 아아, 물론이지. 납득하지 못하는 것 같으니 말이야."

쓰게 웃은 루시아가 쇠부채를 입가에 대고 숨을 골랐다.

"그대는 조금 전의 병사들을 본 적 있는가?"

"아뇨, 친위대인가요? 그런 것치고는 괴악한 인선인데…….

애초에 저희는 루시아 여왕 폐하의 나라에 속한 자가 아니니 어떤 부대든 파악하고 있을 리가 없죠."

일단 대답은 하면서도 분명한 사실을 제시하는 비아냥은 울페스 왕가의 기질이라고도 할 수 있었다. 방심을 유도하기 위해 다혈직적인 모습을 가장하고 있으나, 그 본질은 교활하여 타인을 실각시키는 것을 최상의 기쁨으로 여기는 별난 왕가였다. 그 증거로 그들이 내거는 깃발은 『여우』였고, 『탐욕의 나라』라고 불리기도 했다.

"신설한 지 얼마 안 되었거든. 나는 망령부대(벤데타)라고 부르고 있지."

"확실히 그들의 눈은 하나같이 죽어 있었지만…… 다른 이름은 없었던 건가요?"

"저 녀석들은 죽은 것이나 마찬가지니까."

그들은 그란츠 대제국이 일으킨 전쟁으로 가족을 잃었다. 말로 표현할 수 없을 만한 일을 그란츠군에게 당한 자들뿐이었다. 눈앞에서 일어난 현실을 견디지 못하고 세계에 절망한 자들이었다. 몸과 마음에 사라지지 않을 상처를 남긴 채 오직 복수를 이루기 위해 현세를 떠돌고 있었다.

"그래서 『망령부대』인가요……. 슬픔에 지배당한 그들의 격정을 이용하다니, 취미가 좋다고는 할 수 없네요."

"이용하는 게 아니야. 저 녀석들에게 삶의 목적을 줬을 뿐이지. 그러나 그대가 그렇게까지 말하는 걸 보면 나보다도 저들을 더 잘 다룰 수 있다는 뜻인가?"

"글쎄요…… 저라면 똑같은 절망을 준 다음에 편히 만들어 주겠어요."

미소를 지은 루카가 진심으로 즐거워하며 말했다. 그 눈동자에 소용돌이치는 것은 광열(狂熱)이었다.

"고통에 일그러진 얼굴과 증오가 깃든 눈동자에는 분명 무엇과도 바꿀 수 없는 아름다움이 있을 테니까요. 아아, 하지만 그런 분들에게 먹이를 줘서 기르는 것도 재미있을 것 같네요."

어느 쪽이 비틀린 취미를 가지고 있다는 것인지, 루시아는 불쾌하게 인상을 찌푸렸다.

그런 두 사람을 어이없다는 모습으로 이겔이 바라보고 있었다.

"얘기 중에 미안한데, 밖에 대기시켰던 서방 귀족들을 데려왔어."

이겔이 한 서방 귀족의 머리채를 잡고서 두 사람 앞으로 걸어왔다.

일부러 동료의 시체를 밟게 하는 것을 보면 누나 못지않게 성격이 악질이었다.

일곱 명쯤 되는 귀족들이 팔을 구속당한 채 그 뒤를 따르고 있었다.

"자, 너희가 사랑해 마지않던 전하야."

이겔은 아무렇게나 나뒹구는 머리— 브루탈 제3황자의 비참한 말로 앞에 서방 귀족들을 앉혔다.

"……윽?!"

"어이어이, 제대로 봐야지. 본인인지 아닌지 확인해야 하지 않겠어?"

이겔은 얼굴을 돌려 거부하는 서방 귀족의 뺨을 때렸다.

"여섯 나라에 거역하면 이렇게 된다는 걸 기억해 둬. 너희뿐만이 아니라— 가족도 말이야."

"이겔, 그만하면 됐다. 조금 전의 서방 귀족들과 달리 그들은 여섯 나라에 필요한 인재니까. 필요 이상으로 협박하면 나중에 귀찮아져."

쇠부채로 손을 두드린 루시아는 자리에서 일어나 서방 귀족들 앞까지 갔다.

"그대들이 숭배하는 그란츠 황가의 인간은 전부 목을 칠 예정이네. 그걸 받아들일 각오가 없는 자는 여기서 목을 내놓고 죽도록."

루시아는 짐짓 다정한 음성으로 말했다.

"죽기 싫다면 여섯 나라를 따르게. 이 주변에 굴러다니고 있는 녀석들은 무능하여 처분했으나, 그대들의 능력은 높이 사고 있으니 나쁘게 대하지는 않을 것이야."

그 자상한 웃음은 엄마가 자식을 타이르는 듯한 자애로 가득 차 있었다.

하지만 붉게 물든 이 세계에서는 천사라기보다 악마의 미소에 가까웠다.

실제로 서방 귀족들은 이를 딱딱거리고 있었다.

춥기도 했지만, 공포가 자연스럽게 몸의 떨림을 키우고 있었다.

이윽고 얼굴을 굳힌 서방 귀족들이 신하로서 따르겠다는 듯 머리를 숙이기 시작했다.

"순순하여 좋구나. 그렇다면 내가 할 말은 더 없다. 그대들은 무사히 본거지로 돌려보내 주지."

간단히 처분이 정해져서 상황을 파악하지 못한 채, 서방 귀족들이 곤혹스러운 얼굴로 끌려 나갔다. 그것을 묵묵히 바라보던 루시아는 교대하듯 들어온 전령을 알아차렸다.

"루시아 여왕 폐하…… 보고할 것이 있습니다."

"뭐지?"

루시아가 고개를 기울이자 전령이 그 귓가에 입을 가까이 가져다 댔다. 한두 마디를 중얼거리고 편지를 건넨 전령은 조용히 퇴실했다. 그 뒷모습을 의아하게 바라본 루카가 루시아에게 다가왔다.

"무슨 일이죠?"

"음, 얘기해도 상관없으나…… 일단은 전부 밖으로 내보내는 게 좋겠군."

"나도 나가야 해?"

"아니, 이겔은 남아도 좋다."

루시아의 지시에 측근들이 순순히 사령부 밖으로 나갔다.

이윽고 실내에는 시체의 산과 세 사람만 남게 되었다.

"『군신』의 후손이 움직이기 시작한 모양이야. 수는 2만. 본격적으로 싸울 마음은 없는 듯하나, 이것 참— 이 편지를 어디까지 믿어야 할지……. 이 내통자는 그다지 신용할 수 없어."

편지를 읽고 있던 루시아의 말에 울페스 남매가 깜짝 놀란 얼굴을 했다.

반면 루시아는 목울대를 울리며 기뻐했다.

"진의가 무엇이든, 목적했던 것이 일부러 저쪽에서 와 주는 모양이군."

"나한테 군사 3만을 줘. 목을 따 오겠어."

이겔이 루시아에게 다가왔으나 그녀는 조금도 망설이지 않고 고개를 가로저었다.

"그럴 순 없다."

"어째서?"

이겔이 분노한 형상으로 노려보았지만, 뜻밖에도 반론은 그의 옆에서 나왔다.

"이겔이 상대하기엔 역부족이에요."

"누님……."

설마 누나에게 통렬한 비판을 받을 줄은 몰랐는지 이겔이 놀란 눈으로 루카를 보았다. 가차 없는 말이었으나 루시아도 동조했다.

"어중간한 힘으로는 녀석을 잡을 수 없어. 만약 이기더라도 도망친다면 쫓을 수 없겠지. 서방을 완전히 장악한 것은 아니니 말이야. 역시 깊이 끌어들이는 걸 염두에 둬야—."

그때, 갑자기 말을 끊은 루시아는 문득 지면에 시선을 주고 나뒹구는 머리를 보았다.

순간 그녀의 뇌리에 걸작이라고 할 만한 책략이 떠올랐다.

피투성이 풍경 속에서 흉계를 생각해 낸 루시아는 악랄한 표정을 지었다.

"그 얼굴을 보니 뭔가 좋은 책략이 떠오르셨나 봐요."

루카의 지적에 루시아는 깊이 고개를 끄덕이고서 쇠부채를 펼쳐 입가를 가렸다.

"아주 유쾌한 책략이 떠올랐느니."

제4장 삐걱거리기 시작하는 세계

제국력 1024년 1월 24일.

그란츠 대제국의 남방은 겨울을 맞이해도 따뜻하다.

그란츠 대제국은 광대한 영토를 가지고 있기에 지역에 따라 계절감에 큰 차이가 생기기 때문이다. 각 지역의 기온이 대폭으로 달라져서 여행에 익숙하지 않은 자들은 컨디션이 쉽게 망가졌다.

그래서 그란츠 대제국에서는 『초보자의 여행』이라는 책이 팔리기도 했다.

"흐응~ 남방은 괴물(몬스터)이 나오니까 조심해야 하는구나……. 도적도 다른 지역과 비교해 많은 모양이야. 더워서 불쾌지수가 높은 건가? 나도 가끔 짜증나는데."

붉은 머리의 소녀가 『초보자의 여행』을 읽으면서 감탄하며 고개를 끄덕였다.

"리즈 공, 그건 어느 지역이나 마찬가지 아닌가?"

청록색 머리카락을 지닌 여성이 쓴웃음을 지었지만, 몸 상태가 좋지 않은지 얼굴은 창백했다.

그 옆에 앉은 은발 소녀도 고개를 끄덕여 동의했으나 시선은 무릎 위에 올린 책에 가 있었다.

"스카아하의 말대로 어디에나 있어."

"……듣고 보니 그러네."

리즈는 뭐라 형언하기 어려운 표정으로 책을 덮고 의자 위에 놓았다.

그녀들은 현재 마차 안에 있었다.

창밖에는 녹색과 갈색이 뒤섞인 대지가 펼쳐져 있었다.

"……슬슬 선스피어구나."

선스피어는 5대 귀족 무주크 가문이 다스리는 남방의 대도시였다.

다섯 영역 중에서 남방은 가장 더운 지역으로, 건조한 기후 탓에 황무지와 사막이 토지의 절반을 차지하고 있었다. 그러나 남방에서도 북쪽은 사람들이 거주할 수 있는 비옥한 토지가 펼쳐져 있었다. 선스피어가 구축되어 있는 곳은 북쪽에 가까운 토지였다.

"선스피어라……. 교역도 그렇지만 금 산출지로도 유명하지."

"맞아, 굉장해. 전 세계에서 여러 특산물이 모이거든. 대제도 못지않을 정도로 말이야. 화려함으로 따지자면 선스피어 쪽이 더 우위이지 않을까. 궁전도 금으로 만들어져 있어서 놀라워."

북쪽으로는 대제도, 남쪽으로는 리히타인 공국과 슈타이센 공화국, 서쪽으로는 제3제도, 동쪽으로는 철취성(바르딕가든)(鐵鷲城)까지 이어져 있었다. 금 산출지이기도 해서 그란츠 대제국의 부유층이 집중되어 있는 토지이기도 했다. 그 밖에도 많은 상인과 일확천금을 꿈꾸는 자들이 이 땅을 찾아온다.

"슈타인센 공화국이 노리는 건 그 이권일지도 몰라."

스카아하의 말에 리즈는 고개를 갸웃했다.

"……하지만 이상해. 그런 것치고는 평온하지 않아?"

남방에 들어왔을 때, 리즈는 베르크 요새로 가지 않고 무주크 가문과의 회담을 우선하여 선스피어로 향하기로 했다. 그래서 지금은 30기 정도의 호위를 이끌고 전속력으로 이동 중이다. 덧붙여 나머지 병사들은 가더와 함께 베르크 요새로 향하고 있었다.

하지만 리즈는 위화감을 느끼고 있었다.

그것은 선스피어와 가까워질수록 점점 강해졌다.

"……확실히 분위기가 이상해."

"아우라도 그렇게 생각해?"

"……응."

"그럼 그 위화감을 확인해 보기로 할까."

스카아하가 낮은 목소리를 내며 창밖을 가리켰다.

"선스피어에 도착했어."

상인들이 오가는 정문 앞, 병사가 사람들의 짐을 검사하고 있었다.

그러나 리즈의 마차가 내건 깃발을 알아차렸는지 선스피어의 위병이 경례했다. 이어서 마차로 다가와 마부와 한마디 나누더니 창문으로 안쪽을 들여다보았다.

"세리아 에스트레야 전하, 선스피어에 잘 오셨습니다. 환영합니다!"

"그래, 고마워."

리즈는 웃으며 대답했지만 그 표정은 딱딱했다.

역시 이상하다— 병사의 여유로운 태도를 믿을 수 없었다.

정문을 지나자 그 의문은 확신으로 바뀌었다.

"아우라…… 정말로 슈타이센 공화국이 쳐들어온 걸까?"

"……."

질문을 받은 아우라는 낮게 신음할 뿐 대답해 주지는 않았다.

스카아하에게도 시선을 보냈지만 그녀도 팔짱을 끼고서 고개를 갸웃하고 있었다.

리즈는 무주크 가문의 가주가 보낸 친서를 훑어보았다. 그는 리즈가 오고 있는 동안에도 다급하게 서신을 몇 번이나 보내왔다.

역시 몇 번을 다시 봐도 무주크 가주의 초조함이 손에 잡힐 듯 선명한 문장이었다.

"음…… 어째서지? 도시 근처까지 슈타이센 공화국이 와 있을 텐데……."

약 6만의 군세가 도시를 에워싸려 하고 있다고 마지막 편지에 적혀 있었다.

하지만 창문으로 거리를 살펴봐도 다들 전쟁이 코앞까지 다가왔다는 얼굴이 아니었다.

예전에 방문했을 때와 마찬가지로 가로에는 사람들이 넘쳐났다. 무엇보다 새해를 맞이하여 들떴는지 화려한 복장의 사람들도 있었다. 어느 누구를 봐도 그 얼굴에는 미소가 걸려 있었다. 전시라고는 생각할 수 없을 만큼 밝은 분위기였다.

이윽고 리즈의 눈앞에 나타난 건축물은 전부 금으로 만들어진 괴악한 궁전이었다.

자신의 권력을 과시하는 듯한 무주크 가문의 허영심이 얼핏얼핏 보였다.

마차가 멈추고 문이 열리자, 눈부신 햇살이 마차 안을 가득 채웠다.

"잘 오셨습니다."

리즈가 지면에 발을 디뎠을 때, 한 남성이 머리를 숙였다.

베투 뤼거 폰 무주크. 5대 귀족 무주크 가문의 젊은 가주였다.

선대 가주가 병으로 세상을 떠나 스물일곱이라는 젊은 나이에 가주 자리를 이어받았다.

그 후 4년에 걸쳐 비리에 물든 귀족을 처분하고, 교역로 확립을 목표로 이웃 나라에서 상인을 유치하는 데 온 힘을 쏟아 선스피어의 발전에 공헌했다.

아직 젊지만 상당한 수완가로, 그를 보좌하는 측근들도 우수한 자들뿐인 실력주의자였다.

"저희 궁전에 세리아 에스트레야 전하를 모시게 되다니 꿈만 같아요."

베투 옆에 화려한 여성이 서 있었다.

더위를 이기기 위해서인지 속옷이 비칠 만큼 얇은 복장이었다.

그러나 토지의 기후가 덥기 때문인지 외설스럽다는 인상을 주지는 않았고, 몸매가 잘 드러나서 예술적인 아름다움을 겸

비한 여성임을 알 수 있었다.

"세르비아 세포네 폰 무주크라고 합니다. 세리아 에스트레야 전하와는 한 번 만나 뵌 적이 있는데 기억하시나요?"

손을 내민 세르비아의 악수 요청에 응하며 리즈는 웃는 얼굴을 만들었다.

"물론 기억해. 세르비아 부인, 잘 지냈어?"

리즈가 성인식을 치렀을 때, 그녀가 제일 먼저 축언을 보내주었다. 무엇보다 언니인 로자와 친한 모양이라서 편지를 주고받고 있다고 들었다.

"최근에는 시원해져서 지내기 편해졌어요. 아, 로자 님은 건강하신가요? 바쁘신 모양이라 편지 왕래도 뜸해져서……."

"응, 너무 건강할 정도야. 언니도 언제 한번 이쪽에 오면 좋을 텐데."

"어쩔 수 없죠. 켈하이트 가문의 가주 대리시니까요. 이전처럼 선뜻 움직일 수는 없는 입장이 되셨고, 나중에 좀 안정이 되면 제 쪽에서 찾아뵐 생각이에요."

"꼭 그렇게 해 줘. 언니도 분명 기뻐할 거야."

리즈가 웃으며 대답하자 무주크 가문의 가주 베투가 대화에 끼어들었다.

"조금 이르지만 식사를 준비해 뒀습니다. 슬슬 추워질 테니 안으로 드시지요."

그 근처에는 인사가 끝났는지 아우라와 얼굴을 가린 스카아하가 서 있었다.

"어머, 이런 곳에서 길게 얘기를 나눌 순 없죠. 안으로 들어갈까요."

세르비아는 그렇게 말하면서도 아우라와 스카아하에게 다가가 인사하기 시작했다.

어이없다는 표정으로 그 광경을 곁눈질한 베투가 리즈를 보며 쓰게 웃었다.

"저희는 먼저 안으로 들어갈까요. 음식도 식어 버릴 겁니다."

"그 전에 슈타이센 공화국에 관해 듣고 싶은데—."

하지만 리즈의 의문은 차단되고 말았다. 베투가 궁전에 들어가자고 손으로 재촉했기 때문이다.

"그건 식사하면서 말씀드리겠습니다. 여기서는 누가 들을지 알 수 없으니까요."

"……그것도 그러네. 그럼 안내해 주겠어?"

"이쪽입니다."

우아한 동작으로 허리를 굽힌 베투가 앞장섰다.

의외로 궁전 입구는 나무 문이었다.

그래도 최고급 목재가 쓰였고, 그 호화로움은 황궁 못지않았다.

"아아, 문은 황금이 아니라서 놀라셨습니까?"

"……조금."

리즈는 생각이 얼굴에 드러났나 싶어서 무심코 자신의 뺨을 만져 확인했다.

"무거웠거든요. 금으로 문을 만드니 한 번 열려면 상상 이상의 일손과 시간이 필요했습니다. 이건 돈과 시간 낭비라면서 아내가 파기해 버렸답니다.”

생각보다 더 하찮은 이유였다. 게다가 뭐라고 대답하면 좋을지 고민되는 이유였다.

“……그랬구나.”

리즈는 사교적으로 웃으며 적당히 얼버무리기로 했다.

그런 대화를 나누는 사이, 문이 열리며 내부의 공기가 밖으로 토해졌다.

리즈는 발을 내디디려다가 실패했다.

입구 홀에 수많이 인간이 무릎을 꿇고 리즈에게 머리를 숙이고 있었기 때문이다.

“세리아 에스트레야 전하가 오신다는 소식에 다들 꼭 인사드리고 싶다고 해서 말이죠.”

전원이 남방 귀족이었다. 그 열렬한 환영에 리즈는 의아해하며 눈썹을 모았다.

그러나 의문을 입에 담을 새도 없이 무주크 가주가 척척 앞으로 나아갔기에 말을 꺼내지 못했다.

“세리아 에스트레야 전하, 정말 죄송해요. 그만두라고 남편에게 주의를 줬지만, 이것만큼은 양보할 수 없다고 해서 막지 못했어요.”

요컨대 리즈에게 강한 지배력을 과시하고 있는 것이다. 남방은 무주크 가문을 중심으로 돌아가고 있음을 주장하여 자신이 얼마나 중요한 위치에 있는지를 호소하고 있었다.

만약 히로가 이 자리에 있었다면 쓸데없는 짓 하느라 수고했다며 비아냥거렸을 것이다.

그러나 히로와 달리 리즈는 비정해지지 못했다. 자신을 위해 모여 주었으니 고맙다는 말을 해야 한다고 생각했다.

리즈는 남방 귀족들 앞을 지나갈 때마다 가볍게 치하하는 말을 건넸다.

마지막 한 사람에게 인사를 마친 리즈는 지친 표정으로 뒤를 돌아보았다.

"……어서 식사하자."

"후후, 그러네요."

뺨에 손을 대고서 미소 지은 세르비아가 리즈를 사랑스럽다는 듯이 바라보았다.

"자자, 이쪽이에요."

세르비아는 리즈의 등을 밀며 식당으로 안내했다.

식당 안에서는 시종들이 벽 쪽에 늘어서서 기다리고 있었다.

식사가 가득 차려진 긴 식탁 근처에서 베투가 미소 짓고 있었다.

"세리아 에스트레야 전하는 이쪽으로……."

그가 가리킨 곳은 상석이었다. 리즈는 작게 고개를 끄덕이고 상석에 착석했다.

다른 자들도 따라서 의자에 앉자 베투가 은잔을 들었다.

리즈에게 힐끔 시선을 보낸 것은 건배사를 선창하라는 뜻이리라.

'이런 분위기는 불편하단 말이지……. 익숙해져야겠지만.'

리즈는 남들이 눈치채지 못하게 탄식한 후, 은잔을 들고 주위를 둘러보며 모두가 잔을 든 것을 확인했다.

"먼저 무주크 경에게 고맙고…… 으음, 이 인연을 맺어 주신 그란츠 열두 대신께…… 아, 정령왕이었나?"

어색한 분위기가 흘렀다.

붉은 눈동자가 도움을 구하듯 방황했으나— 구원은 찾을 수 없었다.

아우라는 무표정하여 여전히 무슨 생각을 하는지 읽을 수 없었고, 스카아하는 엄마 같은 얼굴로 만족스럽게 웃고 있었다.

리즈는 머리를 싸매고 싶은 기분이 들었지만 당당히 은잔을 들고 상황을 모면하기로 했다.

"거, 건배……."

이어서 모두가 기운차게 건배를 외쳤다. 마치 리즈를 격려하는 것 같았다.

그러나 후회에 짓눌려 있을 수는 없었고, 반성하고 있을 때도 아니었다.

리즈는 당장 사고를 전환하여 은잔을 식탁에 내려놓고 무주크 가주를 바라봤다.

"묻고 싶은 게 있어."

리즈의 얼굴에서 허술한 느낌이 사라지고 진지한 표정이 되자 분위기가 바뀌었다. 그것을 민감하게 감지했는지 베투가 술을 한입에 들이켜고서 날카로운 시선을 보내왔다.

"그러고 보니 아까도 뭔가 물어보려고 하셨지요."

"그래, 이 상황은 대체 어떻게 된 건지 의문스러워서 말이야."

"뭔가 이상한 점이라도 있습니까? 그란츠 대제국의 황녀 전하를 맞이하는 데에 부족함은 없었다고 생각합니다만."

시치미를 떼는 베투의 모습에 리즈는 노기를 팽창시키며 종이 다발을 식탁에 내동댕이쳤다.

"이 편지에는 슈타이센 공화국이 쳐들어왔다고 몇 번이나 강조되어 있었어. 누가 썼는지 모르겠다는 식으로 얼버무리지 말고 단도직입적으로 가르쳐 주겠어?"

분노한 형상으로 의자에서 일어난 리즈를 보고 얼버무리는 것은 득책이 아니라고 느꼈는지 베투는 크게 한숨을 쉬며 어깨를 으쓱였다.

"……결과적으로 속이게 되었습니다만, 제가 생각한 게 아닙니다."

"무슨 뜻이야?"

리즈의 눈이 더욱 위험하게 빛나며 살기와도 닮은 감정이 흘러나오기 시작했다.

베투는 대답해야 할지 망설이는 모습으로 양쪽 팔꿈치를 식탁에 대고서 입가를 손으로 덮었다.

그때— 뭔가가 부딪히는 소리가 식당에 울려 퍼졌다.

리즈가 소리의 발생원으로 시선을 돌리니 아우라가 일어선 모습이 눈에 들어왔다.

"……아우라?"

일어선 그녀의 뒤에는 의자가 쓰러져 있었다.

"갑자기 왜 그래?"

"……."

아우라는 리즈의 말에 반응하지 않고 얼굴이 파래져서 떨고 있었다. 그 옆에 있는 스카아하도 무언가를 눈치챘는지 분한 얼굴로 이를 악물고서 어깨에 힘을 주고 있었다.

"세리아 에스트레야 전하. 편지 내용은 전부 거짓말입니다."

"뭐?"

리즈가 천천히 시선을 원래 위치로 되돌리자 교활하게 웃는 남자가 시야에 잡혔다.

"그러한 일은 없답니다. 슈타이센 공화국과는 이미 이야기가 다 된 상태니까요."

리즈는 아연실색했다. 믿을 수 없다는 듯 눈을 크게 떴다. 움켜쥔 손이 살의를 억누르고 있는 것처럼 떨리고 있었다. 냉정해지라고 타이르고 있는 것 같기도 했다.

"그, 그럼 왜 원군을 요청하는 편지를…… 몇 통이나 보낸 거야?"

그가 여섯 나라와 손을 잡았다는 절망적인 추측이 리즈의 머릿속에서 성립되었다. 그녀는 언제든 싸울 수 있도록 『염제』를 불러내 전투태세를 취했다.

"여섯 나라가 쳐들어왔다는 건 당신도 알고 있지? 놀고 있을 상황이 아니라는 것도 이해하고 있을 텐데? 그냥 못된 장난으로 넘어갈 수 없는 문제야."

"장난친 게 아닙니다. 어떤 분에게 부탁 받은 것이죠."

"어떤 분? 설마 여섯 나라는 아니겠지……?"

인내의 한계에 다다랐다.

명확한 살의가 리즈에게서 뿜어져 나와 베투에게 꽂혔다. 평범한 남자라면 주눅이 들 만한 상황이지만, 많은 수라장을 거친 남자는 냉정하게 받아넘겼다.

"히로 전하의 지시였습니다."

"……뭐?"

순식간에 살기와 분노가 무산되었다. 그 대신 나타난 것은 동요였다.

"무, 무슨 소리를 하는 거야? 히로의 지시? 왜 이런 짓을 해야만 하는데?"

당장에라도 거짓말이라고 외치고 싶다는 듯 리즈는 비통하게 눈가를 일그러뜨렸다.

머릿속에서 의문이 소용돌이치며 혼란에 박차를 가해서 무슨 말을 하면 좋을지 알 수 없었다.

"놀라실 만도 하죠. 거짓 편지를 쓰라는 말을 히로 전하께 들었을 때는 저도 깜짝 놀랐으니 말입니다."

베투의 음색에서는 동정이 묻어났으나 그의 말은 리즈에게 들리지 않았다.

"왜, 어째서……."

리즈가 입을 열었지만, 그것은 베투에게 던진 말이 아니라, 뇌리에 떠오른 소년을 향한 말이었다.

그러나 그것을 대답으로 받아들인 베투가 입을 열려고 했다.

하지만—.

"세리아 에스트레야 전하를 위험에 노출시키고 싶지 않았던 게 아닐까요?"

기선을 제압한 것은 그의 아내인 세르비아였다.

"어? 나를?"

"네, 현재 중앙은 온전히 기능하지 못하고 있으니 그곳에 전하가 머물러 계셔 봤자 의미는 없고, 전력을 구하러 남방에 보내는 건 자연스러운 일이에요. 하지만 그렇다고 여섯 나라가 서방에서만 날뛰고 끝내진 않겠죠. 유사시에 대비하여 전하를 안전한 곳에 피난시키고 싶었을 거예요."

"나를 피난시켜도…… 여섯 나라는 멈추지 않잖아. 중앙을 함락하면 그들은 남방에도 쳐들어올 거야. 그렇다면 같이 싸우는 편이……."

"그래서 히로 전하는 스스로 미끼가 되어, 세리아 에스트레야 전하가 전력을 갖출 시간을 벌려고 하신 거예요. 하지만 전하께 진실을 전할 수는 없었죠. 사지로 향하는 자신을 분명 말리려고 할 테니까요."

세르비아가 긴 속눈썹을 슬프게 떨며 히로의 마음을 대변했다.

"로자 언니가…… 그런 걸 허락할 리 없어. 내가 없어도 막을 거야."

"그렇진 않습니다. 황녀님 외에는 다들 진실을 알고 있으니까요."

베투가 가엾다는 눈길을 보냈을 때, 요리가 차려진 긴 식탁에 격렬한 진동이 퍼졌다.

리즈가 식탁을 내리친 것이다. 그 주먹에 담긴 것은 분노가 아니라 슬픔이었다.

"그럼 이건 로자 언니도 같이 꾸민 거라는 말이야?!"

눈꼬리에 눈물을 매단 리즈의 모습은 애처로웠다.

"결과적으로는……. 하지만 로자 님도 고통스러운 결단—."

베투는 도중에 말을 끊고, 자리를 벗어나는 리즈에게 다시 말을 걸었다.

"가시려는 겁니까?"

"당연하지. 더는 여기 있을 이유가 없어."

"지금 가도 이미 늦었습니다. 세리아 에스트레야 전하가 도착하시기 전에 전령이 왔으니까요. 슬슬 여섯 나라와 격돌했겠죠."

"그럼 당장 제4황군과 합류해서 서방으로 가겠어."

리즈가 움직이자 스카아하와 아우라도 그 뒤를 따랐다. 그녀들도 똑같은 기분인지 베투의 이야기에 귀를 기울이지 않을 생각인 듯했다.

"알고 계실 텐데 말이죠……. 어쩔 수 없군요."

기막힘을 섞어 탄식한 베투가 손가락을 튕겼다.

"뭐야?!"

복도로 나가는 문이 활짝 열리더니 무장한 병사들이 분주하게 들어왔다.

"지금 이게 뭐 하자는 거야?"

리즈가 눈을 찌푸리며 『염제』를 뽑아 들었다. 아우라도 마찬가지로 정령 무기를 들었지만, 그 옆에 있는 스카아하는 신원이 노출되는 것을 우려하여 맨손으로 맞섰다. 물러날 생각이 없다는 리즈 일행의 의사 표시에 병사들은 생명의 위기를 느꼈는지 순간적으로 무기를 꺼내 들었다.

"이야기를 들어 주십시오. 저희는 싸울 생각이 없습니다."

"그럼 병사들을 물려."

"그럴 수는 없습니다. 저는 약속을 어기지 않거든요. 신용이 목숨보다 중하다고 생각하니까요. 그러니 얌전히 따라 주시겠습니까?"

"그래…… 그럼 힘으로 물리고 나가야겠네."

리즈와 베투는 서로를 노려봤다. 둘 다 양보하지 않겠다는 확고한 의지를 눈에 담고 있었다.

두 사람 사이의 공기가 팽팽하게 긴장된 순간―.

"제4황군을 데리고 가서 어쩌시려는 건가요?"

세르비아가 침묵을 깨고 입을 열었다.

"상대의 군세는 20만으로 불어났어요. 제4황군이라고는 해도 고작 2만이 가세해 봤자 결과는 뻔하죠. 무엇보다 히로 전하의 각오를 헛되이 만드시려는 건가요?"

"그건…… 하지만 히로의 책략이 있으면 이길 수 있을지도 모르잖아."

"그럴지도 모르죠. 하지만 이길 가능성은 한없이 제로에 가까워요. 이제 와서 원군으로 달려가 봤자 의미가 없다는 걸 세리아 에스트레야 전하도 알고 계실 거예요."

"……."

정곡을 찔렸는지 리즈는 분한 얼굴로 입술을 앙다물었다.

『염제』가 리즈의 감정을 대변하듯 작게 불길을 뿜었다.

리즈는 필사적으로 부정할 말을 찾아 초조하게 이리저리 시선을 옮겼다.

"……맞아. 페르젠 속주에는 브루탈이 있어! 그와 연계해서—."

"브루탈 제3황자님은 붙잡혔다는 모양이에요."

즉각 세르비아가 말했다.

"뭐?"

목소리를 낸 것은 리즈가 아니었다. 그 뒤에 있던 아우라였다.

그녀치고는 드물게 놀라서 눈을 크게 뜨고 세르비아에게 시선을 보내고 있었다.

"……페르젠 속주에 있던 브루탈 제3황자님의 군세를 여섯 나라 중 하나인 앙귀스국의 여왕이 괴멸시켰다더군요. 이에 많은 서방 귀족들이 여섯 나라를 따르겠다는 뜻을 나타냈다고 보고받았어요."

"……히로에게 알려야 해!"

"이미 알고 계십니다."

달려 나가려던 리즈의 앞을 베투가 막았다.

"비켜!"

"히로 전하는 알고 계십니다. 브루탈 제3황자님이 붙잡혔다는 보고를 보내 주신 게 히로 전하니까요."

"그럴 수가……."

"히로 전하가 이끄는 수는 2만, 황녀님이 이끄는 수도 2만. 합쳐도 4만밖에 안 됩니다. 무엇보다 지금 가 봤자 이미 늦었습니다. 지금은 힘을 기를 시기입니다. 아니면 황녀님께는 20만의 군세를 이길 비책이라도 있으신 겁니까?"

"그건…… 없어. 하지만 가야 할 것 같아."

그 등을 놓치게 될 것 같았다. 마침내 붙잡을 수 있을 듯했는데, 이제 두 번 다시 잡을 수 없을 것 같은 공포가 발끝에서 기어 올라왔다. 몸이 가라앉는 듯한 싸늘한 감각이 전신을 휘감았다.

히로가 무슨 생각을 하고 있는지 이해할 수 없는 리즈는 평정심을 유지할 수 없었다.

"과연, 그랬군요……."

춥지도 않은데 덜덜 떠는 리즈를 본 베투가 무언가를 느꼈는지 눈을 내리떴다.

"히로 전하가 황녀님께 진실을 말하지 않은 이유를 알았습니다."

다시 똑바로 리즈를 바라본 베투의 눈동자에는 아무런 감정도 담겨 있지 않았다.

리즈는 눈을 찌푸리고 베투를 노려보았다.

"무슨 뜻이야……."

“그게 이유입니다.”

베투는 나른하게 한쪽 손을 들었다.

“히로 전하의 편지에 적혀 있던 대로 황녀님은 조금 과하게 감정적입니다. 혈기왕성한 것은 좋지만, 과하면 부담감이 되어 신세를 망치죠.”

담담히 리즈의 결점을 입에 담은 베투는 말을 이었다.

“히로 전하는 자기 자신조차 장기말로 움직여서 황녀님의 성장을 더욱 촉구하려 하고 계십니다. 사적인 정은 둘째 문제고, 무엇보다 국가의 안녕을 바라기 때문이죠.”

베투는 흥미롭다는 듯이 턱을 쓰다듬으며 눈동자에 이상야릇한 빛을 담았다.

“하지만 그렇다면— 그는 어디까지 보고 있는 것인지……. 아니, 본심인가?”

고개를 숙이고 혼잣말을 중얼거리기 시작한 베투의 모습에 리즈의 표정이 굳었다.

하지만 그는 개의치 않고 점점 자신의 세계로 빠져들었다.

“……그렇군요. 세리아 에스트레야 전하, 전하가 지금 당장 원군으로 달려갈 수 있는 책략이 생각났습니다. 게다가 여섯 나라를 쫓아낼 수 있을지도 모릅니다.”

그 말에 리즈는 한순간 눈동자에 기대를 담았으나, 베투의 욕망에 찬 눈동자를 보고 등골이 얼어붙는 감각을 느끼고 말았다. 이 남자의 본성이 얼핏 보인 것 같았다.

“하지만 조건이 있습니다.”

목을 조르는 듯한 꺼림칙한 기운이 베투에게서 풍겨 나왔다.

“전하가 제 아들을 남편으로 맞이하신다면 이번 여섯 나라와의 전쟁을 돕겠습니다. 지금 당장 모이라고 하면 3만쯤 모일 겁니다. 시간을 주신다면 더 모을 수도 있습니다.”

“그 조건을 받아들이면…… 협력해 주는 거야?”

“예, 물론이죠. 제 아들의 아내가 되어 주신다면 아낌없이 협력하고말고요. 부끄러워하실 필요 없습니다. 요즘 세상에 정략결혼은 드문 일도 아닙니다.”

그러자 리즈 뒤에서 두 사람의 대화를 듣고 있던 아우라가 움직였다.

“잠까— 으읍?!”

그러나 그녀는 앞으로 나가지 못하고 뒤로 끌려갔다. 스카아하가 순간적으로 구출하려고 했지만, 아우라의 움직임을 봉쇄한 세르비아가 검지를 입에 댔다.

그것만으로도 의도를 헤아렸는지 스카아하는 순순히 물러나 기도하는 눈으로 리즈를 바라봤다.

“그렇구나…….”

그녀의 마음은 정해진 것 같았다. 그 눈동자에는 망설임이 없었다.

똑바로 베투를 노려보며 불쾌감을 숨기지 않고 입을 열었다.

“거절하겠어. 웃기지도 않아.”

어깨에 걸쳐진 옆머리를 뒤로 넘긴 리즈는 양손을 허리에 얹었다.

베투가 얼떨떨해하며 고개를 갸우뚱했다.

"……조금 전에 감정적이 되지 말라고 말씀드리지 않았나요?"

"황제를 목표하는 자로서 부하의 협박에 굴할 수는 없는걸."

가슴을 쭉 편 리즈는 당당하게 선언했다.

그런 리즈의 대답에 두통이 이는지 베투는 관자놀이를 눌렀다.

"나라가 붕괴하면 황제도 의미 없어집니다만?"

"그래도 그란츠 황가의 인간으로서 그런 요구를 받아들일 수는 없어."

"호오…… 잘 생각해 보신 겁니까? 히로 전하를 구할 수 있습니다."

"내가 그런 조건을 받아들이고서 구하러 달려간다면 히로는 화낼 거야."

수도에서 출발하기 전에 히로는 자신의 마음이 가는 대로 나아가라고 리즈에게 말했다.

그렇다면 불합리한 요구를 받아들일 수는 없다.

"『화낸다』라, 그런 이유로 거절하다니…… 하하! 의미를 모르겠군."

"여보, 그쯤 해 둬요."

실소하는 베투 뒤에서 그의 아내가 끼어들었다.

"전하를 괴롭히는 건 그만두죠. 장래에 불리한 상황에 처할지도 모르니까요."

"……그렇군."

베투는 쓴웃음을 짓더니 병사들에게 무기를 거두라고 명했다.

"세리아 에스트레야 전하…… 무례를 용서해 주세요."

소리도 없이 리즈에게 다가온 세르비아가 머리를 숙였다.

"어? 어떻게 된 거야?"

"저희에게 아들은 없답니다. 딸은 있지만, **한 명**은 이제 막 두 살이 된 참이죠. 그러니 남편이 말한 정략결혼은 농담이에요."

"그, 그래? 당연히 진심인 줄 알았어……."

"전하, 전하의 속전속결은 시원스럽기도 하지만, 동시에 위험도 잠재되어 있어요. 앞으로는 찬찬히 생각하고서 결론을 내리는 게 좋을 거예요."

세르비아가 미소와 함께 충고했다.

"하지만 이번에는 저희가 무례를 저질렀으니 전하의 요청을 들어드리죠."

"아, 어이, 세르비아. 멋대로 굴지 마!"

이야기를 진행하려는 아내에게 베투가 호통을 쳤으나—.

"무슨 문제라도?"

"윽……!"

그녀의 사나운 눈길을 받고 순식간에 의기소침해지고 말았다.

한동안 두 사람 사이에 침묵이 어렸지만…….

"하아…… 어쩔 수 없지."

꺾인 것은 베투였다. 약간 주저하는 기색을 보였으나, 순식간에 각오를 다진 표정을 지은 그는 리즈 앞에 무릎을 꿇었다.

"이미 준비는 다 됐습니다. 남방 귀족은 그란츠 대제국을 위기에서 구하기 위해 일어날 것입니다. 서방의 야만스러운 무리를 내버려 두면 선조를 뵐 면목이 없습니다."

"어?"

상황을 이해하지 못한 리즈가 얼빠진 목소리를 냈다.

그런 그녀에게 도움의 손길을 내민 것은 역시나 세르비아였다.

"애초에 세리아 에스트레야 전하께 협력하겠다고 히로 전하와 약속했거든요. 욕심을 부린 남편이 폭주한 탓에 상황이 복잡해져 버렸지만 말이죠."

리즈는 몰랐지만 히로와 무주크 부부는 밀약을 맺은 상태였다. 양쪽 모두에게 좋은 이야기였기에 베투는 승낙했다. 그래서 처음부터 협력하는 것은 확정된 사항이었다.

"그, 그랬어?"

여전히 이해할 수 없는지 리즈는 메마르게 대답하는 것이 고작이었다.

"그럼 5만의 병력을 전하의 휘하에 들여 주십시오. 아아, 많은 시간을 잡아먹지는 않을 겁니다. 일주일쯤 후에 출발할 수 있습니다."

"……3만 아니었어?"

"아까도 말씀드렸듯이, 히로 전하께 협력하겠다고 정했을 때부터 준비를 진행했습니다. 제4황군을 포함한 7만의 행군 속도는 느리겠지만, 원군으로서는 충분한 전력일 겁니다."

리즈는 잠시 멍해졌지만, 점차 상황을 이해하고 미소를 머금었다.

"아낌없이 협력해 줘서 고마워."

"그럼 명령해 주시길."

남편과 함께 세르비아가 바닥에 한쪽 무릎을 꿇었다. 병사와 시종들도 따라서 바닥에 엎드렸다.

리즈는 헛기침으로 마음을 가다듬은 후, 바닥을 차 소리를 내고 그들을 향해 손을 들었다.

"제4황군과 합류한 후, 우리는 그란츠 대제국을 위기에서 구하기 위해 여섯 나라와 결판을 내겠어! 수적으로는 밀리지만 병사의 질은 더 높다고 확신해. 우리는 중앙 대륙(솔레이유)의 패권을 장악한 사자, 패배는 허락되지 않음을 명심하도록!"

""""예!""""

리즈 앞에 엎드린 모든 이들이 한목소리로 대답했다.

"나는 베르크 요새로 가서 준비하고 올게. 나중에 합류하자."

"알겠습니다."

베투가 얼굴을 들었을 때는 떠나가는 황녀의 등이 보일 뿐이었다.

지금은 아직 어린 사자를 보며 베투는 웃음을 지었다.

"씩씩한 아가씨이지 않아? 그녀가 달려갔을 때 히로 전하는 이 세상에 없을 테니 운명이란 참 잔혹해."

자리에서 일어난 베투는 보이지 않게 된 리즈의 등을 눈으로 좇았다.

"근소한 차이로 한발 늦게 될 거야. 히로 전하가 세운 계획은 빈틈이 없이 훌륭했어. 그런 그를 잃는 건 그란츠 대제국에 큰 손실이지만, 적대하는 내게는 낭보라고 할 수 있나……. 세리아 에스트레야 전하 정도라면 다루기 쉬울 테고 말이야."

"하지만 당신 마음대로는 안 될 것 같아요."

세르비아의 충고에 베투가 불쾌해하며 인상을 썼다.

"왜 그렇게 생각하지?"

"저 아가씨는 강해질 테니까요. 히로 전하를 뵌 적은 없지만…… 그보다 더 성가신 존재로서 당신 앞을 막아설 거예요."

"당신은 누구 편이야?"

듣기 싫다는 듯 손을 휘저은 베투는 측근들을 불러들였다.

"뭐, 좋아. 지금은 얌전히 협력해 주겠어."

출구를 향해 걸어가기 시작한 남편의 등을 바라보며 세르비아는 턱에 손가락을 대고 잠시 생각에 빠졌다.

그리고 잠시 후, 곧장 하인 한 명을 손짓하여 불렀다.

"……무슨 일이십니까?"

세르비아는 눈앞에 무릎 꿇은 하인을 무감정한 눈으로 내려다보았다.

조금 전과는 동떨어진 분위기를 자아낸 그녀는 이내 입꼬리를 씩 올렸다.

"보험을 드는 편이 좋겠지. 로자 님께 연락을 드리도록."

그리고서 남편의 등을 힐끗 보더니 겉모습에 걸맞은 요염한 미소를 지었다.

"여자는 여자의 뜻대로 움직이겠어요. 남자는 입 다물고 꿇으시길."

*****

그란츠 대제국— 중역 서단부 마르크령.

중앙과 서방을 잇는 국경선에 히로가 이끄는 2만의 군세가 진을 구축하고 있었다.

이곳에서 서방의 정보— 여섯 나라의 움직임을 조사 중이었다.

협력자는 많았다. 마을이 불타 버린 주민, 도시에서 추방당한 귀족, 패배한 병사…….

히로는 뜬소문이라도 좋으니 어떤 정보든 자신에게 알리라고 했다.

지금도 전령 한 명이 진의 중심을 향해 황급히 말을 몰고 있었다.

그 끝에 있는 천막의 정점에는 『흑룡』 문장기가 내걸려 있었다. 그 당당한 위풍은 보는 이의 마음을 매료했다. 꺾이지 않는 신념이 그 깃발에 담겨 있는 것 같았다.

"3셀(9킬로미터) 떨어진 곳에서 적군의 척후 부대를 발견했습니다. 깃발을 보건대 제2정벌군이라고 불리는 무리가 틀림없습니다. 마을 사람의 증언과 일치합니다."

"제5정벌군은 조금 멀리 떨어져 있습니다. 셀스를 축으로 사방에 흩어져 마을에서 약탈을 일삼고 있는 모양입니다. 셀스는 여기서 20셀 떨어진 지점에 있습니다."

"제4정벌군은 이쪽을 알아차렸는지 라릭스 평원에 군을 전개하고서 대기하고 있습니다. 지휘관까지는 파악할 수 없었으나, 상황을 보고 판단하건대 호전적인 인물인 것 같습니다."

많은 사람들이 바쁘게 천막을 출입했다.

그 정보를 처리하는 문관은 대량의 땀을 흘리며 서류를 정리 중이었다.

끊임없는 전령의 보고를 처리하는 것은 상상을 초월하는 일이었다.

보고서 다발이 잇따라 책상 위에 쌓였다. 문관이 살펴본 보고서보다도 확인하지 못한 보고서가 더 많았다. 계속해서 늘어나는 양피지들을 보고 책상에 둘러앉은 중앙 귀족들은 머리를 싸매고 있었다.

귀찮기 때문이 아니었다. 피해가 너무 커서 절망하고 있었다.

상석에 앉은 히로도 복잡한 얼굴로 양피지 더미를 일별하고 탄식한 후, 근처에 대기 중인 마르크 가주 오를레앙에게 눈을 돌렸다.

"생각보다 피해가 크네요."

"그런 것 같습니다……. 이래서야 어디서부터 손을 대야 할지……."

오를레앙은 신묘한 얼굴로 고개를 끄덕이고 양피지 한 장을 집어 들었다.

"상대는 15만의 군세를 여섯 부대— 본대를 제외하면 다섯 부대로 나눠서 침공하고 있습니다. 대항하는 자는 가차 없이 죽여 버리고, 따르는 자에게는 자비를 베풀고, 애매한 자에게는 뼛속까지 공포심을 심고 있습니다."

"……그보다도 브루탈 제3황자가 처단됐다는 소문은 확인했나요?"

"사실인 것 같습니다. 브루탈 제3황자님이 죽었다는 소식이 마음을 꺾는 데 충분한 효과를 발휘했는지, 서방 귀족들이 속속 항복하겠다는 뜻을 나타내고 있는 모양입니다."

오를레앙은 한심한 서방 귀족들을 한탄하며 주먹으로 책상을 내리쳤다.

요란한 소리가 울리자 한순간 정적이 찾아왔다. 다들 깜짝 놀란 얼굴로 오를레앙을 바라보았으나, 매서운 눈길을 받고 곧장 자기 일에 착수했다.

재차 떠들썩해지는 가운데, 히로는 그가 진정되기를 기다렸다가 입을 열었다.

"항복하지 않고 계속 저항 중인 서방 귀족은 있나요?"

"서방 귀족 키르시아 경의 아들이 원군을 바라고 있습니다. 거점인 사벨트를 여섯 나라의 제2정벌군이 포위하고 있는 듯합니다. 상당한 피해를 받아서 함락되는 것도 시간문제입니다."

"아들이 원군을 요청했다고요?"

"부친인 키르시아 경은 여섯 나라와 싸우다 목숨을 잃었다는 모양입니다."

"그곳이 어디죠?"

"잠시만 기다려 주십시오. 아까 보고서가 올라왔을 겁니다."

오를레앙이 조사가 끝난 보고서 다발을 뒤적거렸다.

"이겁니다. 보고가 조금 허술한 부분도 있지만…… 문제없겠죠."

"그럼 다른 군세와 함께 제2정벌군의 위치를, 대략적이어도 상관없습니다. 뒤에 있는 지도에 말을 놔 주시겠어요?"

"예, 알겠습니다."

중앙에 있는 책상은 보고서가 가득했기에 오를레앙은 히로의 뒤에 준비된 지도 위에 말을 놓았다. 자리에서 일어난 히로는 뒤로 돌아 지도로 다가갔다.

"여기서 이틀 거리에 제2정벌군…… 거기서 가까운 건 제3정벌군일까요. 조금 떨어진 곳에 군을 전개하고 있는 것이 제4정벌군인 듯합니다."

"……그 주변 귀족들은 항복했나요?"

"본심은 어떤지 알 수 없으나 현재로서는 배반했을 가능성이 농후합니다."

"마음대로 휘젓고 있군요."

"다들 영지가 망가지는 걸 원치 않으니까요. 보신에 급급할 수밖에 없는 상황인 것 같습니다. 게다가 브루탈 제3황자를 잃기까지 했으니 어쩔 수 없지요. 용서받을 수 있는 일은 아닙니다만."

오를레앙은 유감스럽게 중얼거렸다.

"제3제도는 무사한가요?"

"주둔군의 수는 그리 많지 않지만 견고하기에, 여섯 나라가 전력을 분산한 상태로는 함락하기 어려울 겁니다. 지구전으로 끌고 가려고 해도 식량 문제로 곤란해지는 건 여섯 나라니까요. 이번 전쟁에서는 제3제도를 상대하진 않을 것 같습니다."

중앙을 노리고 있다면 제3제도는 무시하는 것이 제일이다. 무리하게 공격해 봤자 쓸데없이 병사를 죽일 뿐이다. 어쩌면 주변 아군을 항복시켜서 사면초가 상황을 만들어 백기를 들게 하여 피해를 최소한으로 억제할 속셈일지도 모르지만…….

"지금 무사하다면 일단은 방치해도 상관없나……."

"어떻게 하시겠습니까? 제3제도로 가서 함께 농성하는 방법도 있습니다만."

오를레앙의 지적에 히로는 고개를 가로저어 부정했다.

"저쪽에서 상대해 주지 않으면 의미가 없어요. 자칫 잘못하면 포위당해서 갇힐 가능성도 있으니까요."

무엇보다, 하고 히로는 운을 뗐다.

"우리의 목적은 서방에서 여섯 나라를 몰아내는 거예요. 제3제도에서 농성해 봤자 의미가 없죠. 그러니 사벨트를 포위한 제2정벌군 섬멸을 염두에 두기로 하죠. 적이 분산된 상태라면 당분간은 각개 격파 방침이면 돼요."

제2정벌군 섬멸 작전은 협공을 이용한다.

그러려면 사벨트에 있는 키르시아 경의 아들과 연락해야만 했다.

"우리가 배후에서 공격하면 도시에서 치고 나오도록 지시해 줄 수 있을까요?"

"포위 규모가 어느 정도인지 알 수 없지만, 숙련된 밀정을 보내 보겠습니다."

"실패해도 상관없어요. 무리라면 다른 방법을 생각하죠. 일단은 그렇게 부탁합니다."

히로는 다시 자리로 돌아가서 보고서 다발과 격투 중인 중앙 귀족들을 바라보았다.

"그럼 각자의 역할을 정하죠."

히로는 귀족들에게 그렇게 고했다.

*****

그란츠 대제국— 중역 북단부에 있는 하드리아 국경 성채.

중앙과 북방을 잇는 국경 성채에 별난 군세가 찾아왔다.

그 수는 5천으로, 얼굴을 드러내지 않고 갑옷으로 거구를 감싸고서 일절 잡담하지 않으며 묵묵히 행진하는 모습은 꺼림칙했다. 게다가 내건 깃발이 낯선 것이어서 더더욱 불안을 부추겼다.

국경 성채에 거주하는 병사들의 가족들이 불안한 얼굴로 그들을 바라보고 있었다.

보라색 바탕에 날카로운 뿔이 두 개— 그 깃발은 일찍이 세계를 혼돈에 빠뜨렸던 마족(조로스터)의 문장기였다.

그러나 가족들과는 달리 병사들은 의외로 그들을 두려워하지 않았다.

또 다른 깃발 때문이었다.

보라색 바탕에 외뿔을 가진 백마가 그려진 깃발— 일찍이 『흑천오장』이라고 불렸던 대장군 로크스 반 레벨링의 문장기였다.

『군신』을 섬겼던 무장의 깃발— 그 후손이 이끄는 군세를 존경할지언정, 그란츠 병사가 무례를 저지를 수 있을 리도 없었다.

"확실히…… 히로 제4황자님과 셀레네 제2황자님의 인새가 찍혀 있군요."

국경 경비를 맡은 경비대장이 편지를 받아 수상한 점이 없는지 조사했다. 그러나 황족의 인새가 찍혀 있었고, 심지어 이름이 나란히 적혀 있는 것을 확인한 후 곧장 활짝 웃으며 경례했다.

"클라우디아 여왕 폐하, 그란츠 대제국에 오신 것을 환영합니다. 지나가시지요."

"수고를 끼쳤군요. 아무래도 서두르고 있어서요. 무례를 용서해 주세요."

"당치도 않습니다. 로크스 님의 자손을 뵙게 되어 정령왕께 감사드립니다."

송구스러워하는 경비대장에게 미소를 지어 보인 클라우디아는 작게 인사하고서 말의 배를 찼다.

그 뒷모습을 향해 경비대장이 크게 외쳤다.

"클라우디아 여왕 폐하! 한동안 이 땅에 머무실 거면 저택에 묵으셔도 됩니다만?!"

"죄송하지만 지금은 서두르고 있으니 마음만 받을게요."

클라우디아는 솜씨 좋게 말을 몰면서 경비대장에게 손을 들어 사근사근히 대답했다.

"—?!"

그 매력적인 웃음 앞에서 다리에 힘이 풀렸는지 경비대장이 지면에 주저앉았다.

클라우디아는 즐겁게 웃으며 말의 속도를 높여 선두로 향했다.

"클라우디아 여왕 폐하!"

선두로 달리는 클라우디아에게 측근 한 명이 말을 몰아 다가왔다.

"무슨 일이죠?"

"히로 님께 보냈던 전령이 돌아왔습니다. 역시 전황은 좋지 않은 듯합니다."

"그런가요……."

클라우디아는 턱에 손가락을 대고서 살짝 눈을 내리떴다.

그런 그녀 앞에 측근이 편지 한 통을 내밀었다.

"히로 님께서 보내신 편지도 맡아 뒀습니다."

"……."

낚아채듯 편지를 가져가 재빨리 훑어본 클라우디아는 웃음을 지었다.

"후후후…… 꽤 유쾌한 생각을 하고 계시군요."

클라우디아는 그 나이에 어울리는 소녀다운 웃음을 짓고서

하늘을 올려다보았다.

"당신은 모든 것을 속일 생각인가요……. 그걸 위해서라면 버리는 패가 되겠다는 건가요? 정말로…… 정말로 무서운 분이군요."

홀로 전율하는 클라우디아를 보고 측근이 의심스럽다는 표정을 지었다.

"역시 협력은 그만두는 편이 좋지 않을까요? 저희는 저희대로 북방을 무너뜨려 전력을 갖추는 편이 좋지 않겠습니까?"

클라우디아가 웃은 의미도 이해하지 못한 채 측근이 질문하자 그녀는 얼음장 같은 눈으로 그를 노려보았다. 시선만으로 사람을 죽일 수 있을 듯한 살의가 담겨 있음을 알아차린 측근이 말을 잘못 했음을 깨닫기까지 그리 오랜 시간이 걸리지 않았다.

"죄, 죄송합니다!"

허둥지둥 머리를 숙이는 측근에게서 시선을 돌린 클라우디아는 한쪽 손을 하늘로 들었다.

보라색 결정석이 햇빛을 받아 눈부신 광채를 발했다.

"그렇게 눈앞의 이익만을 좇아 얻을 수 있는 것은 미미해요. 대국(大局)을 보세요. 내밀어진 먹이에 주목할 게 아니라 그 먹이를 가진 자를 노리는 거예요."

하늘로 든 손으로 주먹을 쥐어 그대로 대제도가 있는 방향으로 돌렸다.

"그것이야말로 마족이 살아남을 길. 우리에게 『왕』은 없으니까요."

하늘에서 빛나는 태양을 다시 얻으려면 자신의 손으로 잡을 수밖에 없다.

"어머…… 납득할 수 없다는 얼굴이군요?"

떨떠름한 표정을 지은 측근은 클라우디아의 심사를 불편하게 할 것을 알고 있는지 말하기를 꺼리는 것 같았다.

"제가 신하의 말을 듣지 않는 독재자라고 생각한다면 지금 당장 여기서 떠나세요. 그게 아니라면 신하로서 왕이 잘못되었다고 간언하세요."

"그, 그럼 외람된 말씀이지만…… 저희에게 여섯 나라와 싸울 힘은 없습니다. 현재 전황을 보면 여섯 나라에 협력하는 편이 여러 가지로…… 더 낫지 않을까 생각합니다."

생각보다 더 설득력 없는 말을 듣고 클라우디아는 기가 막혀서 한숨을 쉬었다.

"그래 봤자 꼭두각시가 될 뿐이에요. 작은 은혜보다 큰 은혜, 레벨링 왕국을 더욱 대국으로 만들고자 하는데 여섯 나라에 붙어 봤자 손해를 볼 뿐이잖아요?"

"하오나 히로 님께 붙더라도 패배하면 똑같지 않습니까?"

측근이 물고 늘어졌다.

"솔직히 말하면 여섯 나라는 레벨링 왕국 따위 신경도 쓰지 않고 있어요. 멀리 떨어진 북쪽 대지— 자원이 부족한 동쪽 끄트머리에 자리 잡은 나라 따위…… 그들은 가치 있게 여기지 않아요."

자신의 나라를 비하하는 것만큼 짜증 나는 일은 없지만, 측근을 설득하기 위해서도, 분발시키기 위해서도, 이것이 제일 좋은 방법이라고 클라우디아는 생각했다.

“협력해 봤자 발판이 되어 나중에 흡수될 뿐이겠죠. 그란츠 대제국의 속국과 전혀 다를 바 없어요. 당신은 백성들에게 다시 한 번 노예가 되라고 말할 수 있나요?”

“그, 그건…….”

통렬한 말에 측근은 입을 다물었다. 그것을 본 클라우디아는 미소 지었다.

“그렇기에 히로 님께 협력하기로 한 거예요. 우리 마족이 다시 중앙 대륙에 부활했음을 전 세계에 알리기 위해 여섯 나라를 이용하는 거죠.”

그 이상으로 히로가 제시한 조건이 좋았다. 그란츠 대제국에 붙으면 목적하는 물건을 손에 넣을 수 있다. 여섯 나라의 진영에 참가해 봤자 손에 들어오지 않는 귀중한 물건이다.

“알겠습니다. 전부 클라우디아 여왕 폐하의 지시에 따르겠습니다. 시시한 질문을 드렸습니다. 용서해 주십시오.”

“괜찮아요. 의혹이 생기면 언제든 물어보세요.”

클라우디아는 하늘을 우러러보며 눈을 가늘게 뜨고 요염한 미소를 지었다.

자신이 여왕 자리에 앉은 이상, 다시는 마족을 음지로 쫓아내지 못하도록 할 것이다.

늘 태양 아래에— 그러기 위해서라면 기꺼이 어리석은 왕으로 이름을 남기리라.

"……신경 쓰이네요."

그때 문득, 편지에 적혀 있던 마지막 한 문장이 뇌리에 떠올랐다.

모든 것은 하나로— 대체 어떤 뜻일까. 히로가 적었으니 깊은 의미가 있을 듯하지만, 현재로서는 도통 짐작이 가지 않았다.

"뭐…… 히로 님을 뵈면 알게 되겠지만 말이죠."

그때는 목적하는 물건도 손에 넣어 주셨을 것이다.

그 조건이 있었기에 이렇게 군세를 움직인 것이니까.

"그건 그렇고…… 재미있어질 것 같아요. 지금부터는 예측할 수 없는 시대예요."

앞으로 일어날 소란을 생각한 클라우디아는 웃음이 나려는 것을 필사적으로 참았다.

*****

제국력 1024년 2월 6일.

그 소식이 전해진 것은 이른 아침이었다.

아침 해가 세계를 비추기 시작한 지 두 시간도 채 지나지 않은 때였다.

아침 연습을 시작한 몇몇 병사의 모습만 보이는 정도라 여섯 나라의 본진은 발소리가 들릴 정도로 고요했다. 그런 진중을 속옷 차림으로 걷는 여성이 있었다.

몸매에 절대적인 자신이 있는지 부끄러워하는 기색이 전혀 보이지 않는 발걸음이었다.

병사가 똑바로 바라보지 못하고 눈을 돌릴 만큼 그녀는 위풍당당했다.

여섯 나라에서 가장 화려한 여성이 누구냐고 묻는다면 모두가 입을 모아 그녀의 이름을 댈 것이다.

루시아 레비아 드 앙귀스 사령관— 앙귀스국의 여왕이기도 했다.

그녀는 짜증을 감출 수가 없는지 발소리를 크게 내며 사령부에 들어갔다.

이미 실내에는 참모부터 울페스 남매까지 모두 모여 있었다.

루시아의 모습을 확인한 그들은 일제히 일어나 경례했지만, 일부 참모는 루시아의 모습에 얼굴을 붉히고 말았다. 순간적으로 얼굴을 돌리려고 해도, 그녀가 풍기는 요기와도 닮은 색기 때문에 도저히 눈을 뗄 수 없었다.

그러나 호색한 시선을 받아도 루시아에게 그들은 길가의 돌멩이나 다름없었다. 자신을 향해 어떤 감정을 품든, 그들에게 있어 그녀는 회의 때 말고는 말조차 걸 수 없는 구름 위의 존재였다.

여하튼—.

"편히 앉도록."

정신없이 자다가 강제로 일어나야 했던 루시아는 언짢음을 나타내듯 인상을 쓰고 있었다. 의자에 앉은 참모들이 긴장한 얼굴로 고개를 숙였다. 변함없는 태도로 있는 것은 루시아를 보좌하는 셀레우코스와 울페스 남매 정도였다.

"흐응~ 유혹하는 거야?"

머리 뒤쪽으로 팔짱을 끼고 눈동자에 정욕을 담은 이겔이 말했다.

그러나 루시아는 수줍음이 아니라 살의를 담고서 노려보았다.

"……그대, 죽고 싶은가?"

말대꾸도 하지 못할 만큼 머리카락이 쭈뼛 선 이겔은 황급히 자세를 바로잡았다.

실내의 중력이 확연하게 가중되었다. 이겔의 이마에서 대량의 비지땀이 흘러내렸다.

주변에 있던 귀족들이 신음하자 루카가 일어났다.

"동생이 저지른 무례를 용서해 주세요. 이 바보는 그저 분위기를 풀어 보려고 그런 거예요."

"됐다, 그보다도 상황을 보고하라."

흥이 식었다는 듯 루시아가 손을 휘젓자 실내에 충만했던 살기가 무산되었다.

루시아의 말에 반응하여 의자에서 일어난 것은 셀레우코스였다.

"그럼 제가 설명하겠습니다."

그는 말을 하나 집어 지도 위에 놓았다. 제2정벌군이 군을 전개하고 있던 곳이었다. 의아한 표정을 지은 루시아는 셀레우코스에게 의문스러운 시선을 보냈다.

“『군신』의 후손이 본격적으로 싸움을 걸어왔습니다.”

그 말에 루시아는 흥미롭게 눈을 빛냈고, 다른 자들은 새삼 경악을 드러냈다.

“세, 셀레우코스 공…… 그게 사실이오?”

“정말인가? 이렇게 빨리 원군이 도착하다니 말도 안 돼.”

사령부는 소란스러울 정도로 술렁였다.

“사실입니다. 제2정벌군이 괴멸되었다는 보고를 아까 받았습니다.”

“대체 무슨 일이 있었기에?!”

한 참모가 소리친 것을 시작으로 사령부는 경악하여 전율했다.

“왜 괴멸될 때까지 보고가 없었지?”

“척후는 뭘 하고 있었나? 산속이라도 정찰하고 있었나?!”

“다들 조용히 하라.”

책상을 내리쳐 떠드는 무리를 조용하게 만든 루시아는 주위를 노려본 후 재차 입을 열었다.

“셀레우코스…… 경위를 설명하라.”

“제2정벌군이 사벨트를 포위하고 있던 것은 여러분도 아실 겁니다. 다만 방심하고 있었는지, 어두운 밤에 몸을 숨긴 그란츠군에게 배후를 급습당했습니다. 게다가 사벨트에서 영주가 치고 나와 협공이 완성되었고, 지휘관이 사망하면서 혼란에 박차가 가해져 전멸하였습니다.”

“왜 그런 알기 쉬운 책략에 걸렸지?”

"주변 마을과 도시에서 공물을 바친 모양인데, 그 술로 연회를 열었다고 합니다."

"……어이가 없어서 말도 안 나오는군."

"그 밖에도 사벨트의 영주가 제2정벌군의 지휘관을 칭송하는 서신을 보낸 듯한데, 그로 인해 방심했겠지요."

"하하……! 그 녀석은 어찌 되었지?"

지금 당장 이 손으로 죽여 버리겠다는 듯 루시아가 메마른 웃음을 지으며 분노한 형상을 보였다. 이에 셀레우코스는 겁먹지 않고 담담히 보고서를 읽었다.

"붙잡혔는지 전사했는지, 그 부분은 확인되지 않은 것 같습니다."

"살아서 돌아오면 내게 데려와. 이 손으로 목 졸라 죽여 버릴 테니……!"

쇠부채로 몇 번이고 손을 때리며, 루시아는 정신을 통일하기 위해서인지 거친 호흡을 되풀이했다.

"……공물은 『고왕(古王)』의 함정이겠지. 전시 중에 그런 멍청한 짓을 벌이다니— 어느 나라 놈이지?"

"울페스국입니다. 레키그마프 장군이라고 들어 보셨습니까?"

"아아, 확실히 우리 쪽 녀석이야……. 하아~ 그런 뻔히 보이는 함정에 걸린 건가."

한 손으로 얼굴을 덮은 이겔은 수치스러워하며 넓은 어깨를 떨었다.

"면목 없어……."

이겔이 노여움을 담아 그렇게 말하자 그 옆에 앉은 루카가 조용히 손을 들었다.

“명예를 되찾기 위해 『군신』의 후손은 우리가 해치우겠어요. 셀레우코스 공, 적의 수는 어느 정도지요?”

“주변 귀족들의 병사를 흡수하여 3만은 넘는 것 같군요.”

“그렇다면 5만의 병력으로 충분해요. 루시아 여왕 폐하, 출진을 허락해 주시겠어요?”

“그만둬. 설욕을 풀고 싶은 마음은 이해하나, 이것이 『고왕』의 책략이라면 사지에 뛰어드는 것이 돼.”

“하지만…… 자국의 망신살이 뻗친 채 가만있을 순 없어요.”

“포기해. 이쪽의 수가 많은 것이 방심을 불렀고, 제2정벌군의 괴멸로 이어졌어. 아무리 우세하더라도 전쟁에서 방심하는 건 언어도단이야.”

“우리에게 방심은 없어!”

이겔이 분노한 표정으로 의자를 지면에 내동댕이쳤다. 불운하게도 참모 몇 명이 파편을 맞았고, 정신을 잃었는지 그들은 힘없이 쓰러지고 말았다.

“루시아 여왕 폐하님. 우리한테 맡겨 주면 안 될까?”

이마에 혈관이 불거져 나온 이겔이 의자 잔해를 짓밟고서 딱딱하게 웃었다. 지금 당장에라도 뛰쳐나가고 싶지만 이성으로 어떻게든 참고 있는 것 같았다.

“그대는 정말로 성미가 급하군. 그래, 그럼 어디, 나와 한번 겨뤄 보겠나?”

루시아는 쓰러진 참모를 의무실로 데려가라고 지시하며 다시 이겔을 노려보고 독살스럽게 웃었다.

"그러면 혈기도 가라앉아서 만만세 아닌가?"

"그건……."

"그럼 짖지 마라, 애송이. 불과 2만의 손실이라고 생각하면 돼. 나머지 18만은 건재하지. 무턱대고 공격해 봤자 각개 격파될 뿐이야."

루시아는 자리에서 일어나 쇠부채로 지도를 가리켰다.

"무엇보다 이미 쐐기는 박아 뒀느니."

루시아는 제2정벌군의 말을 때려 부수고 근처에 있는 제3정벌군의 말을 툭 쳤다.

"『고왕』과 가까운 것이 제3정벌군인 건 틀림없겠지?"

셀레우코스에게 확인하니 그가 고개를 끄덕였다.

"그럼 두세 번 『고왕』과 부딪친 후에 본진에 합류시키도록. 나머지 세 군은 아무것도 하지 말고 본대와 합류시켜."

"미끼를 뿌리는 겁니까?"

"음. 알겠나? 본격적으로 싸우지는 말라고 제3정벌군에 엄명해 둬. 상대가 달려들도록 만드는 것일 뿐이니까. 패배하면 모처럼 항복한 서방 귀족들이 변심할지도 몰라. 그러니 절대로 싸우지 말고 도발만 반복하면 돼."

"그럼 저희는 어떻게 할까요?"

심기 불편한 동생의 머리를 쓰다듬으며 루카가 질문했다.

"그대들은 힘을 비축하며 『고왕』을 해치우는 것만 염두에 두도록."

루시아는 그 밖에도 보급로를 변경하고 본대를 일시적으로 해산하라고 지시했다.

"이제 와서 해산입니까? 부대장을 바꾸는 거라면 몰라도, 전 부대를 해산하고 재편하면 지휘 계통이 흐트러질 텐데요?"

하책이라고 말하고 싶은 듯한 셀레우코스를 보고 루시아는 얼굴을 찡그렸다.

"그거면 돼. 여섯 나라는 지휘 계통이 확립되어 있지 않다고 유포하는 거지. 그 외에 나와 울페스 남매의 사이가 좋지 않다는 소문을 철저히 퍼뜨리도록."

도망치지 못하게 서방 깊숙이 『고왕』을 끌어들이는 것이다. 뻔한 유인이지만 전군을 일시적으로 물리면 쫓아올 수밖에 없다. 그러면 위협에서 해방된 많은 서방 귀족들이 『고왕』과 합류하리라.

그때야말로 『고왕』이 끝나는 때, 스스로 시한폭탄을 삼키고 폭발하는 것이다.

"알았으면 당장 행동을 개시하라."

루시아의 말에 참모와 부하들이 서둘러 밖으로 나갔다.

분주해진 사령부에서 루시아는 한 남자를 불러 세웠다.

"이겔, 잠시 기다려라."

"응? 누님을 안 쫓아가면 혼나는데?"

"변함없이 누나를 아주 좋아하는군. 하지만 그리 시간을 빼앗지 않을 테니 안심하도록."

루시아는 이겔의 왼손에서 반짝이는 파란 결정석을 보고 목울대를 울렸다.

그리고 먹이를 발견한 사나운 육식 동물처럼 형형하게 눈을 빛냈다.

"그대는— 누나를 위해 죽을 각오가 되어 있는가?"

*****

그란츠 대제국— 서역 중앙부 사벨트 근교.

히로는 본진을 이곳으로 옮기고 새롭게 여섯 나라에 관한 보고를 받았다.

사령부 주위에서는 참모와 귀족들이 분주하게 돌아다니고 있었다.

그들은 제2정벌군을 섬멸하면서 생긴 포로들을 호송할 준비, 망가진 도검이나 무구 확인, 병사 증가로 인한 식량 계산 등 작업에 쫓기고 있었다.

전령도 끊임없이 천막 안을 오갔다.

척후 부대에서 올라오는 적의 동정, 진의 경비 상황과 보급로 발견 등을 우선적으로 보고시키고 있었다.

그리고 도로의 상황과 도적 및 괴물(몬스터)의 발생 장소— 이쪽은 병사 수가 적어서 후방 지원을 담당하고 있는 서방 귀족에게 주로 전달하고 있었다.

그들도 대처할 수 없는 일인 경우에는 중앙에 연락하라고 명령해 두었다.

"라릭스 평원에 군을 전개하고 있던 제4정벌군이 움직임을 보였다고 합니다."

마르크 가문의 가주 오를레앙이 보고서를 들고 히로에게 왔다.

"제2정벌군이 괴멸되었음을 알고 행동한 것이겠지요."

"그런가요. 감시를 늘리고 경계를 게을리하지 말라고 지시해 주세요. 아마 싸움을 걸어올 거예요. 그보다도 이쪽의 피해는 어떤가요?"

"상세히 말씀드릴까요?"

"아뇨, 대략적이어도 돼요."

"피해는 경미합니다. 기마 3백, 보병 1천. 하지만 서방 귀족들이 병사를 모아 합류한 덕분에 이쪽의 수는 3만까지 불어났습니다."

"순조롭네요."

"예…… 그런데 조금 신경 쓰이는 점이 있습니다."

오를레앙이 다른 보고서 한 장을 내밀었다.

히로는 빠르게 훑어보았다. 양피지에는 전사한 귀족의 이름이 기입되어 있었다.

"중앙 귀족 몇 명이 전사했습니다. 이 표현이 맞는지 모르겠습니다만."

"……전부 화살을 맞고 죽었군요."

"심지어 아군이 쏜 화살입니다. 우연이라고 보기 힘듭니다.

잘못 쏜 화살을 맞고 일곱 명이나 사망하다니, 적이 보낸 자객의 짓이라고 생각할 수밖에 없습니다."

"경비를 한 단계 올리기로 하죠. 한 사람이라도 많이 쉬게 하고 싶지만, 일단 살고 봐야 하니까요."

"알겠습니다."

"사기는 떨어지지 않았나요?"

히로의 물음에 오를레앙이 걱정할 필요 없다는 듯 가슴을 두드렸다.

"안심하시지요. 오히려 제2정벌군을 괴멸시켜서 사기는 올라간 상태입니다. 사벨트를 구한 것도 영향을 준 것 같습니다."

"그럼 다음 단계로 가죠."

적은 분산했던 전력을 집결시키고 있다. 이쪽이 예상한 대로 진행되고 있었다.

그러나 **어째서인지** 오를레앙은 불안해하며 땀을 흘리고 있었다.

"상대가 결집하면 역시 성가시지 않겠습니까?"

"분산된 것보다 뭉쳐 있는 편이 힘겨운 건 확실하지만, 전장에서 집결하는 것은 때로는 죽음을 재촉하기도 하죠. 지휘계통이 확립되어 있지 않다면 오합지졸과 다름없어요. 그 틈을 파고들면 수적 차이 따위 간단히 뒤집어지죠."

"……흠, 확실히 그런 보고가 들어와 있었습니다."

여섯 나라 본진에서 사령관과 사령관 대리 사이에서 다툼이 생겼다는 모양이다. 게다가 넘겨받은 군세에 의구심이 들었는지 군을 일시 해산하고 재편했다고 한다. 그런 상황에서 각지에 흩어져 있던 군세를 불러 모은다면 지휘 계통은 완전히 혼란스러워질 것이다.

'……대체로 이쪽의 예상대로 움직여 주고 있나.'

짙게 웃은 히로는 더욱 계획의 확실성을 높이기 위해 뒤에 있는 지도로 걸어갔다.

"앞으로 어떻게 할지 얘기하죠."

말을 듣고 곁눈질로 오를레앙을 보자, 그는 말없이 고개를 끄덕여 뒷말을 재촉했다.

"합류한 서방 귀족들에게는 중앙을 맡기겠어요. 한 번 여섯 나라에 굴복했던 그들을 전선에 보내면 금방 대열이 흐트러져서 와해될지도 모르니까요."

한 번 몸에 밴 패배의 색은 지워지지 않는다. 깊이 새겨진 공포는 추억을 미화하듯 심화되고 만다. 그런 그들을 전장에 보내면 어떻게 될지는 상상하기 어렵지 않았다.

'뭐, 사기가 낮으니까…… 원래는 후방 지원으로 돌려야 하지만 말이지.'

여유 있는 싸움이었다면 다시 전선으로 보내 승리를 거머쥐게 했을 것이다. 그러면 사기뿐만 아니라 자신감도 되찾을 수 있기 때문이다. 그러나 이번 싸움은 처음부터 절망적인 상황이었고, 그런 가운데 병사들 사이에서는 군 상층부를 향한 불신감마저 감돌고 있었다.

'제2정벌군을 섬멸해서 불식되긴 했겠지만…….'

히로가 이끌고 온 병사들은 문제없게 되었으나, 합류한 서방 귀족의 패잔병들은 그렇지 않다. 그들은 한 번 완전히 굴복했다. 개중에는 복수심에 불타는 자도 있겠지만 군 전체에 영향을 미칠 정도는 아니었다.

그렇다면 왜— 군에 편입했는가.

'자, 오를레앙. 당신은 어떤 반응을 보여 줄까?'

가능하다면 확신을 얻을 만한 반응을 보여 줬으면 좋겠다.

"괜찮다고 생각합니다. 역시 히로 전하, 훌륭하십니다."

오를레앙은 흥분한 모습으로 히로의 선택을 절찬했다. 히로는 단숨에 감정이 싸늘하게 식는 감각을 느꼈다. 온몸을 휘감는 충동을 필사적으로 억누르며 평정심을 가장했다.

그러나— 그 검은 눈동자는 심연을 머금고 있었다.

"그럼 그렇게 진행해 주세요. 앞으로 합류할 서방 귀족들도 마찬가지예요."

여섯 나라와 전쟁을 시작했을 때부터 품었던 불안감— 그 일부가 파악되었다.

확신은 얻었다. 조금 고민했지만 이걸로 문제없이 실행할 수 있게 되었다.

"그리고 중앙 귀족을 전진에 배치하고 후진은 중소 귀족에게 맡기겠어요. 저도 전선에서 지휘하겠습니다."

"그럼 저도 히로 전하와 함께 행동하겠습니다."

기뻐하며 의견을 내는 오를레앙에게 히로는 처참한 웃음으로 응답했다.

"당신이 보좌관으로 따라와 준다면 든든하죠."

히로는 발길을 돌려 입구로 향했다.

"그럼 이틀 후에 이곳을 출발하겠습니다. 뒷일은 맡길게요."

"어디 가십니까?"

"오늘은 이만 쉬겠어요."

"알겠습니다. 만전을 기해 임하겠습니다."

뒤에서 머리를 숙이는 기척을 느끼며 히로는 뒤로 돈 채 손을 흔들고서 자신의 천막으로 돌아가기 위해 입구를 나왔다. 밖으로 나오니 얼음장처럼 차가운 공기가 살을 엤다.

그러나 그것은 일반인의 감상이었고, 『흑춘희』 덕분에 히로에게는 봄처럼 따뜻한 바람으로 느껴졌다.

깜깜한 밤길을 묵묵히 걷던 히로가 갑자기 발을 멈췄다.

"……1000년이 지났어도 변하지 않은 게 있어."

머리 위를 올려다보니 하늘 가득 뜬 별이 세계를 지배하고 있었다.

어둠 속에서 춤추는 다채로운 별들을 거느리고서 만월의 빛이 대지에 쏟아졌다.

"별은 사람의 영혼이라고 말한 게 누구였더라……."

사람은 죽으면 정령이 되고, 정령이 된 혼은 별이 되어 정령왕과 함께 세계를 지켜보고 있다. 그러니 무서울 때, 슬플 때, 외로울 때 하늘을 올려다보면 혼자가 아님을 알 수 있다고—.

"……맞아. 리즈야."

힘멜 산에서 야영했을 때 들었던 것 같다. 노도와 같은 기세로 정신없이 바뀌는 정세를 하루하루 필사적으로 파악하느라 기억이 모호해지고 있었다.

“……그때는 기뻤지. 네가 정말로 말을 걸어온 것 같았어.”

그러나 지금은— 끌어안아 주는 온기도, 감싸 주는 상냥함도 느껴지지 않았다.

먼 옛날을 애석해하듯 히로는 밤하늘로 손을 뻗었다.

“하지만 택했어. 1000년 전에는 두려워서 한심하게도 도망쳐 버렸던 길을…….”

슬프게 고개를 숙인 히로는 오른팔을 들어 안대를 매만졌다.

리즈가 없다면 숨길 필요가 없었다.

“틀렸을지도 모르지만…… 마침내 찾았어.”

천천히 안대가 벗겨지고— 드러난 것은 애곡(哀哭)의 눈이었다.

“나는 가겠어. 누구보다도 오만하게, 누구보다도 강자로서, 누구보다도 왕으로 있기 위해.”

—세계를 삼키겠다.

“마지막까지 그녀(리즈)의 성장을 지켜볼 수 없는 건 아쉽지만…….”

애수 어린 작은 웃음— 그러나 그것은 순식간에 부서졌다.

그리고 이어서 나타난 것은— 심연에서 모습을 내보인 것은 섬뜩한 얼굴이었다.

“……새로운 신화를 위해, 한 시대를 끝내자.”

히로는 기도하듯 중얼거리고 다시 걷기 시작했다.

묵묵히, 그러나 힘차게, 숨김없이 살기를 내뿜으며 지면을 밟았다.

벌레 소리가 짓눌리고, 바람이 흩어지며, 세계에서 소리가 사라졌다.

"그걸 위해서라면 나는 버리는 패가 되겠어."

히로는 자신에게 준비된 천막 입구를 지나 실내를 둘러보았다.

이윽고 시선이 한곳에서 멈췄다. 그 끝에서 한 남자가 머리를 숙인 채 기다리고 있었다.

"히로 님, 기다리고 있었습니다."

그의 등 뒤에는 의자가 놓여 있었고, 누군가가 밧줄에 묶여 앉아 있었다.

소리 지르지 못하도록 하기 위해서인지 그 입에는 천이 물려져 있었다.

걸음을 옮긴 히로는 엎드린 남자의 머리를 내려다보며 치하했다.

"수고했어. 그리고 중앙 귀족들을 암살해 줘서 고마워."

"아닙니다. 한 명은 미처 처리하지 못했습니다. 죄송합니다."

"비하할 필요 없어. 그 한 명도 데려와 준 것 같으니 말이야."

히로는 남자 뒤에서 날뛰는 인물에게 시선을 주었다. 무언가를 필사적으로 호소하고 있지만, 천이 물려져 있는 탓에 짐승의 낮은 울음처럼 들릴 뿐이었다.

"그 밖에 잠입한 자는 얼마나 있지?"

"저를 포함해 열 명쯤 됩니다."

히로는 계획을 시동하기 전에 클라우디아와 거래하여 협력을 얻어 냈다.

이해관계가 일치했기에 그녀는 흔쾌히 받아들였고, 히로가 원하는 것을 보내 주었는데, 그중 **하나**가 눈앞에 무릎 꿇은 암살자였다. 암살자로서의 실력은 나무랄 데 없었다. 솜씨가 상당함을 기척으로 헤아릴 수 있었다.

"그리고 클라우디아 여왕 폐하께서 보내신 편지입니다."

내밀어진 봉투를 받은 히로는 근처에 있던 의자를 끌어당겨 앉았다.

편지를 꺼내 재빨리 훑어보고 입꼬리를 올렸다.

"응…… 대체로 문제는 없는 것 같네."

히로는 편지를 팔락팔락 흔들며 일어나 천막 구석에 놓인 책상으로 걸어갔다.

펼쳐진 지도를 보면서 펜을 들고 종이에 글자를 적었다.

"그리고 모처럼 데려와 줬는데 미안하지만, 그는 처분해 줄래? 이미 확신을 얻었기에 굳이 고문해서 자백시킬 필요가 없어졌거든."

히로는 눈길조차 주지 않고서 붙잡힌 중앙 귀족을 펜으로 가리켰다.

아까 사령부에서 나눈 대화로 확신을 얻었다.

마르크 가주 오를레앙— 십중팔구 그는 여섯 나라와 내통하고 있다.

아니면 『흑사향』일까……. 어느 쪽이든 오를레앙은 배신자다.

“또 측근이 없어지면 그는 어떻게 반응하려나. 불안해져서 경계할까, 아니면 호기를 앞두고 눈이 어두워질까.”

내부에서 암살자가 암약하고 있음을 알고 조금이라도 공포를 느껴 준다면 좋겠다.

이어서 히로는 탄식했다. 한탄을 담은 깊은 한숨이었다.

종이에 놀리던 펜촉을 멈추고, 히로는 새 종이를 꺼냈다.

‘……리즈, 너는 반드시 옥좌를 손에 넣을 거야.’

적대하는 자를 전부 처분하지는 못했으나, 로자가 리즈의 버팀목이 되어 준다면 고난은 문젯거리가 되지 못할 것이다. 그리고 정쟁이 그녀의 마음을 단련시켜서, 최종적으로 황제로서 지녀야 할 강인한 정신을 얻게 되리라.

‘그리고 다가올 싸움에 대비해 힘을 길렀으면 좋겠어.’

좌절할 때도 있을 것이다. 울고 싶은 나날이 계속될지도 모른다.

그래도 그녀라면 극복할 수 있을 것이라고 히로는 믿고 있었다.

슬픔은 사람을 성장시킨다. 분노는 사람에게 활력을 불어넣는다. 기쁨은 사람에게 행복을 준다.

‘너의 마음이 세계에 활짝 피어나기를 기도할게.’

히로는 펜을 책상 위에 두고 몸을 돌렸다.

“조금 협력해 줬으면 하는 게 있어.”

히로는 클라우디아가 파견한 암살자에게 시선을 보냈다.

"무, 무엇이든 말씀만 하십시오."

암살자는 순순히 고개를 끄덕였으나, 히로가 내뿜는 방대한 패기 앞에서 목소리를 떨었다.

제5장 태양은 다시 뜬다

맑은 하늘 아래— 태양이 비추는 가로를 빠르게 달리는 기마 집단이 있었다.

내걸린 깃발에는 빨간 바탕에 백합이 그려져 있었다.

세리아 에스트레야 엘리자베스 폰 그란츠 제6황녀의 깃발이었다.

제국력 1024년 2월 10일.

그란츠 대제국, 수도 클라디우스— 리즈는 소수의 호위를 데리고 귀환했다.

사람들이 무슨 일이냐며 돌아보았으나, 이미 그녀는 보이지 않을 만큼 멀리 가 있었다.

울려 퍼지는 요란한 말굽 소리는 가는 곳곳에 잔향을 남겼지만, 그것도 황궁에 도착하자 뚝 멎었다. 말에서 뛰어내린 리즈는 황궁 입구로 향했다.

하지만 그보다 먼저 문이 열리고 낯익은 인물이 나왔다.

"로자 언니!"

"사랑하는 내 동생. 무사히 돌아왔구나!"

"동방으로 안 돌아간 거야?!"

팔을 벌려 로자의 가슴에 뛰어든 리즈는 시선만 슬쩍 들어 언니를 보았다.

"음…… 뭐, 그렇지."

어색하게 얼굴을 돌리고 뺨을 긁적이는 로자의 모습에 리즈는 눈을 찌푸리며 언니에게서 몸을 뗐다.

"무주크 가문의 가주한테 히로에 관해 들었어."

"그런가……. 그럼 숨길 필요도 없겠군."

지친 얼굴로 한숨을 쉰 로자는 하늘을 올려다보더니 사무적으로 담담하게 말하기 시작했다.

"전부 사실이야. 속인 건 미안하게 생각하지만, 전부 네가 옥좌에 앉기 위해 필요한 일이었어."

"어째서—."

리즈는 로자에게 따지려고 했지만, 로자가 갑자기 내민 봉투에 눈썹을 찡그렸다.

"……이게 뭐야?"

"히로가 리즈에게 전해 달라며 주고 간 거야."

"—?!"

낚아채듯 편지를 가져간 리즈를 보며 로자가 난처하게 웃었다.

그리고 주위를 둘러보며 입을 열었다.

"가더 공은 없나?"

리즈에게 물은 것이었으나, 그녀는 필사적으로 편지를 읽느라 들리지 않는 모양이었다.

다시 한 번 쓰게 웃은 로자 곁으로, 이야기가 들렸는지 트리스가 다가왔다.

"『아군』은 제4황군과 함께 올 겁니다. 물론 무주크 가문의 군세도 함께 말이지요."

“호오…… 무주크 가문을 설득하는 데 성공한 건가?”

“앞으로 일주일쯤 뒤에 대제도에 도착할 겁니다.”

“다른 지역에서 보낸 병사들도 속속 대제도에 모이고 있어. 마침내 반격할 수 있겠군.”

로자는 기뻐하며 리즈의 머리를 쓰다듬었지만, 역시 그녀는 편지에 집중하고 있어서 쓰다듬든 말든 신경 쓰지 않았다. 리즈의 머리에서 손을 뗀 로자는 또 다른 편지를 꺼냈다.

“가더 공에게도 빨리 건네주고 싶었는데…….”

서둘러 봤자 별수 없다는 듯 로자가 고개를 가로저었다.

“그래, 리즈. 배는 안 고— 읏?!”

로자는 도중에 말을 끊고 그 수려한 눈을 크게 떴다.

조금 전까지 리즈가 있던 곳에 그녀의 모습이 없었기 때문이다.

황급히 주위를 둘러보니 리즈가 안장 위로 뛰어오르기 직전이었다.

“리즈! 어디 가려는 거니! 기다려!”

로자가 드물게도 큰 목소리를 냈으나 리즈는 말 머리를 돌리며 멈추지 않았다.

“트리스 경, 그대도 말려 봐!”

“예! 공주님! 기, 기다리십시오!”

두 사람은 리즈의 뒤를 따라 달려갔지만, 인간의 다리로 말을 따라잡을 수 있을 리 없었다.

순식간에 멀어져 갔다. 그러는 사이에도 로자는 계속 리즈를 불렀으나, 그녀는 고집스럽게 돌아보지 않고 무시했다.

"설마 혼자서 가려는 건가?! 젠장, 그럴 생각이라면 힘으로라도 막겠어!"

혀를 찬 로자는 발을 멈췄다. 따라잡을 수 없음을 깨닫고 리즈를 붙잡을 부대를 움직이자고 생각한 것이다. 그러나 그럴 필요는 없었다.

"……셀레네 오라버니?"

힘차게 달리는 리즈 앞에 셀레네가 여유롭게 나타났다.

"리즈를 막을 셈인가? 너무 무모해!"

양팔을 벌린 셀레네의 모습을 인식하고 로자의 얼굴에서 핏기가 가셨다.

리즈가 말의 속도를 늦출 기미는 없었다. 한편 셀레네도 길을 양보할 생각은 없어 보였다.

로자의 뇌리에 잔혹한 광경이 떠올랐으나, 어떻게 할 수도 없었다.

고민하는 사이에도 두 사람의 거리는 줄어들고 있었다.

그리고— 격돌.

세찬 흙먼지가 일어났다. 그 탓에 상황을 파악할 수 없었다.

"리즈! 셀레네 오라버니!"

황급히 현장으로 다가간 로자 앞에서 모래 먼지가 걷혔다.

이어서 놀라운 광경이 눈에 날아들었다.

시선 끝에 있는 것은 셀레네가 말에 치인 모습도 아니었고, 리즈가 낙마하여 괴로워하는 모습도 아니었다.

리즈는 셀레네에게 제압당해 깔려 있었다. 기수를 잃은 말이 무슨 일이 벌어졌는지 모르겠다는 모습으로 주위를 둘러보며 불안하게 울었다.

로자 또한 당황했지만, 일단은 리즈가 멈췄기에 가슴을 쓸어내리고 걷기 시작했다.

거리가 줄어들면서 두 사람의 대화가 바람에 실려 들려왔다.

"말을 다치게 하고 싶지 않아서 거친 방법을 썼어."

"……셀레네 오라버니? 왜……?"

"그건 내가 할 말이야. 지금은 각지에서 모이는 귀족들을 기다려야지."

리즈가 구속에서 도망치려고 힘을 줬지만 셀레네는 미동조차 하지 않았다.

"어, 어째서……?!"

리즈는 경악했다. 정령검 5제 중 하나인 『염제』의 『천혜(그랄)』로 리즈의 신체 능력은 상승된 상태였다. 일반인 따위 갓난아기나 마찬가지였다. 그런데 아무리 힘을 줘도 셀레네에게서 벗어날 수 없었다.

"비켜! 셀레네 오라버니! 난 가야 해!"

"리즈, 기분은 이해하지만 일단은 진정해."

리즈는 미소 지으며 타이르는 셀레네를 노려보았다.

그리고 시야 끄트머리에 잡힌 히로의 편지를 보고 눈물을 글썽거렸다.

"진정할 수 있을 리가 없잖아! 비켜!"

리즈는 눈물을 참으려고 했지만 실패했다.

뺨을 타고 지면으로 흐른 눈물방울이 흙을 적셨다.

"우으으, 제발 서방에 가게 해 줘……."

리즈는 오열하며 셀레네에게 간청했다.

그런 애처로운 동생의 모습에 셀레네는 슬프게 눈가를 찡그렸다.

"그럴 수는 없어. 널 보내면 그의 각오가 부질없어질 테니까."

"그런 각오 필요 없어……. 부질없어지면 돼!"

"혼란스러울 테니 방금 그 실언은 못 들은 것으로 할게. 우선은 전력이 갖춰질 때까지 기다리는 거야. 우리가 할 수 있는 일은 그것뿐이야."

"기다리고 있으면 히로가 죽어 버리잖아! 그런 바보 같은 짓을 하게 둘 순 없어!"

리즈의 몸에서 뿜어져 나오는 살기가 심상치 않을 정도로 압력을 더해 갔다.

힘이 점점 세지고 있는지 구속하는 셀레네의 얼굴이 딱딱하게 굳어 있었다.

하지만 그래도 셀레네는 있는 힘을 다해 필사적으로 그녀를 지면에 눌렀다.

"편지에 그렇게 적혀 있었어?"

셀레네의 물음에 리즈가 주저하며 고개를 끄덕였을 때, 두 사람의 머리 위에 그림자가 드리워졌다.

"리즈…… 히로의 결단을 존중해 줬으면 좋겠구나."

로자가 상체를 숙이고 동생의 뺨을 자상하게 어루만졌다.

"언니도 그래! 어째서 히로를 말리지 않은 거야?!"

"만약 히로를 말렸더라도, 그랬다면 지금쯤 대제도는 20만 대군에 포위당했을 거야."

여섯 나라의 침공 속도를 생각하면 틀린 예상은 아니었다.

만약 대제도가 포위당하는 사태가 일어나면 권위는 실추된다.

각지에서 집결하는 원군도 갈 곳을 잃고, 그란츠 대제국은 붕괴되었으리라.

그 후에는 이권을 바라는 귀족들의 배신이 일어나 타국에 붙는 자까지 나왔을 것이다.

실제로 중앙 귀족 대다수가 여섯 나라와 내통 중이라는 조사 결과가 나왔다. 원래는 크로네 가문과 이어져 있었던 모양인데, 슈트벨 제1황자가 그것을 굳건하게 다졌다.

"히로는 그런 무리를 끌어내기 위해 출진한 거야. 계속 숨어 있으면 대처할 방도가 없으니 말이지. 빈틈을 보이면 배신자가 덥석 물 거라고 했어."

"……하지만, 그렇다고 어째서 히로가 희생되어야만 하는 거야?"

저항할 기력을 잃은 리즈가 셀레네에게서 해방되어 지면에 주저앉았다.

"가장 적합한 인재였어. 적에게 있어 『군신』의 후손은 명성을 높일 절호의 상대이고, 배신자들에게는 성가신 상대야. 그러나 정공법으로는 간단히 꼬리를 내보일 리가 없지. 그래서 히로는 스스로 미끼가 된 거야."

"……그런 건 너무하잖아. 히로가 미끼가 될 필요는 없었어."

"알고 있어. 알고 있지만, 지금은 믿을 수밖에 없어."

로자는 눈가가 빨갛게 부은 리즈의 어깨에 팔을 둘러 그녀를 끌어안았다.

"괜찮아. 히로라면 분명 살아서 돌아올 거야. 평소처럼 여유롭게 돌아올 거야. 악동이 쓴 장난 편지를 믿을 필요 없어."

마치 자신을 타이르는 것처럼 로자는 떨리는 목소리로 말했다.

그 등 뒤에서는 할 일이 없어진 셀레네가 자매를 바라보며 서 있었다.

"……장난?"

셀레네는 로자의 말에 눈썹을 찌푸리며 고개를 갸우뚱했으나, 이내 곧바로 표정을 꾸며 웃음을 지었다.

"방으로 돌아가서 쉬도록 해. 급히 달려오느라 지쳤을 테니까."

"그렇군……. 우선은 푹 쉬어. 그런 다음에 이야기를 나누자꾸나."

"……."

로자에게 등을 떠밀린 리즈가 황궁으로 향했다.

그 발걸음은 무겁고 불안정하며 당장에라도 쓰러질 것처럼 연약했다.

노병 트리스가 셀레네에게 머리를 숙이고 그녀들을 쫓았다.

셀레네는 손을 들어 응수하며 그녀들을 배웅했다.

"음…… 뭘까. 마음이 영 찜찜해."

머리를 기울여 고개를 갸웃해도 답은 나오지 않았다.
포기하고 한숨을 쉰 셀레네는 리즈가 남기고 간 애마에게 다가갔다.
"도리쿠스, 있어?"
"예, 여기 있습니다."
말 그림자에 숨듯 사각지대에 몸을 숨기고 있던 도리쿠스가 나타났다.
셀레네는 갑자기 나타난 도리쿠스를 보고도 놀라지 않으며 말의 목을 쓰다듬으면서 혼잣말처럼 말했다.
"히로에게 뭔가 받았어?"
"편지를 맡았습니다."
지면을 미끄러진 갈색 봉투가 셀레네의 발치에서 멈췄다.
셀레네는 고삐를 줍는 척하면서 동시에 봉투도 집어 들었다.
"외삼촌은 이걸 알고 있어?"
갈색 봉투에는 편지가 한 장, 용건만 간결하게 적혀 있었다.
"제가 보고했기에 알고 계십니다."
"흐응…… 그럼 내용을 확인했겠네. 외삼촌은 훔쳐보는 걸 아주 좋아하니까. 뭔가 말했어?"
한 박자— 도리쿠스의 망설임은 한순간이었으나 거기에 담긴 의미는 깊었다.
"……계획을 시동하겠다고 각처에 통달하셨습니다."
"그 사람답지만…… 이건 뭔가 이상해."
셀레네는 히로의 편지를 의혹이 담긴 눈빛으로 바라보며 고개를 갸우뚱했다.

“확실하게 내용을 확인했습니다만 속임수 같은 건 없었습니다. 무엇이 이상하다는 것인지요?”

“단언은 할 수 없지만, 현재로서는 위화감뿐이려나.”

셀레네는 쓰게 웃으며 어깨를 으쓱이더니 말을 끌고 황궁으로 향했다.

“일단 외삼촌을 만날게. 북방의 안정을 무너뜨릴 계획을 세우고 있을 것 같으니까.”

“설마 기리시 님께서 그런 짓을 하실 리가요.”

도리쿠스가 쓴소리를 했지만 셀레네는 듣지 않고 살기 어린 눈길을 그에게 보냈다.

오른쪽 눈— 황금색을 품은 그 눈동자를 본 도리쿠스는 몸을 숨기는 것도 잊은 채 그 자리에 우뚝 섰다. 그러더니 허리가 부서진 것처럼 그 자리에 주저앉아 버렸다.

도리쿠스는 목을 부여잡고 괴로워하기 시작했다.

“아, 으윽…… 무, 무슨 짓을……?”

산소 결핍에 빠진 것처럼 도리쿠스의 얼굴이 순식간에 빨갛게 물들어 갔다.

“단순한 화풀이야. 하지만 너무 나대면 다음엔 죽일 거야.”

셀레네가 즐겁게 도리쿠스의 어깨를 두드리자, 고통에서 해방됐는지 도리쿠스는 필사적으로 호흡을 되풀이했다. 그의 얼굴에서 대량의 땀이 떨어져 지면에 흡수되었다.

“모든 것은 하나— 이게 사실이라면 외삼촌은…….”

셀레네는 히로의 편지를 다시 읽으며 험악한 표정으로 걷기 시작했다.

해가 저물어 갔다. 한없이 깊게, 몸을 좀먹는 듯한 바람과 함께…….

*****

세계는 어둠에 갇혀 있었다.

구름이 하늘을 뒤덮어 별들의 반짝임을 가렸다.

대지에도 달빛은 닿지 않았으며, 차가운 바람이 가차 없이 불었다.

그란츠 대제국— 서역 북서부 라릭스 평원.

히로의 본진은 이곳에 원을 그리듯 구축되어 있었다. 진 내부에는 추위 탓에 병사들의 모습이 보이지 않았다. 이렇게 고요한 밤에는 순찰대가 내는 발소리와 함께 금속음이 또렷하게 울린다.

보초병이 소리를 알아차리고 눈을 돌렸다.

그리고 손을 맞비비며 입김을 불던 것을 중단하고 순찰대를 향해 경례했다.

순찰대는 답례를 하고서 주위에 날카로운 시선을 보내며 보초병 앞을 지나갔다. 보초병이 안도하며 긴장을 늦췄을 때, 앞에서 걸어오는 인물이 눈에 들어왔다.

"다들 모여 있는가?"

오를레앙 롱그윌 폰 마르크.

크로네 가문이 몰락한 뒤에 능숙하게 후임 자리를 꿰찬 마르크 가문의 가주였다.

"예! 이미 모여 계십니다."

보초병은 등 뒤를 힐끔 보고서 대답했다. 이에 만족스럽게 고개를 끄덕인 오를레앙이 발걸음을 옮겼다. 보초병이 허둥지둥 입구의 막을 걷자 오를레앙은 감사 인사도 하지 않고 안으로 들어갔다.

실내에는 온기가 충만하여 오를레앙의 몸을 따뜻하게 감싸 주었다. 난방 기구가 놓여 있는 모양이었다. 그리고 많은 인간이 모여 있어서 실내 기온이 높을 것이다.

"제군, 잘 모여 주었네."

오를레앙의 말에 중앙에 준비된 지도를 바라보던 귀족들이 일제히 일어났다. 그 수는 여덟— 전부 오를레앙에게 충성을 맹세한 자들이었다.

"이와 같은 시간에 소집하셔서 놀랐습니다."

"그리 불평하지 말게. 준비가 갖춰져서 바로 알려 주고 싶었거든."

다가온 귀족에게 외투를 건넨 오를레앙은 상석으로 향했다.

"하지만 남들 눈에 띄면 히로 전하께 들키지 않겠습니까?"

"안심하게. 순찰대의 예정표를 바꿔 뒀으니까. 이 시간대만큼은 경비도 허술해져. 그리고 이렇게 추워서야 밖으로 나오는 자도 별로 없겠지."

오를레앙은 의자에 털썩 앉아 왼쪽 팔꿈치를 책상에 올리고 턱을 괬다.

"편히 앉게."

오른손을 들고 말하자 귀족들이 자리에 앉았다. 오를레앙은 전원이 착석하기를 기다렸다가 입을 열었다.

"인사는 생략하지. 불안한 자들도 있을 테니 간결하게 말해두겠네. 계획은 순조로워. 히로 전하는 눈치채지 못했네."

힘 있는 말에 귀족들이 안도의 한숨을 내쉬었다.

그들은 마치 승전이라도 한 것처럼 하나같이 광대뼈를 올려 기쁨을 표현했다.

"그럼 저쪽의 반응은 어떻습니까?"

"괜찮아. 연락은 늘 주고받고 있어. 반응도 좋으니 대우는 나쁘지 않겠지. 무엇보다 저쪽에는 슈트벨 제1황자님도 계시니 말이야."

"그렇다면 더욱 신중하게 행동해야겠군요. 여기서 계획이 들통나면 전부 물거품이 되어 버립니다."

그 귀족의 의견은 타당했기에 오를레앙은 고개를 끄덕여 동의했다. 그러나 귀족은 일변하여 불안한 표정을 지었다.

"다만 걱정거리가 있다면, 정말로 저희의 지위는 무사할까요? 구두 약속은 너무 위험하지 않습니까?"

"불안하게 여기는 마음도 이해하나…… 아까도 말했듯 슈트벨 제1황자님도 계시니 안심해도 되겠지. 그란츠 대제국이 멸망한 뒤에도 우리의 영토가 망가질 일은 없네. 계속 협력한다면 말이야."

"……하지만 히로 전하의 목을 넘기는 것이오. 그는 신민에게 막대한 지지를 받고 있소. 귀공들의 영주민 중에도 따르는 자는 많지 않소?"

귀족이 동의를 구하듯 주위를 둘러보자, 다들 씁쓸한 표정이지만 하나같이 고개를 끄덕였다.

"만약 우리가 배신했다는 것이 알려지면 영주 자리에서 쫓겨나게 될지도 모르오."

그가 하고 싶은 말은 여섯 나라에 약점을 잡힌다는 것이었다. 평상시에는 영주민을 노예처럼 다루는 귀족들이지만, 전시에 한해서는 언제 반란이 일어날지 몰라 내심 겁내고 있었다. 만약 막대한 지지를 받고 있는 히로를 배신하고 여섯 나라에 붙었다는 불명예스러운 소문이 퍼진다면 몰락은 불가피했다.

"……원활히 통치하기 위해서도, 여섯 나라는 그런 짓을 하지 않을 걸세."

"원래대로라면 지금쯤 대제도를 공격해 멸망시켰어야 했는데 말이지요……."

그렇게 다른 귀족이 발언하자 실내에 초연(悄然)한 공기가 충만해졌다.

"크로네 가문의 늙은이가 죽어서 기뻤했더니…… 그 후가 최악이야. 히로 전하가 반란군을 진압할 줄은 몰랐어. 정말로 쓸데없는 일을 해주신다니까."

거기서부터 계획을 수정할 필요가 생기게 되었다. 반란군이 조금 더 버텨 주었다면 지금쯤 여섯 나라가 중앙에 밀어닥쳐 반란군과 함께 대제도를 함락시켰을 것이다.

그에 동조할 예정이었던 것이 여기 모인 오를레앙을 포함한 귀족들이었다. 그 밖에도 여럿 있었으나 여섯 나라의 제2정벌군과 싸우면서 화살을 맞고 사망했다.

“여섯 나라를 이길 수 있을 리가 없는데, 정말이지 애국자는 성가시군.”

오를레앙은 책상에 준비된 지도를 바라보았다.

제3정벌군과 소규모 전투를 되풀이하며 그란츠군은 서방 깊숙이 들어와 있었다. 척후의 보고에 의하면 전군을 합류시킨 여섯 나라의 병사는 18만으로 불어났다고 한다. 처음에는 혼란도 있었으나 이미 수습되었고, 대군의 재편도 끝났다고 한다.

“그리고 이제 와서 뭐라고 해 봤자 되돌릴 수 있는 상황도 아니야.”

이제 되돌아갈 수 없다. 그란츠 대제국을 배신하겠다고 정한 그날부터…….

“그 불안도 내일 전투로 끝나겠지. 히로 전하의 죽음으로 말이야.”

싸움은 곧 끝난다. 기쁘게도 히로가 전선에 나서기 때문이다.

여섯 나라가 그를 죽인 후에 항복할 준비도 해두었다. 그 후에는 패잔병으로서 꼴사나운 모습으로 귀환하고, 여섯 나라가 중앙에 쳐들어오면 영주민을 위한 일이라며 울면서 저쪽에 붙을 예정이었다.

그렇게 대제도를 함락시킨다는 역사적인 위업을 달성하면 오명 따위 날아가고 후세까지 이름이 전해질 것이다.

"하지만 히로 전하는 『군신』의 후손입니다. 그런 분을 죽이면 저주받을 가능성도 있지 않을까요? 저는 정령왕의 분노를 사게 되는 것이 두렵습니다."

한심한 말을 토한 것은 사벨트의 영주이자 서방 귀족인 키르시아 경이었다.

그의 부친은 여섯 나라에 항복할 뜻을 나타냈으나 회담에서 실수했는지 참수당하고 말았다. 그리고 본보기로 제2정벌군이 사벨트를 공격했지만, 그 궁지에서 그를 구한 것이 그란츠군이었다. 하지만 이 모든 것은 상대의 책략이었는지, 아버지의 뒤를 이은 그 또한 자신의 안전을 조건으로 여섯 나라 편에 붙은 상태였다.

"저주 따위 받을 리가 없지. 슈트벨 제1황자님도 말씀하지 않았나. 이미 신들의 힘은 사라졌네. 뭘 그리 두려워하나. 내일 일부러 패배하며 히로 전하의 목을 여섯 나라에 건네면 끝이야."

오를레앙은 짜증을 담아 책상을 내리쳤다. 이에 깜짝 놀란 키르시아가 어깨를 움찔했다.

"키르시아 경, 이제 와서 겁이라도 집어먹었나!"

"아, 아뇨, 그렇지는……."

"잘 듣게. 향후를 생각하면 여섯 나라에 붙기로 한 귀공의 뜻은 틀리지 않았어."

몇 번이고 책상을 내리친 오를레앙은 키르시아에게 지도를 보라고 했다.

"여섯 나라를 이용해 주겠다는 마음가짐으로 있게. 그러면 반드시 우리가 중앙을 수중에 넣을 수 있을 거야. 하지만 그걸로 끝이 아니지. 여섯 나라의 힘을 등에 업고 동방, 북방, 남방을 쳐부숴 가는 걸세. 우리가 그란츠 대제국의 새로운 지배자가 되는 거야."

"아, 알겠습니다. 시시한 말을 했습니다. 용서해 주십시오."

"하하! 어쩔 수 없지 않소. 이제 막 영주 자리를 물려받은 참이니 말이오. 마르크 경도 너무 질책하지 마시오."

다른 귀족이 압도당해 위축된 키르시아의 어깨에 팔을 두르며 위로했다.

"그렇군. 키르시아 경, 용서하게. 귀공의 백성들이 평안하길 바라기에 한 말이라고 생각해 줬으면 좋겠군."

"아닙니다. 저도 쓸데없는 말을 하여 마르크 경을 불쾌하게 만들었습니다."

"그럼 서로가 잘못한 것으로—."

그 순간, 키르시아의 어깨에 팔을 두르고 있던 귀족이 요란하게 뒤로 넘어갔다.

난데없는— 이해할 수 없는 일에 모든 이들의 사고가 멈췄다.

책상에 펼쳐진 지도가 빨갛게 물들어 갔다.

그 위를 구르고 있는 것은 미소 지은 채로 잘린 머리였다.

"아, 아, 웩—."

책상 위를 구르는 머리— 그 절단부를 정통으로 본 키르시아가 토사물을 토했다.

귀족들이 깜짝 놀라 눈을 부릅떴다. 오를레앙도 경악한 나머지 자리에서 일어나 있었다.

"아주 즐거운 대화를 나누고 있는 것 같은데……."

평탄한 목소리가 멍하니 있는 귀족들을 향해 말했다. 감정 따위 일절 담기지 않은 음성에 모두의 등골이 얼어붙었고— 시선이 일제히 입구로 향했다.

"익명의 인물이 밀고했거든. 토실토실 살찐 가축들이 천막 하나를 점령하고 있다고 말이야."

흑발흑안— 안대를 차지 않은 탓인지 온화한 얼굴은 나이에 비해 어려 보였다.

그러나 다정해 보이는 생김새와는 반대로 그 얼굴은 잔혹하게 웃고 있었다.

태연자약, 너무나도 자연스러운 모습에 다들 어안이 벙벙해졌다.

"식량은 귀중하니까. 도망치기 전에 내가 직접 도살하러 왔어."

즐겁게 말한 히로는 키르시아를 힐끗 보고 조용히 걷기 시작했다.

"그란츠 대제국을 붕괴시키는 역사적인 회의에 나도 끼워주지 않을래?"

"밖에 누구—!"

그렇게 외치려던 귀족의 목이 순식간에 지면과 격돌했다.

흙 포대가 내동댕이쳐진 것 같은 둔탁한 소리가 천막에 울렸다. 목을 잃은 몸통이 쓰러진 것이다.

"유감스럽게도 보초병은 여기 있어."

책상 위에 새로운 목이 올려졌다.

상황을 이해하지 못한 채 죽었는지 병사의 얼굴은 딱딱한 웃음을 짓고 있었다.

"가축 주제에 떠들지 마. 한마디라도 하면 망설이지 않고 죽이겠어."

히로는 검지를 입에 대고 온화한 웃음을 만들었다. 그 눈이 결코 웃고 있지 않은 것이 섬뜩했다.

모두가 공포로 몸을 경직시킨 채 움직이지 못했다. 말 따위 할 수 있을 리 없었다.

히로는 만족스럽게 고개를 끄덕이고서 마르크 가주 곁으로 걸어갔다.

"안녕, 오를레앙. 별일 없었지?"

"……어, 언제부터 눈치채고 계셨습니까?"

오를레앙이 새파래진 얼굴로 목소리를 떨었다.

히로는 생각하는 척하고서 천진난만하게 비웃었다.

"처음부터. 예상대로 움직여 주길래 웃음을 참느라 혼났어."

오를레앙의 어깨를 유쾌하게 두드리며 히로는 말을 자아냈다.

"중앙 귀족에게 부탁한 것도, 당신을 부관으로 지명한 것도, 전부 이때를 위해서야."

오를레앙의 표정이 순식간에 바뀌었다. 히로의 말을 이해했는지 분함에 이를 악물었다.

"당신들의 얕은꾀를 간파하는 거야 간단했어."

오를레앙의 뒤로 돌아간 히로는 짙게 웃으며 귀족들을 하나하나 노려보았다.

"하지만 딱 하나, 당신들이 살아남을 길이 있어."

"그, 그건…… 무엇입니까?"

"그걸 위해 오를레앙, 당신이 조금 협력해 줘야 해."

히로가 아무것도 없는 공간에 오른팔을 뻗자 균열이 생기며 칼자루가 튀어나왔다.

그것은 정령 무기가 아니었다. 칼날 쪽으로 휜 곡도로 남방의 인간이 즐겨 쓰는 무기였다.

하지만 그것은 무기의 형상을 이루지 못했고 진흙이 묻어 녹슬어 있었다.

심지어 톱 같은 형태로 이가 빠져서 도저히 무기로 사용할 수 있을 만한 상태가 아니었다. 충격을 주면 당장에라도 부러져 버릴 것 같지만—.

"입 꽉 다물어."

히로는 주저 없이 오를레앙의 어깨에 녹슨 검을 꽂았다.

"아윽, 흐읍—! 읍—!"

절규가 튀어나왔어야 했으나 오를레앙이 입을 크게 벌린 순간에 히로가 손을 뻗어 그의 입을 틀어막았다. 오를레앙은 손

발을 움직여 필사적으로 날뛰었지만 히로는 미동조차 하지 않았고, 도움을 청하면 용서하지 않겠다는 듯 귀족들에게 살기를 날렸다. 중앙 귀족들이 공포로 몸을 움츠리고서 이를 딱딱 부딪쳤다.

“지금부터 오를레앙을 고문할 거야. 유익한 정보가 나오면 당신들의 계획을 용서할 생각이야. 하지만 그가 죽을 때까지 아무것도 실토하지 않으면 한 사람씩 정보를 캐묻겠어.”

히로가 녹슨 검을 뽑아내자 이 빠진 칼날에 살점이 들러붙어 있었다.

“파상풍이라고 알아?”

그 말에 오를레앙이 울먹이는 눈을 크게 뜨고서 몸을 떨었다.

“이 검은 『바일의 천칭』이라고 해. 리히타인 공국의 차남을 통해 만들어진 고문 무기라 그 이름을 따왔어. 그리고 파상풍의 치사율은 절반이라고 들었기에 천칭이라고 붙여 봤는데, 꽤 괜찮은 이름이지 않아?”

어찌 되든 좋나…… 하고 마지막에 덧붙인 히로는 오를레앙의 귓가로 입을 가져다 댔다.

“입에서 손을 뗄 건데, 내 허가 없이 찍소리라도 내면 『바일의 천칭』으로 오른팔을 베겠어. 하지만 보다시피 이게 내구성이 없어서 말이지. 되도록 천천히 사용할게.”

히로는 온화한 어조로 고하고 오를레앙의 입에서 손을 뗐다.

그는 아랫입술에 피가 흐를 정도로 이를 악물고서 필사적으로 견뎠다.

두 발로 수없이 지면을 차며 의식을 다른 곳으로 돌리려고 노력했다.

"그리고 내 계획에 당신은 필요 없어. **키르시아**만 있으면 충분해."

히로가 그렇게 귓가에 속삭이자 오를레앙이 아픔을 잊은 것처럼 경직되었다.

"서, 설마…… 당신은 모든 걸—."

그렇게 오를레앙이 입을 열자, 히로는 다시 오를레앙의 입을 막았다.

"아아, 유감스럽네. 허가 없이 말했구나. 오른팔을 벨게."

오늘 밤은 짧다.

여기 모인 자들 전원을 고문하고 있을 시간 따위 남아 있지 않았다.

'슬슬 움직이지 않으면 시간을 맞추지 못하게 돼…….'

빨리 자백했으면 좋겠다는 바람을 담아 히로는『바일의 천칭』을 움직였다.

*****

같은 시각— 여섯 나라의 본진에서는 내일 있을 결전에 대비해 최종 확인이 이루어지고 있었다.

중심에 설치된 사령부 천막에 세 남녀가 모여 있었다.

"마르크 가문의 가주에게서 연락이 오지 않아요. 혹시 계획이 탄로 난 건 아닐까요?"

루카가 심각한 표정으로 말하자 옆에 앉은 동생 이겔이 짜증스럽게 손톱을 깨물었다.

반면 루시아는 여유롭게 웃었다.

"문제없느니. 책략은 여럿 준비해 뒀어. 하나를 쓰지 못하게 됐더라도 작전에 지장은 없지. 그보다도 군 편제는 어떤가?"

"계획대로 진행됐으니 문제없어. 하지만 빈틈을 파고들면 꽤 위험할 거야."

이겔이 루시아에게 보고서를 던졌다.

역시 단기간에 편제를 완료시킬 수는 없었던 모양이다.

루시아가 든 보고서에는 각처에서 구멍이 생기고 있다고 적혀 있었다.

되도록 타국과 마찰이 일어나지 않도록 한 것이 원인인 것 같았다.

여섯 나라는 그 이름대로 여섯 개의 나라로 이루어진 연합국가다.

오랜 세월 동맹 관계를 맺고 있지만, 사이좋게 손을 맞잡고 있는 것은 아니었다.

모두가 크림 지방의 패권을 둘러싸고 서로를 견제하고 있었다.

이를테면 루시아의 앙귀스국은 울페스 남매의 울페스국과 사이가 나빴다.

울페스국의 전전대 왕이 건재했을 무렵에는 양국의 귀족이 혼인관계를 맺는 일도 드물지 않았다. 즉, 친밀한 관계였다고 할 수 있다.

그러나 전전대 왕이 붕어하고 울페스 남매가 이어받아야 했던 옥좌는 빼앗겼다.

남매가 문제없이 옥좌를 물려받았다면 양국의 우호관계는 이어졌을 것이다.

그러나 전대 왕부터 현재 왕까지— 여태껏 쌓은 우호를 2대에 걸쳐 무너뜨려서 지금 양국의 관계는 싸늘했다. 이러한 문제는 어느 나라에나 존재했다. 그래서 이런 대규모 침공이 되면 저 나라의 아무개는 따를 수 없다는 식의 문제가 불거졌다. 그렇기에 처음에는 군을 여럿으로 나눠서 침공했던 것이다.

통일왕의 이름하에— 각자가 다른 역할을 맡아 알력을 피했다.

"이 정도라면 사소한 문제겠지. 『군신』을 끌어들일 미끼로써 도움이 될 거야."

이길 수 있다는 생각이 들 만한 요소가 필요했다.

얼마나 상대에게 들키지 않고 우발적으로 승리의 철칙을 도출하게 만들 것인지, 이쪽이 봐주고 있다는 것이 알려져서는 안 된다. 그것은 즉 상대의 철수로 이어지기 때문이다.

"그리고 『고왕』은 미끼를 물었어. 마르크 가문의 가주에게서 연락이 안 오는 것도 요행이지. 그것은 『독』을 체내에 품은 것으로 이어지니 말이야."

루시아는 본래 목적인 『군신』의 목이 눈앞까지 다가온 것을 순수하게 기뻐했으나 울페스 남매는 그렇지 않은 모양이었다.

“……반대로 『독』을 불러들였을 가능성도 있지만 말이죠. 저희는 그대로 다섯 부대로 침공해서 확실하게 서방을 손에 넣고 싶었어요.”

루카가 불만스럽게 말했지만, 그대로 다섯 부대가 날뛰게 두었다면 전쟁은 장기화됐을 것이다. 항복한 서방 귀족들도 반드시 충성을 맹세한 것은 아니다. 아마 그란츠 대제국이 반공 작전에 나서면 곧장 배신했으리라.

무엇보다 처음에는 선수를 쳤지만 『군신』의 후손이 출진한 뒤로는 계속 선수를 빼기고 있었다.

아마 울페스 남매는 그것을 깨닫지 못했을 것이다.

‘참으로 훌륭하군……. 고작 2만이지만 그래도 서방 귀족들에게 희망을 주는 행동이니 말이야. 그대로 계속 싸웠다면 전쟁이 장기화됐을 거야.’

전쟁의 비결은 속도— 어떻게 상대가 저항하지 못하도록 승리를 거머쥐는가가 중요하다.

하지만 히로가 출진하면서 속도가 떨어지고 말았다.

그렇기에 향후 싸움을 우세로 가져가기 위해 제2정벌군을 제물로 바친 것이다.

작은 것보다 큰 것을 얻는다.

국지적인 승리를 택하기보다 대국을 본 승리를 얻는 편이 전과(戰果)는 훨씬 크다.

‘그리고 나는 영토에 흥미가 없으니 말이지.’

이것이 루시아와 울페스 남매의 결정적인 차이였다.

지금까지 400년이 넘는 세월 동안 여섯 나라는 판도를 확대하지 못했다. 어느 나라든 빼앗은 영토를 운영할 능력 따위 가지고 있지 않았다. 서방의 영지를 손에 넣어도 경험이 없기에 관리하기는 어렵다. 무엇보다 서방을 손에 넣어도 타국과 할양 문제가 부상하고 만다. 게다가 페르젠 문제도 남아 있다.

루시아로서는 이러한 귀찮은 문제는 피하고 싶은 것이 본심이었다.

'……우선은 상황을 지켜봐야겠지.'

통치에 실패하는 나라도 있겠지만 성공하는 나라도 있을 것이다.

그런 모습들을 관찰하여 통치 기술을 훔친 다음에, 다른 나라로부터 서방 일부를 빼앗으면 된다.

그래서 지금은 확실하게 얻을 수 있는 공적—『군신』의 후손을 노리고 있었다.

"『고왕』을 잡으면 그란츠 대제국의 전력은 대폭으로 떨어지겠지. 유능한 자를 한 명이라도 많이 처리해 두지 않으면 나중에 궁지에 몰리는 것은 우리야."

상대는 썩어도 그란츠 대제국이다. 국토는 물론이고 물량이나 병사 수부터 차원이 다르다.

전력을 갖출 새도 주지 않고 침공했기에 지금 이 상황을 만들어 낼 수 있었던 것이다.

즉, 앞으로도 상대가 열세일 것이라고는 장담할 수 없었다.

이쪽을 넘어서는 수를 갖출 가능성이 컸다. 식량 문제도 해결되지 않은 상황에서 장기전이 되면 확실하게 패배한다. 그렇게 되면 여섯 나라는 서방에서 쫓겨나고, 아무것도 얻지 못한 채 막대한 손해만이 남을 것이다.

'미리 타협점을 발견해야 해.'

교섭을 유리하게 끌고 가려면 이쪽이 얼마나 강한지 보여줄 필요가 있었다.

여왕으로서 국가의 안녕을 위해 두 수 앞을 내다보겠다.

승리만 생각하는 것이 아니라 최악의 상황— 패배도 상정해 둬야 했다.

"애초에 『군신』의 후손이야. 그 가치는 이루 헤아릴 수 없어. 분명 그 공적이 있으면 통일왕에게도 인정받을 수 있겠지. 어쩌면 그 여자한테서 옥좌를 되찾을 수 있을지도 몰라."

"루시아 여왕 폐하가 공적을 독점하지 않으신다면 말이죠."

"나를 신용하지 못하나? 옛날에는 함께 놀며 함께 성장한 사이이지 않은가."

"어릴 때는 아직 서로가 순수하여 의심 없이 놀 수 있었던 거예요. 하지만 성장한 지금은 『뱀』의 무서움을 잘 알고 있어요."

루카가 매서운 말을 던졌다. 루시아는 부정하지 않고 어깨를 으쓱였다.

두 사람의 시선이 불꽃을 튀기자 그 사이에 낀 이겔은 눈을 내리떴다.

한동안 실내에 정적이 감돌았다.

견디지 못한 것은 루시아였다. 그녀는 쇠부채를 내리쳐 요란하게 침묵을 깼다.

"그렇다면 그대가 『고왕』의 목을 베고 귀환하면 되겠군. 나는 그대를 신용하고 있어. 그걸로는 안 되겠나?"

"……진심인가요?"

"그대가 그걸로 안심한다면 상관없다. 우리의 공적이 된다면 문제는 없지."

그 말에 울페스 남매는 환희를 드러냈다.

"알겠습니다. 그럼 이대로 작전을 이어가죠."

"누님이 납득했다면 나도 불만은 없어."

"그럼 회의는 끝이네. 내일은 그대들이 『고왕』의 목을 칠 테니 힘을 비축해 두도록."

"루시아 여왕 폐하는 어쩌실 건가요?"

"나는 미끼가 되어 『고왕』을 유인하는 역할이지."

루시아는 쇠부채를 펼치고 미소 지었다. 그 태도에 루카가 의심스러워하며 고개를 기울였다.

"설마…… 저희끼리 싸우라는 건가요?"

"그대들이 질 것 같다고 판단하면 나도 조금쯤은 도와주겠네."

루시아의 도발적인 말에 루카의 표정이 순식간에 딱딱해졌다. 울페스 남매를 발판으로 삼겠다는 계획이 말 구석구석에서 전해졌기 때문이리라.

"그건—."

루카가 벌떡 일어나자 의자가 요란한 소리를 내며 넘어졌다.

"좋은 것은 혼자 차지하겠다는 기생충 같은 발언이라고 받아들여도 되는 건가요?"

분노에 찬 루카의 눈동자 속에서 홍련의 불길이 타오르기 시작했다.

그러나 그 분노는 순식간에 무산되었다.

"루시아 여왕 폐하님, 당신이 나설 일은 없어."

"……이겔? 무슨 소리를—."

"누님은 가만히 있어."

이겔이 팔을 내밀어 루카를 제지했다.

"우리가…… 울페스 남매가 『군신』의 목을 베고 개선할 거야. 그저 그뿐인 얘기잖아."

그리고 분노를 숨기지 않고서 발소리를 내며 입구로 향했다.

"기, 기다려요! 이겔! 갑자기 왜 그러는 거죠?!"

당황한 모습으로 동생을 쫓는 루카는 곤혹스러운 표정을 짓고 있었다.

변모한 이겔의 태도에 당황한 것이 훤히 보였다. 누나에게 반항하는 일이 별로 없는 동생의 갑작스러운 태도— 적의와도 닮은 감정이 자신에게도 향해 있을까봐 불안해서 조금 전의 분노 따위 잊고, 부모에게 매달리는 어린아이처럼 사령부를 나가는 루카의 등은 쓸쓸해 보였다.

"크크큭, 흐음…… 좋은 느낌으로 의존하고 있군."

울페스 남매는 옥좌를 빼앗긴 뒤로 단둘이서 주위 어른들과 싸웠다.

왕가의 인간이더라도 권력을 잃으면 귀족들의 장난감으로

전락한다.

귀족들이 여태껏 왕에게 받았던 굴욕, 품고 있던 증오가 전부 두 사람에게 향했다.

“그 무렵 루카의 눈은 죽어 있었지.”

울페스 남매의 처지를 딱하게 여긴 루시아가 통일왕에게 진언하여, 말석이긴 하나 다시 왕가의 인간으로 인정받아 제대로 된 인생을 걷게 되었다.

원래부터 재능은 있었기에 거기서부터 파죽지세로 명성을 높였지만, 옥좌를 되찾는다는 꿈은 여전히 이루어지지 않았다.

“꿈은 꿈인 채로 있는 편이 행복하겠지.”

울페스 남매가 옥좌를 되찾는 일은 없을 것이다.

그 여자는 가장 통일왕에 가까운 자로서 권력을 마음대로 휘두르고 있었다.

노력으로 따라잡을 수 있는 것이 아니다. 루시아는 분한 얼굴로 어금니를 악물었다.

“나의 야망을 위해…… 그대들을 이용하겠어.”

여왕의 이름을 받은 이상, 이용할 수 있는 자는 전부 이용해야만 한다.

국가 운영은 자선 사업이 아니다. 국익을 늘 최우선으로 삼아야 한다.

개인적인 정 따위 둘째 문제다.

감정을 눌러 죽이고, 친형제조차도 처단할 수 있어야만 왕이 될 수 있다.

"그대들은 약점이 너무 많아. 감정을 너무 겉으로 드러내."

울페스 남매는 서로가 의존하고 있다. 어느 한쪽이 없어져도 마음이 망가지고 만다.

그것은 지휘관으로서 최대의 결점이었다.

전쟁에 사적인 정을 끼워 넣을 여지는 없다. 죽거나 죽이는 세계였다.

"……타인을 감싸고 죽는 자는 많지만 말이야."

살벌한 세계에서 미담은 확실히 눈부시게 빛난다. 전쟁 중이라면 선전 목적으로 이용할 수 있을 것이다. 전쟁 후에는 성인(聖人)이라 칭송하며 역사에 이름을 새겨 주는 것도 괜찮으리라.

"추태를 부리며 추하게 죽는가, 기적을 그리며 아름답게 죽는가……."

그 선택지 정도는 줘야 할 것이다.

"나의 장기말로서 저승길에 보내도록 하마."

불쌍하다. 오로지 불쌍하다.

왕가에 태어났으면서 꼭두각시로 생애를 마치는 것만큼 비참한 인생은 없다.

"남겨진 쪽은 어떻게 될지…… 실로 일이 유쾌해졌군."

루시아는 쇠부채를 펼쳐 얼굴에 부치며 조소했다.

*****

제국력 1024년 2월 11일.

하늘에서 어둠이 걷혀 갔다.

동쪽에서 떠오르는 태양이 만화경 같은 반짝임으로 세계에 색채를 선사했다.

하늘은 군청, 거기에 색을 입히는 것은 흰 구름, 하늘에는 온화한 경치가 흘렀다.

그러나 지상에서는 살벌한 공기가 휘몰아치고 있었다.

그란츠 대제국— 서방 서부 라릭스 평원.

많은 깃발이 꿈틀거리는 가운데 한층 눈에 띄는 것은 『흑룡』 문장기였다.

우렁찬 외침이 쩌렁쩌렁 울렸다. 공기를 가를 듯한 커다란 함성이었다.

병사들은 무기를 높이 들고서 국가를 찬양하는 영예의 말을 하늘에 바쳤다.

그 열기는 마주한 적군에게 향하고 있었다.

그리 멀지 않은 곳에 여섯 나라의 본진이 구축되어 있었다.

전장을 둘러볼 수 있는 위치에 진을 친 여섯 나라의 본진— 그 중심에 만들어진 간이식 사령부에는 루시아와 울페스 남매 및 각국의 중진과 참모들이 집결해 있었다.

상석에는 화려한 침대가 놓여 있었고, 그 위에 루시아가 드러누워 있었다.

"호오…… 사기가 꽤 높군."

루시아는 과일이 든 바구니에서 사과를 집어 깨물었다.

천막 입구는 활짝 열려 있어서 전장이 잘 보였다.

찬바람이 들어와 머리카락을 흐트러뜨렸다. 적의 살기를 받아 열기를 띠었던 몸이 급속도로 식었다.

"루시아 여왕 폐하, 전군 전투 준비를 마친 것 같습니다."

"그럼 호령하라. 적을 포위하고 섬멸하라."

이쪽은 18만, 상대는 4만. 전력 차이는 명백했다.

그러나 수가 많다고 해도 이 자리에 모인 자들에게 방심은 없었다.

"조용하군."

사령부는 묘한 고요함으로 가득 차 있었다. 숨이 막힐 정도였다.

이길 수 있는 싸움이라는 어리석은 생각을 하는 자는 없었다. 질지도 모른다는 긴장감이 묘한 분위기를 만들어 내고 있었다.

상대는 1000년에 걸쳐 중앙 대륙에 왕으로 군림한 그란츠 대제국.

게다가 지휘관은 많은 전설을 남기고 신화가 된 『군신』의 후손인 제4황자.

그러나 유감스럽게도 이곳에 있는 자들 중 누구도 그 모습을 본 적이 없었다.

멀리 떨어진 크림 지방에 사는 자들은 그 지모를 전해 들었을 뿐이었다.

"……4만이라는 수가 이토록 두려운 건 처음입니다."

한 참모가 긴장한 얼굴로 중얼거렸다. 그에 다들 동의하며 무겁게 고개를 끄덕였다.

한심하다고 일갈해야 할까 싶었으나, 더욱 위축되기만 할 뿐 의미는 없겠다고 루시아는 판단했다. 그리고 불안한 마음도 모르는 바는 아니었다. 루시아 역시 자신의 책략이 성공할지 자신이 없었다.

'……마르크 가문은 완전히 못 쓰게 되어 버렸어.'

몰래 내통했던 오를레앙에게서는 여전히 연락이 오지 않았다.

제4황자에게 계획이 탄로 났다고 봐도 좋을 것이다.

'그렇지만…… 아직 방법은 남아 있지.'

적어도 제4황자를 이곳까지 데려오는 것은 성공했다.

그것은 솔직하게 기뻐해야 할 일이었다.

루시아는 머리맡에 놓인 편지 다발에 시선을 보냈다.

그중 한 장을 집으려고 했을 때— 뿔피리가 크게 울렸다.

루시아는 눈을 가늘게 좁히고 귀를 기울여 그 소리를 잊지 않게 들었다.

후세에 길이길이 전해질 싸움의 서곡이었다.

사령부는 약간 더 소란스러워졌다. 조금 전까지의 긴장된 공기는 사라진 상태였다.

"제1진이 움직입니다. 먼저 제1기병 군단, 제2기보 군단이 움직였습니다."

전장을 바라보는 참모의 보고를 듣고 측근들이 황급히 지도상에 말을 놓았다.

여섯 나라의 제1진은 용익진을 취하고 있었다. 적을 포위하는 데 가장 적합한 진형이었다.

제1기병 군단은 2만, 제2기보 군단도 2만, 그리고 중앙을 차지한 제1보병 군단은 잘 숙련된 병사 3만으로 구성되어 있었다.

제1진의 합계는 7만— 이것만으로도 그란츠군의 4만을 넘어선다.

"상대의 진형은 어떻지?"

"유행진(流行陣)입니다. ……반응하기 곤란한 진형이군요."

"호오…… 연계도 안 되는 무리로 유행진인가."

루시아는 감탄하는 모습을 보였으나, 무모하다고도 할 수 있는 상대의 대담한 지휘에 내심 놀람을 감추지 못했다. 유행진은 대각선으로 부대를 배치하는 기묘한 진형이었다.

용이 하늘을 헤엄치는 모습과 닮았고, 용익이나 용린으로 변형할 수 있어서 유행진이라고 명명되었다. 그러나 연계가 가장 중요한 진형이라서, 오합지졸과도 같은 군세로 이 진형을 사용하는 괴짜는 없었다. 모든 부대가 즉각 전투할 수 있다는 특징을 가지고 있지만 그 탓에 지구전에는 적합하지 않았고, 이런 대군 앞에서는 무모한 진형이었다.

즉, 그것을 사용한다는 것은 무언가를 계획하고 있을 가능성이 컸다.

"일단은 제1진의 활약을 기대하기로 할까. 상대가 뭘 꾸미고 있는지 바로 알 수 있겠지."

루시아는 눈을 가늘게 좁히고 최전선에 시선을 보냈다.

제1기병 군단, 제2기보 군단이 슬슬 적군의 양끝을 공격했을 무렵이었다.

격렬한 소리가 크게 울렸다. 땅울림 같은 거센 소리가 본진까지 전달되었다.

비명이 들렸다. 노성이 터져 나왔다.

도검이 맞부딪쳐 불꽃을 튀겼고, 자신의 강함을 나타내기 위해 상대의 목을 벴다.

오장육부가 흩뿌려지면서 피보라가 세차게 일었다.

지금부터 수십, 수백, 수천, 수만의 목숨이 이 대지에 뿌려지는 것이다.

"……멋지군."

루시아는 아름다운 광경이라고 생각했다.

인간의 내면— 본성은 바로 생사를 건 싸움에서 드러난다.

추한 부분도, 아름다운 부분도, 모든 것이 숨김없이 토해지는 순간이 전쟁이다.

자비는 없다. 악의도 없다. 거기 있는 것은 순수한 마음— 살고 싶다는 욕구뿐이다.

그것을 서로 짓뭉개는 것이다. 자신이 살기 위해 동심 그대로 상대의 목숨을 갈취한다.

"뭐라 말할 수가 없어. 후후, 인간에게 허락된 특권이지."

황홀한 표정을 지은 루시아는 사과즙이 묻은 입가를 요염하게 핥았다.

"그런데 언제 수작을 부리려는 거지?"

시간이 지나면 지날수록 그란츠군의 열세는 두드러지기 시작했다.

하지만 상대도 필사적이었다. 죽기 싫다는 것처럼 필사적인 저항을 보이고 있었다.

"제2진 5만이 움직이기 시작했습니다. 이걸로 그란츠군도 끝일 겁니다."

"설마, 이대로 전멸할 셈인가…… 아니, 그럴 리는 없어."

루시아는 머리맡에 놓인 편지 한 장을 집어 들었다.

마르크 가문의 가주 오를레앙이 아닌 다른 내통자가 보낸 편지였다.

거기에는 히로 제4황자가 급습 작전을 생각하고 있다고 적혀 있었다.

'흠…… 혹시 이자도 내통자라는 것을 들켰나?'

루시아는 편지를 구기고서 일어났다.

"셀레우코스, 색적은 어떻게 됐지?"

이름을 불린 미형의 보좌관이 평소처럼 경박하게 히죽히죽 웃으며 다가왔다. 역시 이런 상황에서는 신경질이 나는 모습인지라 루시아는 짜증을 감추지 않으며 셀레우코스를 노려보았다.

"루시아 여왕 폐하, 무서운 얼굴을 하고 계십니다."

"지금은 긴급 사태야. 실언은 못 들은 것으로 치겠다."
"그건, 감사합니다. 그래서, 색적 말씀입니까?"
"그래, 어떻게 됐지?"
"정찰 부대에 의하면…… 으음, 주위에 수상한 그림자는 없었다고 합니다. 하지만 저희는 서방 지리에 어두우니, 숨을 수 있는 장소는 몇 군데 존재할 겁니다."
"그런가……."
루시아는 턱에 손을 대고 천막 밖으로 나갔다.
높은 위치에 본진이 구축되어 있기에 전장의 모습을 한눈에 볼 수 있었다.
그란츠군에 책략다운 책략은 없었고, 함정이라고 할 만한 함정도 존재하지 않았다.
그저 그 자리에서 만용을 부리듯 싸우며 많은 사상자를 내고 있을 뿐이었다.
"제3진 3만도 내보내서 본진을 허술하게 만들어 볼까."
"역시 그저 이기는 것으로는 만족하지 못하시는 겁니까?"
셀레우코스의 말에 루시아는 노기를 팽창시키며 뒤돌아 입을 열었다.
"오랫동안 나를 섬겨 놓고서 잘도 그런 말을 지껄이는구나."
"……."
인간이라고는 생각할 수 없을 만한 분노의 형상을 보고 셀레우코스가 얼굴을 굳힌 채 뒷걸음질 쳤다.
거친 바람이 소용돌이치며 루시아를 휘감더니 그녀의 분노를 표현하듯 지면을 도려냈다.

"실언했습니다……. 용서해 주십시오. 그리고 『군신』의 후손은 나타날 거라고 생각합니다."

역시 목숨이 위험하다고 느꼈는지 셀레우코스는 신중하게 말을 고르며 천천히 입을 뗐다. 눈을 크게 뜬 루시아는 이때 처음으로 그가 착각하고 있음을 알았다.

"나도 『고왕』이 이곳을 급습할 거라고 확신하고 있느니."

그녀의 말에 셀레우코스의 웃는 얼굴이 무너지고 얼떨떨한 표정이 되었다.

"그, 그렇다면 무엇에 화가 나신 겁니까?"

"**이겼다는 느낌**이 너무 확실해."

"예?"

얼빠진 대답을 무시하고 루시아는 전장으로 손을 뻗었다.

그 손끝은 그란츠군을 가리키고 있었다.

"왜 녀석들은 계속해서 싸우고 있지? 누가 지휘하고 있는 것이야?"

"그야 『군신』의 후손이…… 하지만 그는 본진을 급습하기 위해 모습을 숨기고 있을 테니 소거법으로 따지면 그를 수행하는— 어라, 그들은 누구에게 지시를……?"

"이상하지 않은가? 화가 치미는 것도 어쩔 수 없지 않나?"

그란츠 대제국의 히로 제4황자를 수행하던 중앙 귀족 대부분은 여섯 나라 편에 붙었다. 하지만 그들은 내통하던 것이 탄로 나서 히로에게 처단되었을 것이라고 루시아는 확신하고 있었다. 만약 중앙 귀족이 건재했다면 지금쯤 여섯 나라의 깃발을 내걸고 아군을 공격했을 터이기 때문이다.

"그렇다면…… 서방 귀족이지 않겠습니까?"

"바보 같은 소리."

그것이야말로 있을 수 없는 일이다— 그렇게 나오려던 말은 전장에서 터져 나온 절규에 지워졌다.

무슨 일인가 싶어 루시아가 돌아보니 천막에 있던 무리도 깜짝 놀란 표정으로 뛰쳐나왔다.

전장에는 기묘한 광경이 펼쳐져 있었다.

빈사 상태의 그란츠군에서 낯익은 깃발이 여럿 올라왔다.

"저건— 앙귀스의『뱀』문장기군요."

어느새 옆에 와 있던 루카가 불쑥 말했다.

"그게 무슨……."

그럴 리가 없다. 배반을 획책했던 중앙 귀족들은 사망했을 터— 아니, 살아 있더라도 좀 더 초반에 행동을 일으켰어야 했다.

"셀레우코스! 제1진 지휘관에게 내렸던 지시는 어떻게 됐지?!"

"재편을 우선했기에…… 지시를 취소하는 건 뒤로 미뤘습니다."

루시아는 중앙 귀족이 배반하면 공격하지 말라고 엄명한 상태였다.

만약 그것이 충실하게 실행된다면 적에게 등을 보이게 될 것이다.

"그럼 당장—."

명령을 파기하기 위해 전령을— 하고 루시아는 생각했으나, 그러면 지휘 계통에 혼란이 생기고 만다. 너무나 초보적인 실수라 루시아는 입가를 굳혔다.

"……일시적으로 퇴각시킬 수밖에 없겠군."

승리가 눈앞에 있지만, 계속 고집하다가는 이쪽의 피해가 막대해지고 만다.

루시아는 냉정하게 판단을 내리고서 지시를 날리기 위해 입을 열었다.

그러나 루시아의 입에서 튀어나온 것은 전혀 다른 말이었다.

"머, 멍청한 것…… 뭘 하는 것이야……?"

상상을 뛰어넘는 광경이 눈 아래에 펼쳐져 있었다.

그란츠군을 포위한 제1진, 제2진의 등을 향해 어떤 부대가 돌격을 개시한 것이다. 이것에는 모두의 말문이 막히고 말았다. 그란츠의 복병이나 원군은 결단코 아니었다. 틀림없이 여섯 나라 중 하나, 울페스의 기마대였다.

"어이어이! 저건 울페스가 아니야! 우리는 별동대 같은 건 안 만들었어!"

부정한 것은 울페스 왕가의 말석에 위치한 이겔이었다.

"……여기 와서 책략을 쓰는 건가."

혼란스러워졌다. 잇따라 문제가 터지니 사고가 쫓아가지 못했다.

하지만 확신하는 것이 하나 있었다. 이대로는 자중지란이 유발된다.

저것이 울페스의 기마대가 아니어도 실제로 에젤국의 병사가 공격받고 있었다.

매우 성가신— 연합국의 폐해가 표면화되어 버린다.

오랫동안 협력 관계를 맺고 있어도 결국은 타국끼리 모인 집단이다.

거기에 가족 같은 유대는 생기지 않는다. 친구 같은 유대도 생기지 않는다.

18만이라는 대군— 전원이 얼굴을 익힌 사이도 아니었다.

그런 상황 속에서 에젤국의 병사가 가짜 울페스 기마대에게 반격한다면 아군이 공격당했다고 착각한 울페스 병사들이 에젤을 공격하고 말 것이다.

"즉각 전군을 퇴각시켜라."

자칫 잘못하면 돌이킬 수 없는 사태가 될지도 모른다.

설마 해가 저물지도 않았는데 자중지란을 유도할 줄은 몰랐다.

"예, 알겠습니다!"

참모 한 명이 허둥지둥 기수에게 달려갔다.

다음으로 어떻게 할지 사고가 정리되지 않았다. 목에 칼이 들이대진 듯한 감각이 떠나질 않았다. 하지만 여기서 평정심을 되찾지 못하면 지휘관 실격이다.

"진정해…… 아직 첫 전투야. 실태를 만회할 기회는 얼마든지 있어."

루시아는 스스로를 타일렀다. 이와 같은 꼴사나운 모습을 보인다면 **그 여자**에게 비웃음당할 뿐— 그런 굴욕은 두 번 다시 맛보고 싶지 않았다.

그렇게 어린아이처럼 울부짖는 것은—.

"싫어. 더는 싫어. 상대가 누구든 나는 두 번 다시 지지 않아."

분노를 담은 눈동자로 전장을 노려본 루시아는 쇠부채로 자신의 뺨을 두드렸다.

"……사소한 문제야. 적확하게 대처하면 해결할 수 있겠지."

이렇게 동요를 유발하는 것이 상대의 목적이었으리라.

상대의 책략은 애들 장난 같은 것이다. 화를 가라앉히고 상황을 파악하면 해결할 수 있는 일이다.

그러나 루시아는 정신 통일에 시간을 너무 할애했다.

거듭되는 문제의 대처 방도를 생각하느라 한 가지 중요한 것을 잊었다.

"……잠깐, 왜 이제 와서 술책을 부린 거지?"

패전이 농후해지자마자 왜 잇따라 술책을 부려 전장을 휘젓는 선택을 했는가.

루시아는 주위를 둘러보았고, 모두가 전선에서 눈을 떼지 못하고 있는 것을 알아차렸다.

"이게 목적인가! 『군신(마르스)』!"

그리고—.

—어둠이 세계를 뒤덮었다.

*****

비명이 들렸다. 아픔을 참지 못하고 울며 다른 이에게 호소하는 불쌍한 목소리였다.

쏟아지는 호우를 피하지 못하고 한 명, 또 한 명, 지면에 엎어졌다.

그러나 하늘을 검게 뒤덮은 화살의 기세는 멈추지 않았다.

가차 없이 내리꽂히는 수많은 화살에 그들은 목숨을 잃어갔다.

"사령부를 중점적으로 노려. 상대가 일부러 벽 밖으로 나와준 호기를 놓치지 마."

그란츠 대제국— 히로 슈바르츠 폰 그란츠 제4황자.

전장에서 두드러지는 흑발흑안— 세계에 단 한 명뿐인 이색(異色)이었다.

그 온화한 얼굴에 평소 차고 다니던 안대는 없었다.

"훗, 경치 좋은데? 어리석은 무리의 말로에 걸맞아."

히로의 왼쪽 눈은 해방되어 한기가 느껴질 만큼 섬뜩한 빛을 내고 있었다.

"여기까지 오느라 애를 먹었어. 경비가 꽤 엄중했으니 말이지."

『질룡』을 탄 히로는 높직한 언덕 위에서 여섯 나라의 사령부를 내려다보며 미소 지었다.

히로는 어젯밤에 기병 2천을 이끌고 적군의 배후에 돌아들기로 했다. 지리는 이쪽이 더 잘 파악하고 있었다. 하지만 확실하게 배후를 잡고 싶었기에 안내인으로 서방 귀족 키르시아 경을 지명하여 전장을 우회했다. 즉, 눈 아래에 펼쳐진 것은— 여섯 나라의 본진이었다.

"전쟁에는 화려함이 필요해. 눈길을 끄는 전술 하나만으로도 후세의 역사가는 절찬하겠지. 그들이 멋대로 역사를 미화해줘."

담담한 어조지만 그 음성에서는 희색이 묻어났다.

"여섯 나라의 이름 모를 사령관— 내 발판이 되어 준 사람은 어디 있으려나?"

히로는 눈을 가늘게 좁히고서 즐겁게 수색을 시작했지만 사령관으로 보이는 자는 발견되지 않았다.

그러는 사이에도 궁병들은 대량의 화살을 쏘고 있었다.

그렇기에 지상은 아비규환 지옥도였다.

"이제야……."

적의 습격을 알리는 뿔피리 소리가 도처에서 울렸다.

용장한 음색이 전장 전체에 울려 퍼졌다. 적의 제1진과 제2진도 알아차렸을 것이다.

그래도 퇴각 명령은 내려지지 않았다. 그들은 계속 싸울 수밖에 없다.

배반, 자중지란, 본진의 혼란— 어느새 만회할 수 없는 사태가 되어 있었다.

"판단 하나가 늦어지면 전장에서는 치명적이지. 여섯 나라의 사령관은 순간적인 판단에 서툰 모양이야."

그렇게 되도록 히로가 만들었지만, 상대는 어떻게 느꼈을까.

"그럼 슬슬 갈까. 상대가 방어를 굳히면 귀찮아져."

히로는 허리에서 백은색 검을 뽑아 들었다.

하늘을 향해 들린『천제』가 광채를 발하자 뒤에서 대기하던 병사들이 주목했다.

"전 부대, 기마하라."

활을 쏘던 병사들이 일제히 팔을 내리고 옆에 있던 말의 안장 위로 뛰어올랐다.

그 기척을 등으로 헤아린 히로는『천제』를 수평으로 들었다.

검은 용이 그려진 문장기가 바람에 펄럭였다.

일찍이『군신』의『신기』로서 세계에 이름을 떨쳤던 위대한 깃발이었다.

"턱을 벌려 공포를 집어삼키고, 분노의 이빨로 적을 깨물어 부숴라!"

국토를 짓밟는 야만인에게 철퇴를 내린다.

"『군신』의 이름하에— 전군, 돌격하라!"

우렁찬 외침에 떠밀린 것처럼 히로는『질룡』의 배를 찼다.

힘차게 언덕을 달려 내려오는 기마 집단을 눈치챘는지 적의 궁수 부대가 활시위를 당기는 것이 보였다.

히로는『천제』를 오른쪽으로 휘두르며 전군을 질타했다.

"겁먹지 마라! 방패를 앞에 들고 머리를 숙여 이대로 밀어붙여라!"

귓가에서 바람을 가르는 소리가 들렸다. 그러자 히로의 등 뒤에서 병사 몇 명이 낙마했다.

혀를 찬 히로는 다가오는 화살을 한 손으로 쳐 냈고—.

"방해하지 마."

『질룡』의 등을 박차고 뛰어 올라 적군 한복판에 내려앉았다.

"이— 어억!"

단번에 적의 목을 찔러 꿰뚫고, 칼을 뽑으면서 그 기세를 몰아 근처 적병의 목을 쳤다.

적이 내지른 창을 몸을 틀어 피하고, 순식간에 거리를 좁혀 육박했다.

"힉!"

작은 비명을 지른 적을 베어 올린 다음, 떨어뜨린 창을 주워 화살을 쏘려던 적병에게 투척했다. 창은 두개골을 분쇄하며 기운차게 날아갔다.

"자, 길을 열어 줘야겠어."

히로가 여유롭게 선언하자 마침내 히로를 따라잡은 기마대가 적병을 날려 버렸다.

눈 깜짝할 사이에 적병이 만들었던 인간벽이 무너졌다.

비명이 말굽에 짓밟히고, 창끝이 절규를 뽑아내고, 피의 비가 하늘에서 쏟아졌다.

히로는 시체를 밟으며 걷기 시작했다.

달려드는 적 따위 쳐다보지도 않고 단칼에 베며 왕과 같이 나아갔다.

"……예상보다 수가 많아."

습격을 예측했던 것처럼 적의 본진 후방에 군이 전개되어 있었다.

기마대가 날뛰고 있지만, 잇따라 나타나는 적병에게 붙잡혀 끌어 내려지는 자도 나오기 시작했다. 그래도 그란츠군은 포기하지 않고 이기기 위해 일어났다.

창을 들고, 검을 들고, 방패를 들고, 그들은 가족을 위해 계속 싸웠다.

그 목숨이 다할 때까지 그들은 결코 물러나지 않을 것이다.

"……미안해."

그 광경을 본 히로는 연약하게 웃으며 사죄의 말을 고했다.

인간의 욕망은 끝을 모른다. 선의를 악의로 덮어씌워 이용한다.

그것은—.

"나도 마찬가지야."

히로는 달려드는 적들을 향해 『천제』를 휘둘렀다.

그저 그것뿐인 동작, 그러나 일반인은 버티기 힘든 위협이 되었다.

소리칠 수도 없었고 괴로워하는 것조차 용납되지 않았다. 깨닫지도 못한 채 죽음으로 향했다.

그곳에 있는 것은— 절대적인 죽음의 광무(狂舞).

검은색이 세계의 모든 것을 뒤덮었다.

목숨도, 죽음도, 빛조차도, 어둠 앞에서는 자기주장을 할 수 없었다.

“『끝없는 절망(데스퍼레이션)』…….”

누군가가 두려워하며 그렇게 중얼거렸지만, 유감스럽게도 그 인물을 특정할 수는 없었다.

왜냐하면 히로 주위에 있던 적병은 한 사람도 남김없이 절멸했기 때문이다.

히로가 노려보기만 해도 모두가 한 걸음 물러났다.

견제를 담아 패기를 내뿜은 히로는 『천제』를 어깨에 올리고 주위를 향해 입을 열었다.

“그란츠의 병사여! 모여라, 흩어져선— 윽?!”

순간, 등을 덮친 충격에 히로는 강제로 입을 다물게 되었다.

호우가 쏟아진 것처럼 굉음이 고막을 세차게 때렸다.

아프지는 않았다. 『흑춘희』가 모든 위협을 제거해 준 덕분이었다.

하지만 너무나도 갑작스런 일이라 충격은 지울 수 없어서 히로는 한 발자국 앞으로 나가 있었다.

“그렇구나…… 여기서인가.”

몸에는 찰과상 하나 없었으나 히로는 아픔을 느끼고 가슴 부근을 눌렀다.

주위를 둘러보니—.

“역시…… 알고는 있었어도 같은 편에게 배신당하는 건 괴롭네."

같은 편이었던 자들이 적병과 함께 창을 겨누고 있었다.

『흑룡』 문장기가 차례차례 대지에 버려졌고, 대신 하늘에서 춤추는 것은 『뱀』 문장기였다.

"히로 전하…… 죄송하지만 그 목숨을 받겠습니다."

명확한 적의에 히로는 뒤돌아보았다.

"이게 어쩌자는 건지 일단 물어보기나 할까? ―키르시아 경."

"……용서해 주십시오."

"사죄를 듣고 싶은 게 아니야. 어쩌자는 건지 설명해."

히로는 살의가 깃든 안광을 번뜩이며 키르시아에게 다가가려고 했지만 즉각 공격이 가해졌다. 주위 병사들이 히로를 향해 창을 내지른 것이다.

히로는 『천제』를 휘둘러 살의가 담긴 창끝을 가볍게 튕겼다.

왼손으로 창을 빼앗아 눈앞에 있는 적병의 경동맥을 끊었다. 배후의 적병을 향해 창 자루를 내질러 목을 꺾었다. 전진(戰塵)을 휘감으며 창을 휘두르자 머리통 여럿이 날아갔다. 히로가 창을 내버리니 떨어진 충격으로 지면에서 피가 튀었다.

"입 다물고 기다리고 있어."

초승달을 그린 입을 검지로 누르며 히로는 고했다.

사소한 동작이었으나 병사들이 얼굴을 굳히며 움직임을 멈췄다.

"자, 설명해 주겠어? ……키르시아 경."

공포를 버틸 수 없었는지 키르시아는 희로애락의 표현을 잊어버린 것처럼 망가진 웃음을 짓고서 양쪽 무릎을 꿇었다.

"용서해 주십시오! 용서해 주십시오! 히로 전하! 용서해 주십시오!"

"……왜 이런 짓을 했는지 묻고 있잖아."

"백성이! 백성들이 인질로 잡혀 있습니다!"

열 살 넘게 차이 나는 아들 같은 존재 앞에서 다 큰 귀족이 눈물을 줄줄 흘리며, 그 눈에 참괴를 가득 담은 채 몸을 웅크린 모습은 딱할 정도로 작았다.

"그래서 내 신뢰를 얻으려고 오를레앙이 배신자라고 밀고한 거구나."

"요, 용서해 주십시오……! 참으로 면목 없습니다!"

지면에 이마를 문대면서 키르시아가 사죄를 입에 담았다.

그 머리를 싸늘한 눈으로 내려다본 히로는 조용히 등을 돌렸다.

"실은 알고 있었어. 처음부터 당신이 여섯 나라와 내통하고 있었다는 건."

"……뭐? 알고 있었다고?"

"백성을 지키려고 그랬다? 뻔히 보이는 거짓말 하지 마. 그저 자기 목숨이 아까운 거겠지."

다시 휙 몸을 돌린 히로는『천제』를 번뜩였다.

"—윽?!"

키르시아의 목에서 대량의 피가 하늘로 솟구쳤다.

"……이제 필요 없어. 이 상황을 만들어 내기 위해 당신을 살려 뒀던 거야."

히로는 데굴데굴 구르는 머리를 얼어붙은 표정으로 일별했다.

그리고 세계가 무너지는 소리를 등지고서 멍하니 하늘을 올려다보았다.

"히로 전하! 도망치십시오! 적어도 전하만이라도!"

배신하지 않은 병사들이 히로의 도주로를 만들고자 포위망을 돌파하려 하고 있었다.

하지만 어떤 이는 등을 찔렸고, 어떤 이는 가슴을 꿰뚫렸으며, 어떤 이는 팔이 날아가며 차례차례 무참한 죽음을 맞이했다.

"네놈들은 그란츠에서 자란 자들 아닌가! 배신자들, 용서하지 않을 것이다! 용서하지 않을 것이야!"

피눈물을 흘리는 병사의 저주와도 닮은 외침은 전해지지 않았다.

차례차례 창이 내질러져 목숨을 앗아 갔다. 그래도 그들은 무기를 휘둘렀다.

"정령왕이시여, 배신자에게 죽음을! 그란츠에 영광을!"

배신하기로 한 것은 보신을 위해— 망설임을 보이면 바로 죽는다.

그래서 모두가 마음을 닫고 어제까지 친구였던 자를 죽여 나갔다.

주위에서 비통한 외침이 메아리쳤다.

같은 편에게 배신당한 자들의 절규가 끊임없이 울려 퍼졌다.

히로는 자조적으로 웃었지만 순식간에 얼굴을 험악하게 일그러뜨렸다.

전장에 어울리지 않는 생물의 노성이 들렸기 때문이다.

주위를 둘러보니 많은 병사들에게 둘러싸인 『질룡』의 모습이 눈에 들어왔다.

"칫, 끈질기네. 냉큼 죽어!"

용의 비늘을 찢으며 수많은 창이 『질룡』에게 꽂혔다.

비통한 울음소리가 하늘로 올라갔다.

주위 병사들에게 잇따라 걷어차이고 얻어맞으며 농락당하고 있었다.

"『질룡』이라니 보기 드문 생물인데? 이 녀석의 가죽은 비싸게 팔려."

그러나 아무리 폭행당해도, 부조리한 공격에 노출되어도, 『질룡』은 과감하게 맞섰다.

"하! 우리가 쓰는 편이 낫겠지. 그건 그렇고 보통 이런 전장에 잘못 들어오나?"

"놓치지 마. 반드시 숨통을 끊어. 해로운 짐승은 처리해 둬야지."

확실히 그들의 말도 일리 있었다.

일리 있지만, 그래도 인간이기에 무슨 일이든 한도라는 것이 존재했다.

"이 세계에는 쓰레기가 너무 많아."

히로는 머리가 끓어오를 정도의 분노를 느끼며 대지를 박찼다.

"……내 권속에게 손대지 마."

어둡게 가라앉은 패기를 전신에 휘두르고 『질룡』의 목을 잡고 있던 병사의 목을 단칼에 벤 히로는 즉각 주위 병사들을 공격했다. 『질룡』을 상처 입힌 자는 한 사람도 남김없이 죽이고, 매도한 자는 가차 없이 목과 몸통을 분단하고, 그래도 성에 차지 않다는 듯이 주위의 적병을 벴다.

"……미안."

히로는 피로 물든 세계를 멍하니 바라보는 『질룡』에게 다가갔다.

"도와주는 게 늦어졌어."

『질룡』의 목을 다정하게 쓰다듬자 가슴에 머리를 비비적거렸다.

한없이 충실한 그녀를 보며 히로는 미미하게 쓴웃음을 지었다.

"……이제 됐어. 자, 너만이라도 도망쳐."

다정하게 목을 쓰다듬은 히로는 아쉬운 얼굴로 몸을 뗐다.

그러면서 『질룡』의 옆구리에 걸려 있던 문장기를 잡았다.

"너의 다리라면 전장에서 도망칠 수 있을 거야."

그렇게 말하며 미소 지은 히로는 품에서 편지 한 통을 꺼내 『질룡』의 등에 있는 안장에 꽂았다.

"그걸 리즈에게 전해 줬으면 좋겠어."

귀여운 울음소리를 낸 『질룡』이 고개를 갸웃했다.

계속 같이 있으며 따르겠다는 강한 의사가 그 눈동자에서 느껴졌다.

"괜찮아. 걱정할 필요 없어."

『질룡』의 목에 손을 얹은 히로는 머리를 가까이 가져가 이마를 대고서 미소 지었다.

"나도 나중에 쫓아갈 테니까— 리즈 옆에서 기다려 줄래?"

한없이 자상한 음성으로, 그 나이대 소년답게 웃으며 히로는 고했다.

히로가 『질룡』에게서 몸을 떼자 그녀는 히로의 소원대로 달리기 시작했다.

하지만 도중에 발을 멈추고 돌아보더니 작게 울었다.

영영 헤어지는 듯한 슬픈 음색이었다. 히로는 미소 지은 채 손을 흔들었다.

경이적인 속도로 달리기 시작한 『질룡』을 막을 수 있는 자는 얼마 없다.

전투하지 않고 도망치는 데 전념한다면 무사히 전장을 빠져나갈 수 있을 것이다.

그 아름다운 광경을 목격한 적병들은 공격하는 것조차 잊고서 멍하니 서 있었다.

"기다려 줘서 고마워."

히로는 『천제』를 들고 『흑룡』 문장기를 지면에 꽂았다.

바람을 타고 하늘을 헤엄치는 용의 모습은 압권이었다.

그저 깃발인데도 압도되었는지 적병이 뒷걸음질 쳤다.

주위를 둘러보니 남아 있는 것은 적병 — 같은 편이었던 자를 포함한 — 뿐이었다.

그러나 귀를 기울이면 칼부림 소리가 들렸다. 어딘가에서 저항을 이어가고 있는 병사들이 연주하는 소리였다. 그 소리도 히로가 호흡할 때마다 허무하게 사라져 갔지만 말이다.

히로는 깊이 숨을 토했고—.

“시작할까. 너희가 바란 일이야.”

요란하게 손가락을 튕겼다.

그러자 주위 공간이 일그러지기 시작했다. 눈부신 빛을 내며 갈라져 갔다.

그것은 『천제』를 가진 자에게 허락된 『특권』이었다.

엄청난 수의 정령 무기가 공간을 가득 메웠고, 수천만 개의 별들이 생겨나 지상에 떨어졌다.

아직 낮인데도 지상에 생겨난 별들은 태양 못지않은 빛을 냈다.

“각오는 됐어?”

사형 선고와도 닮은 울림에 모두의 얼굴에 공포가 서렸다.

평범한 소년이었다면 병사들은 웃어넘길 수 있었을 것이다.

그러나 눈앞에 선 괴이한 분위기의 소년은 일반인이 아니었다.

신과도 같은 힘을 행사했고, 악마와 닮은 잔혹성이 엿보였다.

“부디 쓸데없는 움직임은 보이지 마. 고통스럽게 죽고 싶진 않지?”

—소년의 모습이 사라졌다.

그 순간, 세계에서 소리가 사라진 것처럼 전장이 쥐 죽은 듯 고요해졌다.

병사들은 숨 쉬는 것조차 잊은 듯이 멍하니 『흑룡』 문장기만을 바라보고 있었다.

"어, 이봐, 어떻—."

시작은 갑작스러웠다.

한 병사가 아무 조짐도 없이 허리가 부서진 것처럼 쓰러졌다. 두 사람이 쓰러지고, 다섯 명, 여섯 명이 쓰러지고, 열 명, 열한 명이 쓰러지고, 스무 명—. 눈 깜짝할 사이에 벌어진 일임에도 희생자의 수는 눈에 띄게 계속 늘어났다. 병사들은 상황을 이해하지 못한 채 어둠 속으로 끌려 들어갔다.

"히, 힉, 아아아아아아아!"

공황에 빠지는 것과 병사들의 정신이 망가지는 것은 동시였다.

모두가 무기를 내던지고 갈팡질팡했다. 어디로 도망치면 좋을지 알 수 없었기 때문이다.

그렇게 망설이는 동안에도 여섯 나라의 병사들은 차례차례 지면에 쓰러졌다.

몸을 웅크리고서 신에게 기도를 올리던 병사는 목이 쪼개졌다. 등 돌리고 도망치던 자는 가차 없이 심장이 꿰뚫렸다. 과감하게 맞선 자는 자비 없이 목이 베였다.

코르닉스
"『흑아(黑鴉)』다! 종말을 고하는 자가 나타났—!"

백은빛이 여섯 나라 병사의 목을 지나자 선혈이 뿜어져 나왔다.

공간에 떠오른 정령 무기가 한 개, 세 개, 여덟 개, 열네 개— 무서운 속도로 사라졌다. 일방적인 학살이 벌어지는 전장에 공기를 가르는 소리만이 전파되었다.

하얀 섬광이 비명을 지르는 병사를 깊숙이 베며 신음조차 지워 버렸다.

거센 참격은 멈추기는커녕 더욱 가속했다.

그것은 『천제』를 지닌 자에게 허락된 『특권』이자 『신속(神速)(루치페르)』이었다.

—신광뇌화(神光雷火)(리지그라차르트).

하늘은 추락하고 세계는 백은색으로 물들었다.

안구를 태울 듯한 강렬한 빛에 시야 전체가 하얗게 뒤덮였다.

이윽고 시체가 대지를 가득 메울 정도가 되자, 군말할 수 있는 자는 한 명도 남아 있지 않았다. 구름이 태양을 가린 것처럼 지상은 죽은 자들의 피로 까맣게 물들어 있었다.

지옥도와 같은 상황 속, 그 중심에서 우아하게 헤엄치는 것은 『흑룡』 문장기였다.

"……이 정도면 되려나."

주위가 시체로 뒤덮인 깃발 아래에 히로가 조용히 멈춰 섰다.

하지만 멀찍이서 히로를 바라보던 적병들이 무기를 들고 거리를 좁혀 왔다.

그들의 눈에는 확연한 공포가 담겨 있었다.

그래도 열심히 자신을 고무시키고 있는지 도망치는 자는 전무했다.

"참으로 멋지군. 역시 대단하이."

서로를 노려보는 양측 사이에— 이 자리에 어울리지 않을 만큼 밝은 음성이 끼어들었다.

히로의 눈앞을 가득 메운 병사 무리가, 파도가 갈라지듯 둘로 나뉘었다.

그 중앙에서 한 여성이 손뼉을 치며 걸어 나왔다.

"힘을 숨기지도 않다니, 정말로 훌륭한 남자야."

유리 세공처럼 매끄러운 하얀 피부, 호박처럼 투명한 눈동자는 적동(赤銅) 같은 차가움을 품고 있었고, 길게 찢어진 두 눈은 예리한 칼날 같은 인상을 주었다. 그럼에도 그녀의 매력은 손상을 입지 않았고, 늠름한 품성이 깃든 갸름한 얼굴은 보는 이를 감탄케 했다. 그러나 그녀의 용모가 두드러지는 것은 처참한 전장에 어울리지 않는 기발하고 화려한 기모노 차림이기 때문이었다.

보통은 제정신이라고 생각할 수 없는 차림새였다. 화살이나 검 등의 위협으로부터 몸을 지키는 수단인 갑옷을 입지 않은 것이다. 툭 치면 부러질 듯한 가느다란 몸, 일반인이었다면 전장에 잘못 들어온 귀부인이라고 착각했으리라.

'뭔가 힘을 소지하고 있는 건가…….'

마침내 바라던 대상을 만나게 되어 히로는 안도의 한숨을 쉬었다.

"루시아 레비아 드 앙귀스다."

당당히 이름을 밝힌 그녀는 쇠부채로 히로를 가리켰다.

그리고서 인간을 홀리는 뱀처럼 요염하게 웃었다.

"그대가…… 『군신(마르스)』의 후손인 히로로군?"

위풍당당한 말이 아주 잘 어울렸다. 히로의 패기 앞에서도 말문이 막히지 않았고, 오히려 침착한 모습으로 대담한 웃음을 짓고 있었다.

"그래, 내가 히로 슈바르츠 폰 그란츠야."

"만나고 싶었느니…… 진심으로 그대를 만나 보고 싶었어."

혀로 입술을 핥으며 요염하게 미소 짓는 그녀의 얼굴은 사냥감을 발견한 뱀처럼 꺼림칙했다.

"그거 다행이네. 마침 나도 당신을 만나고 싶었거든."

"오싹오싹하군. 그 살의 넘치는 눈으로 쳐다보니 울고 싶어질 정도야."

기뻐하며 몸을 끌어안고 뺨을 붉힌 루시아는 거친 숨을 내뱉었다.

"나도 당신처럼 아름다운 여성의 시선을 받으니 움직일 수가 없네."

"뱀과 개구리처럼 말인가? 그대가 그렇게까지 기특한 녀석일 것 같진 않은데."

두 사람의 말은 묘하게 공허했고, 서로의 속을 떠보는 듯한 기분 나쁜 시선이 교차했다.

"그런데 그대, 키르시아 경의 아들을 주저 없이 베었군?"

"……어떤 이유가 있든 간에, 배신은 용서받을 수 없으니까."

"흠, 냉혹하기 이를 데 없다는 보고는 받았지만, 그 말이 딱 맞았던 모양이야."

"그가 주장하기로는 가족이 아니라 백성을 우선한 것 같지만 말이지. 원래는 살려 둬도 상관없었지만, 그의 눈을 봤을 때 거짓말이라는 걸 알 수 있었거든."

그 남자는 무엇보다도 자기 자신을 지키려는 눈을 하고 있었다. 결코 백성을 생각해서 행동한 것이 아니었다. 그런 녀석을 살려둘 이유는 없었고, 훗날을 생각하면 거기서 목을 베는 편이 세상을 위한 일이었다.

"허울 좋은 말을 지껄이면서 행동은 가차 없군."

"후회만큼은 하고 싶지 않아서."

"결백한 남자로다. 그렇게 판단이 빠른 남자는 싫어하지 않아."

히로의 값을 매기듯 루시아가 끈적한 시선을 던졌다. 히로는 희미하게 등골이 서늘해지는 감각을 느꼈다. 그것을 눈치챘는지 루시아가 즐겁게 목울대를 울렸다.

"그대는 『노사(老師)』를 기억하는가?"

그녀의 물음에 히로는 어깨를 움찔했다.

잊을 리가 없다. 그는 1000년 전에 히로에게 친절하게 대해 준 인물 중 한 명이었다.

이 세계에 막 소환된 히로에게 이것저것 가르쳐 준 친할아버지 같은 존재였다.

무엇보다 『노사』는 『흑천오장』 중 한 사람이었다. 잊고 싶어도 잊을 수 있을 리가 없었다.

히로는 이상한 질문에 눈썹을 찌푸렸다. 그 반응을 본 루시아가 유쾌하게 조소했다.

"정말로 그대가 『군신』인가……. 『노사』라는 말만 듣고 아는 자는 별로 없으니 말이야."

"그렇다면 어쩔 건데?"

"나와 함께하지 않겠나?"

생각지도 못한 말에 히로는 대답이 궁해졌다.

그런 히로의 태도를 보고 루시아는 무슨 생각을 했는지 온화한 표정으로 손을 내밀었다.

"여섯 나라가 건국된 진실을 그대는 알고 있겠지? 원래대로라면 그대는 이쪽 편이라고 생각한다만?"

"거절하겠다고 하면 어쩔 거지?"

"그대의 목을 받겠다. 선조를 뵐 면목이 없어지지만 어쩔 수 없지."

즉답이었다. 망설임 따위 조금도 느껴지지 않았다.

"그럼 싸우는 길밖에 없겠네. 내가 그란츠를 버리는 일은 없어."

히로는 쓸쓸하게 미소 짓고서 『천제』를 들었다.

그 뜻을 존중하듯 루시아 또한 성실한 목소리로 대답했다.

"……무의미한 질문을 했군. 용서해주게."

자신을 부끄러워하는 것처럼 눈을 내리뜬 루시아는 쇠부채를 펼쳐 입가를 가렸다.

“그렇다면 이 이상의 문답은 필요 없겠군?”

“그러네. 시작할까…….”

“3만을 상대로 최후의 발악을 해 보게. 그리고 『군신』으로서 화려하게 사라지게.”

루시아가 쇠부채로 히로를 척 가리켰을 때, 그녀의 등 뒤에서 두 사람이 튀어나왔다.

“어이어이, 루시아 여왕 폐하님! 우리를 부르는 게 너무 늦잖아!”

“이겔, 입을 나불거리다간 혀를 깨물 거예요.”

“흐응…… 갑작스럽네.”

히로에게 달려든 것은 기묘한 2인조 남녀였다.

순식간에 그들의 실력이 뛰어나다고 판단한 히로는 처음부터 전력으로 맞받아쳤다.

“하하, 망할 애송이! 내 공격을 버틸 수 있을까!”

“시끄러운 파리야.”

머리 위로 『천제』를 들어 남자의 무기를 받아 내자 강렬한 힘이 전해졌다.

버티지 못한 것은 지면 쪽이었고, 때려 부순 것처럼 크게 함몰되었다.

모래 먼지가 일어나는 가운데, 히로는 뒤로 도약하여 거리를 벌렸다.

“어머, 유감스럽게도 막다른 곳이에요.”

그 순간, 등 뒤에서 들려온 목소리에 히로는 오른손에 들고 있던 『천제』를 등을 통해 왼손으로 바꿔 들었다.

그런 뒤 검을 세우고 오른손으로 칼날을 받쳐 공격을 간신히 막았다.

하지만 충격은 죽이지 못해서 히로는 지면을 굴렀다.

곧바로 일어난 히로의 눈앞에서 두 남녀가 여유롭게 무기를 들었다.

"루카 마몬 드 울페스. 잘 부탁드려요."

여자가 정중하게 허리를 굽혀 인사했지만, 어딘가 수상쩍은 데다 음습한 성격이 엿보였다.

게다가 호리호리한 몸과 어울리지 않게 그녀가 사용하는 무기는 대형 해머였다.

"이겔 드 울페스. 네놈을 죽일 자의 이름이다!"

남자 쪽은 단발에 얼굴이 반듯했다. 그러나 숨겨지지 않는 오만한 태도가 위압감을 풍겼다. 그 어깨에 올려져 있는 것은 삼절곤으로, 기묘한 입자를 흩뿌리고 있었다.

다만, 한 가지 확실한 것은 두 사람 모두 역전의 강자만이 지닌 패기를 두르고 있었다.

"히로 슈바르츠 폰 그란츠야."

히로는 대지를 박차고 달려 나갔다.

일단은 상대의 실력을 가늠하기 위해 『천제』를 가볍게 휘둘렀다.

"하! 느려!"

삼절곤이 관절을 울리며 살아 있는 생물처럼 꿈틀거리며 『천제』를 튕겨 냈다.

그 순간 측면에서 낮은 바람 소리를 내며 대형 해머가 날아왔다. 히로는 발로 모래 먼지를 일으켜 대형 해머의 궤도가 빗나간 것을 확인하고, 『천제』를 모래 먼지 속으로 찔러 넣었다.

둔탁한 감촉이 돌아온 것을 통해 상대가 공격을 막았음을 알 수 있었다. 그 자리에서 오른발을 축 삼아 몸을 튼 히로는 왼쪽 발뒤꿈치를 이겔의 뺨에 때려 박았다.

"으악!"

지면을 구르는 이겔을 힐끔 본 후, 앞으로 발을 내디뎌 바탕손을 내질렀다.

"윽?!"

그렇게 바싹 다가온 루카의 턱을 쳐올리자 그녀는 비틀거리며 물러났다.

턱을 부술 생각으로 때렸는데 생각보다 신체가 튼튼했다.

"……그거, 세계 5대 보검인가?"

두 사람이 가진 무기는 기억에 없으나, 히로의 공격을 따라올 수 있다면 『천제』와 똑같은 세계 5대 보검이라고 생각할 수밖에 없었다. 가더처럼 순수한 마족(조로스터)이라면 꼭 그렇지만도 않지만, 다양한 피가 섞인 여섯 나라 사람이라면 인족(휴먼)과 동등할 가능성이 컸다.

"잘 아시는군요. 말씀하신 대로 이건 법정검(法淨劍) 5멸(滅)— 『금강저(金剛杵)(바즈라)』예요. 참고로 이겔이 가진 삼절곤도 마찬가지고, 『토정곤(討淨棍)(사릉가)』이라고 불리고 있답니다."

법정검 5멸.

인족과 이장족(알브)이 협력 관계였을 무렵에 정제된 보검 다섯 자루다.

그러나 만든 것은 정령왕이 아니라 요정왕이었다.

법정검에는 『요정화(妖精化)(알브)』한 자의 혼이 담겨 있어서 정령검 5제와 마찬가지로 의사가 존재했다. 다른 세계 5대 보검과 비교했을 때 소지자를 까다롭게 선정하지 않아서, 마음에 든 자의 꿈속에 나타나 지대한 힘과 함께 무기를 준다고 한다.

'좀 더 자세히 들어 뒀어야 했나.'

1000년 전에 히로가 만난 법정검 5멸의 소지자는 『환하정(幻霞淨)(수다르사나)』에게 선택받은 자뿐이었다. 당시 정세에 세계 5대 보검 소지자는 마족의 침공을 막기 위해 세계 각지에 파견되었다. 허나 대전(大戰) 말기에 인족과 이장족의 사이가 틀어져 버리며 만날 일이 없어졌다.

"당신의 무기도 세계 5대 보검인가요?"

루카가 고개를 갸웃하며 물었다. 이겔은 『흑춘희』에 시선을 보냈지만, 물어볼 것도 없다고 생각했는지 히로를 노려보고 있을 뿐이었다.

히로는 더 이상 숨길 필요가 없다고 판단했다. 사람들을 속이는 시간은 끝났다.

아니— 향후 계획을 위해 사람들이 알아 둬야 했다.

"정령검 5제 중 하나인 『천제(엑스칼리버)』야."

"—그게 정말인가……?"

그 말에 깜짝 놀란 것은 울페스 남매 뒤에 있던 인물— 루시아였다.

그녀는 경악하여 전율한 자신이 부끄러웠는지 손으로 입가를 가렸다.

"수많은 적을 도륙해도 그 검에 피가 묻는 일은 없다고 하지."

아름답게 빛나는 백은색 검은 영웅의 증거.

멸망의 위기에서 나라를 구하고 주변 나라들을 정복한 왕의 검.

"천지인을 다루는 쌍흑의 왕에게 한 자루 검이 있으니, 필히 승리를 가져오는 무패의 검이라."

전설이 된 검은 오랜 역사 속에 묻혀서 현재는 잃어버린 검이라고 불리고 있었다.

"후후후, 수상하다고는 생각했지만…… 이걸로 승리의 확신을 얻게 됐어."

루시아가 이겔에게 눈짓하는 것이 히로에게 보였다.

무엇을 꾸미고 있는지 살피기도 전에— 루카가 눈앞까지 접근했다.

"큭?!"

"그 힘을 보여 주세요! 영웅왕이 썼던 힘을!"

대형 해머—『금강저』가 낮게 울며 다가왔다. 히로는 그것을 튕겨 냈지만 손에 묘한 위화감을 느꼈다. 그러나 확인할 새도 없이 이겔이 돌진해 왔다.

"하! 법정검 5명 소지자를 둘이나 상대하려니 힘든가?"

삼절곤이 불규칙하게 움직이며 히로의 뺨을 노렸지만—.

"유감스럽지만 다 **보여**."

히로는 공격을 피하고 이겔의 콧등에 주먹을 때려 박았다. 이겔은 지면을 데굴데굴 구르며 날아갔지만 두 팔을 굽혀 강제로 움직임을 멈추고 일어났다.

그 표정은 어째선지 분노에 차 있었다.

"왜 아까부터 주먹밖에 안 쓰는 거지? 진짜 실력을 발휘하란 말이야!"

"노는 거야."

확실하게 고하자 공기가 얼어붙었다. 히로는 어깨를 으쓱이며 고개를 갸웃했다.

"반대로 묻고 싶은데."

"……뭐?"

"왜 내가 고작 개미 한 마리를 죽이기 위해 전력을 다해야 하지?"

공백, 정적, 적연, 폐쇄— 말로 표현할 수 없을 정도로 두 사람 사이에 고요가 서렸다.

"하! 하핫!"

이겔의 얼굴이 기분 나쁠 정도로 쩌적 갈라졌다.

"히히하하하하하하하하! 이 자식이이이이이이이!"

살기 같은 단순한 것이 아니었다. 이겔의 명확한 살의가 폭발했다.

반면 히로는 태연하게 눈을 접으며 도발적으로 웃었다.

"미안, 당신의 말은 심히 알아듣기 어려워."

"죽여 버리겠어!"

순식간에 거리를 좁힌 이겔이 히로의 코앞까지 다가왔다. 히로는 뒤통수를 노리고 가한 타격을 몸을 굽혀 회피했다. 즉각 안면으로 날아온 왼쪽 무릎을 손으로 막았지만, 일부러 자세를 무너뜨린 이겔이 히로의 왼쪽 눈을 향해 발끝을 힘껏 쳐들었다.

히로는 주먹으로 지면을 때려 강제로 몸을 틀었다. 그렇게 회피에 성공한 것도 잠시, 시야 끄트머리에서 루카가 『금강저』를 내리치는 것이 보였다.

히로는 루카의 발목에 발차기를 날리려고 했으나, 그보다 먼저 『흑춘희』가 방위 반응을 보였다. 이로써 히로의 의식은 이겔 한 사람에게 집중할 수 있게 되었다. 그와 동시에 『금강저』와 『흑춘희』가 세차게 격돌했다.

세 사람이 일으키는 전투의 격렬한 진동에 대량의 모래 먼지가 피어올랐다.

무기가 부딪치는 소리가 거세게 울려 퍼지며 불꽃이 피고 졌다. 그것이 몇 번이고 반복되었다.

무시무시한 공방이 되풀이된 끝에— 이윽고 모래 먼지에서 두 그림자가 튀어나왔다.

루카와 이겔이었다. 두 사람 다 곳곳에 찰과상을 입은 상태였고, 숨을 몰아쉬며 모래 먼지 속에 숨은 야수를 노려보고 있었다.

머지않아 바람이 모래 먼지를 걷어 내니, 상처 하나 없이 멀쩡하세 선 히로가 나타났다.

"후우…… 끝났어?"

히로는 조금 거칠게 호흡하면서도 웃어 보였다.

압도적인 무위를 목도하게 된 울페스 남매가 분함에 입술을 앙다물었다.

"두 사람을 상대로…… 괴물이야……. 정말로 인간인가요?"

단 한 번의 공격도 허용하지 않는 히로를 보고 루카가 놀람을 감출 수 없는지 눈꼬리를 실룩였다.

항상…… 적을 궁지에 몰아붙이면 똑같은 말이 나왔다.

역시 넌더리가 났다. 히로는 지긋지긋하다는 듯 한숨을 쉬었다.

"……물론이지. 아주 조금 튼튼할 뿐인 인간이야."

1000년 전에는 누구보다도 노력해야 한다고 스스로를 몰아붙였다. 지키고 싶은 사람들이 있었기에 죽음도 각오하고 단련에 몰두했다. 강해지려고 필사적으로 발버둥 쳐서 힘을 손에 넣었다.

그 과정에서 『흑춘희』와 『명제』를 손에 넣은 것일 뿐, 반칙적인 기술을 쓴 것은 아니었다. 누구보다도 강해지려고 한 결과가 현재의 모습으로 이어진 것이다.

"하지만 언제나 나는 한발 늦었어. 소중한 것은 전부 잃어버렸지."

담담한 음성으로 중얼거리며— 히로는 꺼림칙하게 웃었다.

"……가르쳐 줘, 내 마음은 대체 언제 충족되는 거야?"

답을 바라는 표정이 아니라는 것은 알고 있었다.

하지만 갑작스러운 물음에 당황했고, 무엇보다 갑자기 바뀐 히로의 분위기에 울페스 남매는 완전히 초동이 늦어져 버렸다.

히로는 광기를 몸에 휘감고서 야수처럼 날렵하게 울페스 남매에게 달려들었다.

"푸흡!"

강렬한 일격을 뺨에 받은 이겔이 피를 토했다.

하얀 치아가 지면에 떨어져 튀는 가운데, 루카가 반격을 시도했으나 맹렬한 발차기가 복부에 직격했다.

"윽—!"

루카는 배를 누르고서 지면에 무릎을 꿇으려고 했다. 그러나 히로가 그녀의 멱살을 잡고 끌어당기더니 숨 쉴 새도 없이 그 등을 지면에 내동댕이쳤다.

"커헉!"

그 가는 목을 왼손으로 누른 히로는 『천제』의 칼자루를 오른손 안에서 능숙하게 회전시켜 역수로 쥔 다음 루카의 가슴 부근을 향해 내리찍었다. 그러나 도중에 칼날이 튕기며 궤도를 벗어나 『천제』는 루카의 뺨을 살짝 베고서 지면에 박혔다.

방해한 것은 측면에서 뻗어 나온 삼절곤— 『토정곤』이었다.

"누님한테 손대지 마!"

히로는 다리에 힘을 주고 대지를 박차 후방으로 도약했다.

울페스 남매도 열세가 되면서 신중해졌는지 히로에게 거리를 뒀다.

"……네 편은 아무도 없어. 언제까지 싸울 셈이야?"

입가에 흐르는 피를 닦으며 이겔이 말했다. 그 옆에 있는 루카는 숨을 고르면서 원망이 담긴 열렬한 시선을 히로에게 보낼 뿐이었다.

"확실히……."

주위를 둘러봐도 아군의 모습은 확인할 수 없었다.

창과 검과 활을 들고서 히로를 에워싼 것은 전부 적병이었다. 필사적인 저항을 보였던 같은 편 병사들은 모두 죽었는지 소란은 사라진 상태였다. 애초에 서방 귀족 키르시아의 배반으로 같은 편 따위 처음부터 없던 것이나 마찬가지였다.

하지만 그렇다고 해서—.

"내가 포기하면 안 되잖아."

절망적인 상황— 일반인이라면 포기하고 죽음을 각오할 것이다.

그러나 히로에게는 두려움과 같은 연약한 기분 따위는 존재하지 않았다.

"왜 그렇게 여유로운 거지……. 이 사지에서 탈출할 수단이라도 있는 거냐?"

이겔은 히로의 태도가 마음에 들지 않는지 짜증을 감추려 하지도 않으며 눈을 찌푸렸다.

패전은 결정되었다. 이 상황에서 역전할 만한 힘 따위 그란츠군에는 남아 있지 않았다.

그래도 사면초가 상황에서도 태연자약한 히로의 모습에 불안을 지울 수 없는지, 날카로운 빛을 담은 이겔의 눈동자는 동요로 떨리고 있었다.

'조금 더…… 빈틈을 보여야 하나. 거의 다 된 것 같지만.'

히로는 목깃을 느슨히 풀고 숨을 토했다.

목적을 들키지 않기 위해 도발 행위를 되풀이했지만, 이제 마무리 단계다.

"사지든 뭐든— 도망칠 뿐이라면 문제없어. 나 혼자면 충분하잖아?"

히로는 뒤로 한 걸음 물러나 상황을 살피듯 등 뒤를 힐끔 바라봤다.

"도망치게 둘 것 같아?!"

이겔이 이마에 핏대를 세우며 돌격했다.

거듭된 도발, 거기에 도망치려는 모습을 보이면 결사의 공격을 가한다.

내장까지 충격이 전해지는 묵직한 일격을 막으며 히로는 그의 왼손에 시선을 보냈다.

—파란 결정석.

햇빛을 받아 창궁의 빛을 내는 결정은 법력 덩어리였다.

그래서 법석이라고도 불렸고, 이장족의 특징인 기적의 힘이 깃들어 있었다.

마족이 체외에 지니고 있는 마석이 지배의 힘이라면, 이장족이 체외에 지닌 법석은 치유의 힘이었다. 실제로 이겔의 몸에 생겼던 자잘한 상처는 이미 아문 상태였다.

그러나 그는 순수한 이장족 혈통이 아니었다. 하지만 여섯 나라가 다스리는 크림 지방은 원래 많은 이장족이 살던 토지이니, 이겔에게 그 피가 짙게 흐르고 있을 것이다. 그리고 그것은 그의 누나도 마찬가지였다.

“이겔, 기다리게 했군요. 이 남자는 여기서 때려눕히겠어요.”

히로가 이겔을 상대하고 있는 가운데, 두 사람 사이에 빈틈이 생긴 순간에 루카가 대형 해머를 휘두르며 날아들었다. 그녀의 몸에도 역시 상흔은 없었고, 하얀 피부는 매끈했다.

격렬한 진동과 함께 『금강저』가 지면을 때려 부쉈다.

엄청난 돌풍이 일어나면서 그녀의 모습은 모래 먼지에 가려져 보이지 않게 되었지만, 루카가 법석으로 상처를 치유한 것은 확실하리라.

“좋은데? 그래야 법정검 5명의 소지자지. 간단히 죽으면 재미없어.”

“아까부터 조잘조잘— 시끄럽다고, 망살 애송이가!”

일격조차 가하지 못했다. 스치지도 않았다. 그러니 짜증이 나는 것도 별수 없었다.

‘자, 시작해 볼까.’

히로는 한 손으로 모래 먼지를 몰아내고 이겔의 품으로 뛰어들어 『천제』를 하단 자세로 들었다.

확실하게 목숨을 앗을 수 있는 거리— 빈틈을 보인 이겔이 불쌍할 정도로 얼굴을 일그러뜨렸다.

죽기 싫다고, 무언가를 말하고 싶은 표정으로 당장에라도 울 듯한 시선을 누나에게 보내고 있었다.

"기다려—!"

제지하는 루카의 목소리가 들린 그 순간—.

찰싹— 작고 가벼운 소리가 울렸다.

"엥, 아, 어?"

이겔이 멍청한 목소리를 냈다.

아픔이 없는 것을— 목이 붙어 있음을 알아차린 것이리라.

이겔은 눈을 부릅뜬 채 조금 빨개진 뺨에 손을 댔다.

"죽음을 각오했었어?"

히로가 진심으로 즐겁게 말했다. 그 왼손은 중지를 안쪽으로 둥글게 만 모양을 만들고 있었다.

확실하게 죽일 수 있었음에도 불구하고 히로는 이겔의 뺨에 손가락으로 타격을 가했을 뿐이었다.

"뭐…… 뭐야……."

"그러니까, 말했잖아."

한없이 도발적으로, 한없이 오만하게 히로는 웃었다.

"—노는 거라고."

"히히…… 히히하하하하하!"

이겔은 굳은 목소리로 웃으며 눈을 부라렸다. 참기 힘든 수

치심에 마음이 완전히 망가져 버렸다.

"아아아아아아아아아아악!"

노기를 팽창시킨 이겔에 호응하듯 법석이 눈부신 빛을 냈다.

히로는 눈을 가늘게 좁히고서 그 광경을 바라보았다.

"마침내……."

대기가 소용돌이칠 만큼 방대한 힘이 법석에서 흘러넘치려 하고 있었다.

"누님! 뒷일은 부탁할게!"

그렇게 소리친 이겔은 변함없이 조용히 지켜보고 있는 루시아에게 시선을 돌렸다.

"약속을 어기지 마!"

이겔은 그렇게 외친 후, 무모하게도 히로에게 돌격을 감행했다.

삼절곤이 불규칙한 궤도를 그리며 히로의 머리를 노렸다. 히로는 고개를 틀어 일격을 피했고, 두 번째 공격을 『천제』의 칼자루로 막았으나, 삼절곤이 튕겨 나가면서 연결 부분의 쇠사슬이 팔에 휘감겼다. 바이스에 낀 것처럼 오른팔이 구속된 히로는 무시무시한 힘에 끌려갔다.

그 순간— 히로는 오른손에서 『천제』를 놓아 왼손에 넘기고 이겔을 향해 칼끝을 내질렀다. 그러나 목을 노리고 내질러진 칼날은 왼쪽 뺨을 살짝 베는 것으로 끝났다. 공격을 피한 이겔의 얼굴에 희색이 떠올랐다.

동시에 그가 쥐고 있는 곤봉에서 낫 같은 형태의 칼날이 튀어나왔다.

"망할 애송이— 죽어라!"

땅을 차올리며 혼신의 힘을 담은 참격이 가해졌다.

히로는 혀를 찼다. 오른팔이 구속되어서 거리를 벌릴 수가 없었다. 피할 시간도 없다면 주인의 위기에 『흑춘희』가 반응하는 것은 당연했고, 칼날은 목에 파고들기 직전에 흑의에 휘감겨 정지했다. 한순간이었지만 이겔이 경악하여 움직임을 멈췄다.

눈을 한 번 깜박이는 정도의 짧은 시간— 그러나 그것이 치명적인 시간이 되었다.

"빈틈을 보이면 안 되지."

히로가 그런 빈틈을 놓칠 리가 없었고, 『천제』의 칼날은 가차 없이 이겔에게 달려들었다.

이겔의 왼팔이 하늘을 빨갛게 물들이며 공중으로 날아올랐다.

"그게 뭐 어쨌다고!"

귀기 어린 얼굴을 한 이겔이 오른팔의 힘만으로 히로를 끌어당겨 박치기를 가했다.

이마와 이마가 충돌하며 히로의 시야가 흔들렸다.

하지만 히로도 가만히 당하기만 한 것은 아니었다.

"크헉……."

이겔의 옆구리에는 『천제』가 깊숙이 박혀 있었다.

"망할 애송이가아아!"

이겔은 격통에 얼굴을 일그러뜨리면서도 귀신 같은 형상으로 반격을 가해 왔다. 자신의 옆구리에 박힌 칼 따위 개의치도 않았다. 약해지지 않은 힘을 쥐어짜 삼절곤으로 히로의 안면을 노렸다. 히로는 피하지 않고 『흑춘희』에게 방어를 맡겼다.

"『흑춘희』가 방해된다는 것 정도는 알고 있다고!"

마치 『흑춘희』가 움직이기를 기다리고 있었던 것처럼 이겔은 눈을 형형하게 빛내며 입을 크게 벌렸다.

"내 왼팔을 내놔!"

이겔은 『토정곤』을 버리더니 히로에게 몸통박치기를 날려 지면에 쓰러뜨리고 그 위에 올라탔다. 동시에 하늘에서 그의 왼팔이 내려왔다.

"네놈한테 주지. 이거나 먹어라!"

이겔은 여전히 절단면에서 대량의 피가 흘러나오고 있는 왼팔을 『흑춘희』에 찔러 넣었다.

—이변은 그때 일어났다.

『흑춘희』의 움직임이 멈추고 흑의가 힘없이 지면에 흘러내렸다.

"전승은 진짜였던 모양이네?"

히로의 안면에 이겔의 주먹이 꽂혔다.

"하! 그게 전승대로 **그것**으로 만들어졌다면 법석으로 봉인할 수 있다고!"

이겔의 오른쪽 주먹이 계속해서 휘둘러졌다. 히로는 대자로 뻗은 채 충격을 받아들이고 있었다.

"이대로 갖고 놀다 죽여 주마! 지금까지 받은 굴욕을 풀— 윽!"

이겔이 돌연 움직임을 멈췄다. 고양이를 만난 쥐처럼 몸을 경직시켰다.

주먹을 휘두르는 순간— 이겔은 **보고** 만 것이다.

불길한 웃음을, 모든 것을 삼켜 버리는 심연의 눈동자를…….

"이게 다야? 맥 빠지는데."

"—으윽!"

단 한 번의 일격, 히로가 심상치 않은 힘이 담긴 주먹을 휘둘렀다.

잘 단련된 이겔의 거구가 허공을 날았으나, 그는 솜씨 좋게 몸을 틀어 자세를 바로잡고 깔끔하게 착지했다. 하지만 곧장 바람에 밀려 옆으로 넘어지고 말았다.

무리도 아니었다. 어떻게 의식을 유지하고 있는지 신기할 정도였다.

팔을 잃은 왼쪽 어깨에서는 대량의 피가 뿜어져 나오고 있었고, 옆구리에서도 끊임없이 선혈이 콸콸 흘러나오고 있었다. 그럼에도 계속 싸우고자 하는 기백이 느껴졌다.

"이겔은 쉬고 있어요. 마무리는 제가 하겠어요."

호리호리한 체형에 어울리지 않는 대형 해머—『금강저』가 지면을 때렸다. 그리고 그 거대한 무기를 가뿐히 들어 올린 루카가 순식간에 거리를 좁혀 왔다. 히로는 회피하려고 발을 내디뎠지만—.

"……이렇게까지 억제되는 건가."

움직이지 않았다. 아니— 움직일 수 없었다.

『흑춘희』가 반응하지 않았다. 완전히 침묵해 버린 상태였다.

이어서— 열렬한 타격이 오장육부를 관통했다.

"컥!"

히로는 충격을 죽이지 못하고 지면에 내동댕이쳐졌다.

즉각 일어나려고 했으나 몸이 납처럼 무거웠다.

"사랑하는 내 동생의 법석을 삼켰는걸요. 『흑춘희』와 연을 끊지 않는 한 계약자한테도 영향이 미치죠. 뭐, 계약을 파기하면 되지만…… 그렇게 간단히 할 수 있는 일은 아니니까요."

"……훗."

"뭐가 웃기죠?"

"아니, 이걸로 마침내 호각이라는 생각이 들어서."

히로가 시선을 드니 루카가 입가를 실룩이고 있었다.

"입만 살아서는!"

히로는 배를 걷어차여 지면을 굴렀다. 그 기세를 이용해 엉거주춤 일어나니 바로 눈앞까지 루카가 다가와 있었다.

"죽으세요— 목만 남기고 내장을 모조리 쏟아 내!"

지금부터 일어날 비극을 상상했는지 그녀의 눈은 희열이 넘쳤다.

히로의 머리를 향해 『금강저』가 내리쳐졌다.

히로는 순간적으로 몸을 돌렸으나 피할 수는 없었다.

무언가가 찢기는 소리가 들렸다. 자신의 몸이 갈라지는 듯한 격통이 용솟음쳤다.

그 의미를 확인하기도 전에 시야 끄트머리에서 이겔이 튀어나왔다.

"하하! 으라아아아아아아!"

시야가 어두워졌다. 자갈 소리만이 고막을 간질였다. 그래도 의식은 또렷했다.

다음 행동을 머릿속으로 떠올리며 히로는 지면에 손을 짚으려다가 실패했다.

"아, 윽……."

감각이 없었다. 무언가 구멍이 뻥 뚫린 것처럼 히로의 행동을 제한했다.

뭐지 싶어서 공허한 눈으로 자신의 오른팔을 보니— 어깨 아래가 사라져 있었다.

"죽어버려어어어어!"

히로의 얼굴이 강제로 하늘로 들리며, 턱이 부서지는 듯한 끔찍한 소리가 울렸다.

—세계가 무너지는 소리가 들렸다.

"아—."

파란 하늘이 보였다.

창궁— 그러나 그 군청색이 완전히 붉게 물들었다.

미지근한 감촉이 뺨을 타고 흘러내리자— 흑의에 감싸인 팔이 하늘에서 떨어졌다.

“하하! 꼴좋다. 방심은 금물이라고…….”

붉게 물드는 세계 속에서 승리의 함성을 지르는 남자가 있었다.

무엇이 그리도 기쁠까— 절망으로 엉망이 된 얼굴이 보고 싶어졌다.

그 옆에 있는 여자 또한 안도한 표정을 지으며 히로를 바라보고 있었다.

분명— 울부짖는 얼굴은 엄청난 유열(愉悅)을 안겨 줄 것이다.

“앞으로 하나…….”

무의식적으로 한마디를 흘린 히로는 일어나려고 했다.

하지만—.

“『흑춘희』 때문에 못 움직이지? 오른팔도 잃었으니 얌전히 있어.”

즐겁게 웃은 남자에게 맹렬하게 걷어차인 히로는 힘없이 주저앉았다.

“이걸로 누님이 왕이 되고 내가 보좌관이 되는 거야. 너의 목을 자르면 계획은 끝이야.”

그는 흥분했는지 거친 숨을 내쉬며 참을 수 없다는 듯 입꼬리를 올렸다.

“어이, 『군신』. 마지막으로 할 말은—.”

툭— 기분 나쁜 소리가 고막을 진동시켰다.

뿜어져 나오는 혈액의 따뜻한 감촉이 히로의 머리 위에서 쏟아졌다.

이어서 흙 포대가 지면에 내동댕이쳐진 것 같은 둔탁한 음색이 조용한 전장에 울려 퍼졌다.

히로는 공허한 눈을 움직여 지면을 구르는 머리로 시선을 돌렸다.

"—귓가에서 재잘거리지 마. 손이 빗나갔잖아."

순간, 비명이 들렸다.

"안 돼애애애애애애……!"

분노가 슬픔에 덮이고, 슬픔이 외침이 되어 혼란과 봉합되었다.

히로는 목소리의 발생원을 향해 시선을 주었다.

그곳에는 양손으로 얼굴을 감싸고 현실에서 눈을 돌리려고 하는 루카가 있었다.

"교만은 빈틈을 낳아. 그 충고도 죽어 버려서야 의미가 없지만—."

히로는 짙게 웃으며 일어났다.

"—내세를 기대하기로 할까."

히로의 왼손에는 『천제(엑스칼리버)』가 사라지고 불길한 어둠을 내뿜는 『명제(다인슬라이프)』가 쥐어져 있었다.

변함없이 『흑춘희』는 침묵을 이어가고 있으나 오른쪽 어깨의 출혈은 멎은 상태였다.

오감은 둔해졌지만— 목적을 수행하기에는 문제없었다.

"—죽이겠어, 죽여 버리겠어!"

폭발음이 들렸다. 소리가 난 쪽으로 눈을 돌리니 루카가 귀신 같은 형상으로 히로를 노려보고 있었다. 패기가 팽창하여 그녀의 발밑이 함몰되었고, 대량의 모래 먼지가 일어났다.

루카의 격노를 피부로 느끼며 어째서인지 히로는 섬뜩하게 입꼬리를 올렸다.

"희망을 주고, 절망을 먹이고, 소망 한 가닥을 눈앞에 보이고서 나락 밑바닥으로 떨어뜨린다."

그것이 법석을 더욱 강력하게 만드는 방법이었다.

그렇게 하면 전 세계에 현존하는 어느 보석보다도 아름답게 빛나며 지대한 치유력을 지닌 법석으로 변화한다.

법정검 5명의 소지자라면 상상을 뛰어넘는 힘이 깃든 법석이 될 것이다.

"**조건**은 그거라서 말이야. 네 것으로 마침내 두 번째 완성이야."

히로가 『명제』를 들자 추하게 일그러진 형상으로 루카가 달려들었다.

"죽이겠어, 죽이겠어, 죽이겠어, 죽이겠어, 죽이겠어, 죽이겠어, 죽이겠어, 죽여 버리겠어어어어어어어!"

아름답게 빛나는 법석이 박힌 그녀의 왼손과 대조적으로 그녀의 얼굴은 추악하게 물들어, 차마 눈 뜨고 볼 수 없는 불

쌍한 짐승으로 전락해 있었다.

"나를 실컷 원망해도 돼. 나는 그 모든 것을 받아들이겠어."

그녀에게 미소를 지어 보인 히로는 몸을 낮추고 칼을 휘둘러 루카의 왼팔을 잘랐다.

한순간 루카의 몸이 허공에 떴지만 그녀의 기세를 막지는 못했고, 폭풍이 덮쳤다.

"아아아아아아, 돌려줘! 돌려줘! 돌려줘어어어어어!"

너무 움직임이 커서 빈틈투성이였으나 지금의 히로는 피할 수 없어서 정통으로 공격을 받았다.

뼈가 부서지는 소리가 들렸다.

몇 개가 부러졌는지는 확실하지 않지만 히로는 쓰러지지 않고 격통을 버텨 냈다.

"……사람은 무언가를 잃고 처음으로 강해지지. 너 또한 강해질 거라고 보증할게."

히로가 작게 왼팔을 움직이자 위험을 감지했는지 루카가 뒤로 휙 물러났다.

"소용없어. 그 정도 거리로는 어둠에서 도망칠 수 없어."

—『사공(死恐)(무스펠)』.

그 순간, 루카의 움직임이 멈췄다. 아니, 눈동자만이 놀람에 물들어 있었다.

주위의 살아 있는 자 모두가 시간을 새기는 것을 잊어버렸다.

풀도, 바람도, 벌레도, 말도, 인간도, 모든 것이 하나같이 경직되었다.

"시간을 죽이는 것— 그게 『명제』의 『천혜』야."

히로는 『명제』를 수평으로 들고 루카에게 칼끝을 겨눴다.

"모든 생명은 동등하게 허무에 이끌리지."

슈바르츠발트
—명경시수(冥鏡屍水).

변화는 찾아오지 않았다.

세계의 시간은 줄곧 멈춘 채였다.

그런 상태에서 위압감만이 증가했다. 소름 돋는 섬뜩한 기운이 세계를 뒤덮었다.

순간— 루카의 가슴에서 요란하게 피가 솟구쳤다.

"엇, 아윽?!"

흩날리는 선혈을 멍하니 바라보며 루카가 눈을 까뒤집고 지면으로 쓰러졌다.

그것을 지켜보고서 히로 또한 한쪽 무릎을 꿇고 토혈했다.

"윽…… 얕은가."

히로는 괴로운 표정으로 눈을 찌푸리고서 루카에게 시선을 보냈다.

등이 희미하게 움직이고 있는 것을 보면 그녀는 살아 있었다.

"의무병! 당장 루카를 치료하라!"

활달하고 큰 목소리가 울려 퍼졌다.

그 명령은 즉각 실행으로 옮겨졌고, 히로의 눈앞에서 루카의 치료가 시작되었다.

"정말이지…… 괴물이로군."

지금까지 숨어 있던 인물이 모습을 드러냈다.

쇠부채를 펼치고 우아하게 미소 짓는 모습은 그야말로 절세미인이었다.

그러나 그 웃음은 사냥감을 몰아넣은 뱀처럼 일그러져 보였다.

"저치를 아직 잃을 수는 없거든. 지금부터는 내가 상대하지."

"하! 이제야…… 나타나서 그녀의 공적을 뺏는 건가?"

"전장에서는 사는 것도 죽는 것도 본인의 능력에 달렸지. 저치들에게 공적을 올릴 만한 실력은 없었어— 그저 그뿐인 이야기 아닌가?"

루시아는 부끄러워하지도 않으며 대담무쌍하게 웃었다.

히로는 쓴웃음을 짓고 『명제』를 지면에 꽂아 일어났다.

"그래서…… 싸우려고?"

"음, 나는 그대의 목을 원해."

루시아는 거무칙칙한 요기를 풍기고, 남자를 홀리는 색기를 자아내면서 요염하게 미소 지었다.

악녀에 걸맞은 모습이었다. 이 여자와 비교하면 클라우디아는 어린아이와 같았다.

"그러나 저항해도 곤란하지. 나는 그 귀여운 얼굴에 상처를 내고 싶지 않거든."

뻔뻔하게 말하며 꺼낸 것은 광채를 발하는 법석이었다.

피가 묻어 있는 것을 보면 루카의 왼손에 있던 법석이리라.

"걱정하지 말게. 그대의 시체가 어떤 모습이 되더라도 예뻐해 줄 터이니."

그녀의 팔이 흐릿해진 순간— 예리한 칼날처럼 히로의 배에 손이 박혔다.

"크어억!"

내장이 뒤섞이는 감촉에 히로는 참지 못하고 비명을 질렀다.

그런 히로를 사랑스럽다는 듯이 바라보고서— 뺨을 물들인 루시아가 정욕적으로 끌어안았다.

"그대의 싸움을 보고 있자니 몸이 달아올라서 말이야."

황홀한 표정을 짓고, 참을 수 없다는 듯이 히로의 귀를 깨물었다.

달콤한 숨이 고막을 진동시켰고, 젖은 혀가 요염하게 움직였다.

그때, 힘이 봉인된 『흑춘희』가 힘을 쥐어짜 움직이려고 했다.

"호오…… 아직 움직이는가?"

루시아는 성가시다는 얼굴로 눈썹을 찌푸리고서 쇠부채를 펼쳤다.

그저 그것뿐인 동작에 『흑춘희』는 다시 침묵했다.

"그래, 그대에게 가르쳐 주지. 나 또한 법정검 5멸의 소지자라네."

루시아는 히로의 배에서 천천히, 자신의 존재를 강조하듯 손을 뽑았다.

"아, 윽……."

내장이 딸려 나가는 기분 나쁜 감촉.

소중한 것을 잃은 듯한 착각이 들었다.

그러나 없어진 것은 아무것도 없다— 오히려 그녀는 법석을 선물로 두고 갔다.

"후후, 슬픈 얼굴 하지 말게. 그렇게 내 손이 친숙했는가?"

구역질이 난다— 그렇게 말하려고 했지만 입을 움직여도 나오는 것은 선혈뿐이었다.

얼굴이 창백해진 히로를 바라보며 루시아는 피 묻은 손을 핥았다.

"맛있군……. 지독히 패덕(悖德)적인 맛이 나."

손등에서 떨어지는 피를 고양이처럼 핥으며 루시아가 히로를 곁눈질했다.

데미우르고스
"이렇게, 그대도 『무모왕(無貌王)』을 먹었는가?"

그 직후— 루시아의 몸이 날아갔다.

빠르게 지면을 활공한 루시아는 루카를 치료하는 의무병 집단 속에 처박혔다.

엄청난 충격으로 인해 세찬 흙먼지가 일었다.

소란이 터져 나오는 가운데, 루시아가 무사한지 확인하는 목소리가 울렸다.

"……."

히로가 천천히 어깨를 들썩였다. 그 얼굴은 시체처럼 창백했다.

하지만 눈동자에 담긴 것은 휘몰아치는 격정— 분노였다.

히로는 한 걸음 앞으로 내디뎠다가 다리에서 힘이 빠져 지면에 한쪽 무릎을 꿇었다.

"……그런가, 그렇게 된 건가."

히로는 자신의 오른쪽 어깨에서 대량으로 출혈이 일어나고 있음을 깨달았다.

배에 뚫린 구멍도 아물 기미는 없었고, 엄청난 양의 혈액이 대지에 흡수되고 있었다.

법석의 힘으로 고속 재생이 완전히 봉인된 상태였다.

"……어디까지 정탐했는지 꼭 알고 싶은데."

히로가 노려보는 시선 끝에서는 루시아가 멀쩡한 모습으로 여유롭게 서 있었다.

"모든 것을 알고 있지. 맨 처음에 말했듯 그대의 정체는 물론이고, 그 불쌍한 모습으로 전락한 과정도— **그 여자**에게 전부 들었느니."

"……꼭 알고 싶어. 그게 누구인지 말이야."

히로의 질문에 루시아는 깜짝 놀란 표정을 지었다.

"본인은 몇 번 만났다고 했다만?"

"……『무명』인가."

이 상황을 만들어 낸 원흉— 『아버지』의 부활을 꾀하는 『흑사향』과 이어져 있고, 슈트벨을 교묘하게 조종하여 반란을 일으키게 한 인물이었다.

"일단 목표는 정해졌나……."

작은 중얼거림은 누구에게도 전해지지 않았고, 히로는 떨리는 무릎을 질타하여 일어났다.

그때, 분노에 찬 호령이 들렸다.

"전군, 히로 슈바르츠 폰 그란츠의 목을 베라!"

루시아는 아니었다. 다른 사람— 히로는 순식간에 이해했다.

여전히 치료 중인 루카가 병사에게 부축 받아 원념이 담긴 눈으로 히로를 노려보고 있었기 때문이다.

"뭘 멋대로 명령하는 것이지?"

"닥쳐! 이겔의 원수를 갚아야 해!"

언쟁하는 두 상관을 보고 병사들이 당황한 표정을 지었다.

하지만 꺾인 것은 루시아였고, 그녀는 어이없어하며 한 차례 탄식하고서 손을 들었다.

"판별이 가능할 정도로 죽이도록."

히로에게는 무자비한 명령이 내려졌다.

"잘 가게, 『흑진왕(黑辰王)』."

"죽여어어어어!"

증오를 띤 루카의 호령이 울려 퍼짐과 동시에 세찬 진동이 엄습했다.

시야를 가득 메운 병사들이 달려오면서 땅이 크게 요동친 것이다.

히로는 핏기 없는 창백한 얼굴로 주위를 둘러보았다.

'……도망칠 길은 없어 보여. 역시 그녀(리즈)와 한 약속은 지킬 수 없을 것 같아.'

자진하여 미끼로 나선 것은 딱히 영웅이 되고 싶었기 때문은 아니었다.

그저 1000년 전에 받은 은혜를 갚고 싶다— 순수하게 그렇게 생각했기 때문이었다.

일찍이 친구들에게 받았던 친절을 리즈를 통해 갚고 싶었을 뿐이었다.

남들이 듣는다면 비웃을지도 모른다. 시시한 이유라고 코웃음 칠지도 모른다.

하지만, 그래도, 히로에게는 충분한 이유였다.

목숨을 걸 가치가 있는 가장 우선해야 할 이유였고, 가장 양보할 수 없는 이유였다.

"그러니 나는 계속 싸우겠어. 그녀를 통해 그들에게 알려주고 싶어."

주위를 에워싼 3만의 적을 노려보며 히로는 조용히 고했다.

그 순간— 뇌리에 떠오른 것은 그녀의 모습이었다.

'리즈…… 이런 방법으로 마음을 전할 수밖에 없는 서툰 나를 용서해 줘.'

온화한 미소를 지은 히로는 하늘을 바라보았다.

'계획을 성취시키기 위해서, 나는 여기서 죽을 생각이야.'

지상에서 많은 인간이 희생되어도 하늘은 아무것도 모른다는 듯 맑았다.

어느 누구도 하늘에 범접할 수 없으며, 어느 누구도 하늘을 수중에 넣을 수 없다.

끝없이 펼쳐진 창공은 그야말로 유일무이한 세계의 지배자였다.

'시간은 벌었어……. 그란츠 대제국이 살아남을 수 있는 길을 남겼어.'

히로는 스스로 버리는 패가 되어 이번 싸움에 임했다.

'리즈…… 편지로 이별을 고한 걸 용서해 줘.'

자조적으로 웃고 다시 지상으로 시선을 떨어뜨리니 주위의 소란이 사라져 갔다.

'네가 황제의 그릇을 가졌는지 시험하게 될 거야. 그러니 승리에 이르는 선택지를 놓치지 마. 한두 번의 실패라면 상관없어. 가능성은 무수히 남겨 뒀어.'

히로는 지면에 엎어진 자신의 문장기를 주워서 다시 박아 세웠다.

"자, 덤벼."

히로는 야수처럼 사납게 웃으며 왼손으로 『명제』를 움켜쥐었다.

같은 편이 전무한 곳에 서서, 죽은 아군의 시체를 밟으며 다가오는 적을 노려보았다.

적군은 확연하게 동요하고 있었다. 무모하다고 말하듯 경악하며 전율하고 있었다.

"절망을 넘어설 수 있는지 시험해 봐."

다가오는 적에게 검을 휘둘렀다.

가볍게 한 번 휘두른 공격이었으나 거기 담긴 힘은 심상치 않았다.

눈 깜짝할 사이에 수많은 붉은 꽃이 하늘에 피었다.

비명을 지를 새도 없이 여러 목이 섬뜩한 소리를 연주하며 지면과 추돌했다.

"상대는 빈사 상태다! 넋 놓고 있을 여유 따위 없어. 냉큼 죽—!"

귓가를 맴돌던 시끄러운 적(파리)의 목을 벴다.

'……이쯤인가.'

모두가 앞다투어 히로의 목을 노리고 있어서 대열 따위 없는 것이나 마찬가지였다.

"그럼 좀 회복됐으니 날뛰어 볼까."

허세를 부려 보았으나 솔직히 당장에라도 두 무릎이 꺾일 것처럼 후들거리고 있었다.

체력은 이미 고갈되어 버린 상태였다. 하지만 그렇다고 해서 간단히 포기할 수는 없었다.

기다리고 있는 사람들이 있기에 히로는 사력을 다해 지면을 박찼다.

"괴, 괴물!"

노리는 것은 지휘관급뿐, 진로상에 존재하는 걸리적거리는 병사만을 처리하며 질주했다.

'이 상황은…… 좋지 않아. 좀 더 눈에 띄어야 해.'

예상보다 더 많은 적에게 둘러싸이고 말았다. 이래서야 계획에 지장이 생긴다.

"어지간히 좀 포기하란 말이다!"

적의 부대장이 허리에서 검을 뽑으려고 했지만 히로가 순식간에 거리를 좁혔다.

"무기를 안 들고 있다니, 목숨이 아깝지 않은가 봐?"

"윽, 젠장—!"

부대장이 검을 뽑을 틈도 주지 않고서 히로는 그 칼자루를 박차고 도약했다.

"……전장에서 긴장을 늦추지 마."

공중에서 몸을 튼 히로는 부대장의 목을 힘껏 쳤다.

자연스러운 동작으로 지면에 내려선 히로는 주위를 날카롭게 둘러보았다.

시야에 들어온 것은 적병이 거리를 두고 활을 드는 모습이었다.

엄청난 수의 화살촉이 히로를 겨누고 있었다. 그래도 히로는 냉소를 거두지 않았다.

"좋은데. 그 판단은 틀리지 않았어."

자신의 실력으로 이길 수 없기에 사람은 괴물(몬스터)을 토벌하기 위해 무기를 만들었다.

활은 그 대표라고 할 수 있을 것이다. 무엇보다 소수로 상대를 압도할 수 있다.

"하지만 그건 근거리에서 쏘는 물건이 아니잖아……?"

히로가 어이없어하며 중얼거리자 적장의 호령에 이어 화살 폭풍이 지상에 휘몰아쳤다.

회피하면 뒤에 무리 지어 있는 적병에게도 화살이 꽂힌다.

불쌍한 일이라고 생각했다. 동정조차 들었다.

단 한 명을 쓰러뜨리기 위해 얼마나 많은 인간을 희생해야 직성이 풀리는 것일까…….

그래도 무정한 결단을 내리는 지휘관은 강하다. 망설임은 빈틈을 낳는다는 것을 알고 있다.

"하! 좋은 결단이야. 거기에 망설임은 없는 건가……. 확실하게 날 죽일 셈이구나."

『흑춘희』라는 절대 방어가 봉인된 지금, 날아오는 화살을 막을 수단은 하나였다.

남은 한쪽 팔로, 그 손에 있는 칼 한 자루로 밀집된 화살을 튕겨 낼 수밖에 없었다.

요컨대, 치명상을 피하는 것만으로도 벅찼다.

폭력적인 폭풍이 지나가자— 히로가 서 있던 곳은 발 디딜 틈도 없을 만큼 화살로 가득했다.

"하하…… 아직이야……."

지면에 고정된 발을 움직여 히로는 한 걸음 앞으로 내디뎠다.

'오른쪽 눈을 당했나…….'

검게 연무가 낀 곳을 왼쪽 손등으로 문지르니 끈적끈적하고 기분 나쁜 감촉이 돌아왔다.

그래도 왼쪽 눈이 있다. 오른팔을 잃었어도 왼팔은 움직이듯, 보인다면 문제는 없다.

'아니, 손의 감촉도 없나?'

그뿐만이 아니었다. 그 밖에도 여러 감각을 잃어버렸음을 히로는 깨달았다.

'상처도 아프지 않은 걸 보면…… 틀림없이 이건…….'

"지금이다! 발도하라!"

"그렇게 기뻐하지 말았으면 좋겠는데……."

"맨 처음 공로는 우리 부대의 것이다! 막대한 보상을 받을 수 있다! 녀석을 끝장—!"

"기뻐하지 말라니까. 저항하고 싶어지잖아?"

히로는 완전히 약해진 몸을 질타하여 지면을 박차고 부대장의 목을 날렸다.

기계가 작업을 되풀이하듯 담담히 공격을 가했다.

동요하는 적병의 목을 어루만지듯 베고, 당황하는 적병의 두개골을 일격으로 부수며, 차례차례 『명제』로 목숨을 갈취해 갔으나—.

"—윽?!"

돌연 무릎에서 힘이 빠져 히로는 꼴사납게 지면을 굴렀다.

"아아— 여기까지……인가."

손가락 하나 까딱할 수 없었다. 지면에 얼굴을 처박은 채 히로는 시야가 좁아지는 것을 느꼈다.

"목을 베! 녀석의 목을 베라!"

머리채를 잡혀 머리가 강제로 들렸다.

흐려지기 시작한 시야에 날아든 얼굴은 전부 욕망에 찬 표정을 짓고 있었다.

목덜미에 칼날이 닿았을 때—.

"기다려! 내가 목을 쳐 주겠어!"

전방에서 병사의 벽을 가르고 루카가 모습을 드러냈다.

"정말이지…… 부하가 활약할 장면을 빼앗다니, 그대는 참으로 지휘관에 적합하지 않군."

자갈을 밟으며 루카 옆에 나타난 것은 루시아였다.

"그건 그렇고 그대도 쓸데없는 발버둥을 치는군. 날뛰어 봤자 도망칠 수 없고, 패전을 뒤집을 수도 없지 않은가?"

진묘한 생물을 보는 것처럼 루시아는 눈썹을 모았다.

이에 히로는 코웃음 쳤다.

"아니…… 여섯 나라의 패배야— 안 들려?"

"아무것도 안 들린다만, 죽음을 앞두고 이상해졌는가?"

"……그럴지도 모르지. 하지만 내게는 여섯 나라가 붕괴되는 소리가 들려."

"내게는 그대의 생명이 꺼져 가는 것이 보이는군."

"그럼— 내 승리야."

처음부터 루시아의 책략은 파악하고 있었다.

마르크 가문의 가주나 다른 중앙 귀족들과 내통하고 있는 것도, 키르시아를 포함한 서방 귀족들을 포섭한 것도 전부 눈치채고 있었다.

향후를 생각하면 그들의 존재가 방해될 것은 명백했으나,

증거를 제시하지 않고서 죽여 버리면 비판받을 것은 확실했다. 그럼 동시에 처리하려면 어떻게 해야 하는가, 여섯 나라와 싸우게 해서 전사(戰死)로 취급해 버리면 된다.

덕분에 그란츠 대제국이 전력을 갖출 시간도 벌 수 있었다.

"고마워."

"……파악당했다는 것 정도는 알고 있었느니. 허나 나의 목적은 그대의 목뿐이었으므로 이 상황에는 만족하고 있네."

"나도 이 상황에는 만족이야."

"뭐라?"

루시아의 웃음이 얼어붙었고, 히로는 섬뜩하게 조소했다.

"영웅의 죽음으로 내 계획은 완성되거든."

"……그렇게 위협하면 내가 네놈의 목을 치지 않을 것이라고 생각하나?"

명성 높은 전사(戰士)가 사후에 신격화되기 쉬운 것은 사실이다.

그것이 전쟁의 영웅이라고 칭송받았던 인물이라면 무신으로 숭상될 가능성이 크다.

군사 국가인 그란츠 대제국에서 앞으로 히로의 죽음은 크게 이용될 것이다.

히로의 죽음으로 전쟁에 관한 국민의 이해를 얻을 수도 있고, 신격화하여 병사들의 사기도 높일 수 있다. 이웃 나라들과의 외교에도 유리하게 작용할 가능성이 있었다.

"그것들을 희생하더라도 그대의 목이 더 가치 있어."

"……그거면 돼. 내 계획을 성취시키기 위해서도 필요한 일이야."

"마지막까지 말이 많은 녀석이로군……."

루시아가 기막혀하며 탄식하고서 쇠부채를 접었다.

"그렇다면 죽여 주겠어! 루시아 여왕 폐하, 비키세요!"

루카가 발소리를 크게 내며 다가와 시퍼런 날을 히로의 목에 댔다.

"기다리고 있었어."

"닥쳐!"

루카의 강렬한 노기를 받은 히로는 지면으로 시선을 떨어뜨렸다.

잘게 떨리는 조그마한 돌을 바라보며 히로는 난폭하게 웃었다.

"—정말로 늦었구나."

그 직후, 히로의 목을 향해 날이 힘껏 내리쳐졌다.

*****

"히로? 듣고 있어?"

노을로 붉게 물드는 언덕 위에서 그녀는 옆머리를 젖히며 얼굴을 들여다보았다.

"아…… 무슨 얘기 중이었지?"

"정말! 그러니까, 어째서 내게 협력해 주는 거야?"

"남을 돕는 데 이유는 필요 없어."

쓰게 웃으며 어깨를 으쓱이자 그녀는 아프지 않게 뺨을 꼬집었다.

"얼버무리는 거 금지!"

"예에……."

그녀의 체벌은 마음에 사무친다.

아프지도 않은 벌을 받으니 죄악감이 마음을 가득 채웠다.

"나는 머리가 안 좋으니까 분명 히로한테 폐를 끼치고 있을 거야. 그 왜, 금방 화내거나 곰곰이 생각하지 않고서 움직이기도 하잖아?"

"응…… 그러네. 제대로 자신을 분석하고 있구나."

"부정하지 않는 건 좀 슬픈데?"

옹호해 줄 것이라고 생각했는지 그녀는 입가를 실룩였다.

하지만 금방 마음을 다잡고서 팔을 등 뒤로 돌리고 깍지를 꼈다.

"응…… 뭐, 아무튼 그런 거니까, 히로는 히로가 하고 싶은 일을 찾아."

"그런 거라고 해도…… 갑자기 왜 그래?"

"히로가 정말로, 진심으로, 내가 옥좌에 걸맞다고 생각해서 도와줬으면 좋겠어."

"……."

"난 강해질 거야. 똑똑해지고도 싶고, 그러면 히로의 부담도 줄어들잖아?"

"……응, 그러네."

쑥스럽게 웃는 리즈의 모습에 히로는 쓸쓸한 표정으로 눈을 가늘게 떴다.

'외양은 닮지 않았지만, 그녀의 심성은 알티우스를 빼닮았어.'

만약 그가 지금 시대에 와서 리즈를 본다면 뭐라고 말할까.

틀림없이 깜짝 놀랄 것이다.

자신과 꼭 닮은 아이를 보고— 감동하여 떨 것이다.

'성격은 전혀 닮지 않았지만, 그녀의 외양은 레이를 빼닮았어.'

친구들이 머릿속에 그렸던 미래는 이 세계와 다를지도 모른다.

하지만…… 그래도 결코 퇴색되는 것은 아니다.

어느 시대든 좋은 점도, 나쁜 점도 있었다.

1000년 전에 지냈던 세계도— 지금 세계도 변함없다.

'분명…… 너희가 바라던 미래는 그녀(리즈) 앞에 있어.'

히로는 저무는 해를 바라보며 눈을 좁혔다.

'……그녀의 뜻이 싹트는 그날까지—.'

모든 악의로부터 지키고, 모든 위협으로부터 지켜 내겠다.

그것이 자신에게 부과된 사명이자, 과거를 버린 남자의 속죄다.

"……흑룡의 포효는 세계의 이치를 일그러뜨리고, 사자의 울부짖음은 세계에 질서를 가져오리라."

히로는 여전히 하늘에 닿지 않는 손을 뻗었다.

"세계에 울려 퍼뜨리자."

—너희 곁에 그녀의 이름이 미치도록.

에필로그

환호성이 터져 나오고 있었다.

세찬 흙먼지가 이는 가운데, 승리의 함성이 세계에 메아리쳤다.

검은 용이 그려진 깃발이 불타 재가 되어 지상에 휘날렸다.

사자 문장을 가슴에 새긴 수많은 송장이 기뻐 날뛰는 병사들에게 짓밟혔다.

군율도 잊고서 들뜬 그들은 하나같이 같은 곳을 바라보고 있었다.

한 여성이— 하늘로 목을 들어 올리는 모습이었다.

그런 소란을 조용히 지켜보는 자들이 있었다.

병사들 속에 섞여 누구의 의심도 받지 않았으나, 이곳만이 확연하게 공기가 달랐다.

몸을 위축시키는 듯한, 내장을 찢는 듯한 얼어붙은 공기가 흐르고 있었다.

주변 병사들이 환호성을 지르고 있어도 그들의 표정은 조금도 바뀌지 않았다.

"왕의 기척이 사라지고 있어. 틀림없이 『찬탈자』는 죽었다."

"그렇다면 지금부터 어떻게 할까."

얼굴에 기쁨은 없었고, 목소리에 슬픔은 없었고, 몸에 분노는 없었다.

그저 억양 없는 음성으로 사실만을 계속 말했다.

"우리가 심연에서 빠져나올 때가 왔다."

바람이 진동하며 공기가 삐걱거렸다.

확실한 변화— 그러나 아무도 눈치채지 못했다.

동떨어진 세계의 이변을 아무도 알아차리지 못했다.

"우리의 아버지시여, 『어리석은 자』에게 영옥의 고통을 주시옵소서. 우리의 아버지시여, 『어진 자』에게 평안을 주시옵소서."

그리고 그들은 누구에게도 들키는 일 없이 사라졌다.

■작가 후기

『신화 전설이 된 영웅의 이세계담 6』을 구매해 주셔서 감사합니다.

전권부터 이어서 읽어 주신 분은 반갑습니다.

이번 권은 즐겁게 읽으셨을까요?「덕분에 왼쪽 눈이 쑤시는군」이라고 하시는 분이 계신다면 축하드립니다. 이것으로 당신도 훌륭한 『이채안』을 얻으셨습니다. 어서 이세계로 가는 길을 찾읍시다.

각설하고, 이번 권은 다음 단계로 나아가는 권— 표지를 포함해 매우 공격적인 권입니다.

무대도 갖추어졌으니 제가 가장 그리고 싶었던 이야기를 마침내 써 나갈 수 있을 것 같습니다.

다음 권부터는 히로의 과거 이야기도 섞으면서 다양한 시점에서 이야기를 전개하며 더욱 중2를 가속할 예정이라, 그 부분은 세심한 주의를 기울이며 쓰고 싶습니다.

리즈 또한 히로인답게 아름답고 고상하며 옥좌에 걸맞은 인물로 성장해 갑니다.

그래도 다양한 의도를 가진 캐릭터들이 있어서 쉽지 않은 상황이 계속됩니다.

그리고 또 하나, 이야기를 되돌리게 되는데, 이번 권에 등장한 새로운 캐릭터 루시아 말이죠.

호불호가 분명하게 갈리는 **관능적인** 캐릭터라고 생각합니다.

참고로 저는 좋아합니다. 그녀의 밑가슴을 포함하여 아주 좋아합니다.

그러니 필요 없을지도 모르지만 그녀의 팬을 늘리는 신기한 주문을 외우고 싶습니다.

실은— 루시아, 안 입고 있답니다. 팬티 안 입고 있어요.

밑가슴에 눈이 가게 되지만, 하반신을 뱀 장식으로 가리고 있다는 충격적인 사실!

아! 지금 표지를 확인한 분 계신가요? 「진짜냐」 하고 생각하셨나요?

만약 그렇다면 미유키 루리아 님께 전해 들었을 때의 저와 똑같으시군요(생긋).

그럼 감사 인사를 드리겠습니다.

미유키 루리아 님, 언제나 기대 이상으로 완성되는 일러스트들은 제 눈을 호강시키면서 마음을 치유해 주고 있습니다. 정말로 감사합니다.

담당 편집자 S님, 매번 폐를 끼쳐서 죄송합니다. 그 밖에도 여러 가지로 저지르고 있지만, 앞으로도 따뜻하게 지켜봐 주시면 좋겠습니다.

담당 편집자 I님, 이번 권부터 신세를 지게 되었습니다. 부족한 점이 많겠지만 앞으로도 버리지 마시고 힘을 보태 주셨으면 합니다.

편집부 여러분, 교정자분, 디자이너분, 본 작품과 연관된 관계자 여러분, 이 작품이 완성된 것은 여러분 덕분입니다. 앞으로도 잘 부탁드립니다.

그리고 전권부터 읽어 주고 계신 독자 여러분, 여러분이 지지해 주신 덕분에 여기까지 올 수 있었습니다. 진심으로 감사드립니다.

앞으로도 더욱 멈추지 않는 중2를 발산해 갈 테니 응원해 주시기 바랍니다.

그럼 또 뵐 날을 기대하고 있겠습니다.

타테마츠리

신화 전설이 된 영웅의 이세계담 6

1판 1쇄 발행 2018년 10월 10일
1판 2쇄 발행 2019년 7월 30일

지은이_ Tatematsuri
일러스트_ Ruria Miyuki
옮긴이_ 송재희

발행인_ 신현호
편집국장_ 김은주
편집진행_ 최은진 · 김기준 · 김승신 · 원현선 · 권세라
편집디자인_ 양우연
국제업무_ 정아라 · 전은지
관리 · 영업_ 김민원 · 조인희

펴낸곳_ (주)디앤씨미디어
등록_ 2002년 4월 25일 제20-260호
주소_ 서울시 구로구 디지털로 26길 111 JnK디지털타워 503호
전화_ 02-333-2513(대표)
팩시밀리_ 02-333-2514
이메일_ lnovelpiya@naver.com
L노벨 공식 카페_ http://cafe.naver.com/lnovel11

ISBN 979-11-278-4655-8 04830
ISBN 979-11-278-4025-9 (세트)

값 7,000원

L NOVEL
저자 쿠마나노
일러스트 029
곰 곰 곰 베어 6

L NOVEL

청춘 돼지는 바니걸 선배의 꿈을 꾸지 않는다 1~8권

카모시다 하지메 지음 | 미조구치 케이지 일러스트 | 이승원 옮김

아즈사가와 사쿠타는 도서관에서 야생의 바니걸과 만났다.

바니걸의 정체는 사쿠타가 다니는 고등학교의 선배이자,
활동 중지중인 인기 탤런트 사쿠라지마 마이였다.
며칠 전부터 그녀의 모습이『주위 사람들에게 보이지 않는 현상』이 발생했고,
이것은 인터넷상에서 화제가 되고 있는
불가사의 현상『사춘기 증후군』과 관계가 있는 걸까.
원인을 찾는다는 이유로 마이와 가까워진 사쿠타는 이 수수께끼를 풀려고 하지만,
사태는 생각지도 못한 방향으로 나아가는데―?

하늘과 바다로 둘러싸인 마을에서, 나와 그녀의 사랑에 얽힌 이야기가 시작된다.

하늘과 바다로 둘러싸인 마을에서 시작되는
평범한 우리의 불가사의한 청춘 러브 코미디!

NOVEL

라이트노벨의 새로운 빛! L노벨의 신간은 매월 10일에 발매됩니다. http://cafe.naver.com/lnovel11